汉译世界文学名著丛书

总统先生

〔危地马拉〕M.A. 阿斯图里亚斯 著

董燕生 译

商务印书馆
The Commercial Press
创于1897

Miguel Ángel Asturias
EL SEÑOR PRESIDENTE

汉译世界文学名著丛书
出 版 说 明

　　1902 年，我馆筹组编译所之初，即广邀名家，如梁启超、林纾等，翻译出版外国文学名著，风靡一时；其后策划多种文学翻译系列丛书，如"说部丛书""林译小说丛书""世界文学名著""英汉对照名家小说选"等，接踵刊行，影响甚巨。从此，文学翻译成为我馆不可或缺的出版方向，百余年来，未尝间断。2021 年，正值"汉译世界学术名著丛书"出版 40 周年之际，我馆规划出版"汉译世界文学名著丛书"，赓续传统，立足当下，面向未来，为读者系统提供世界文学佳作。

　　本丛书的出版主旨，大凡有三：一是不论作品所出的民族、区域、国家、语言，不论体裁所属之诗歌、小说、戏剧、散文、传记，只要是历史上确有定评的经典，皆在本丛书收录之列，力求名作无遗，诸体皆备；二是不论译者的背景、资历、出身、年龄，只要其翻译质量合乎我馆要求，皆在本丛书收录之列，力求译笔精当，抉发文心；三是不论需要何种付出，我馆必以一贯之定力与努力，长期经营，积以时日，力求成就一套完整呈现世界文学经典全貌的汉译精品丛书。我们衷心期待各界朋友推荐佳作，携稿来归，批评指教，共襄盛举。

商务印书馆编辑部

2021 年 8 月

文学对社会的承诺

——《总统先生》导读

危地马拉是中美洲一个小国，国土面积十万八千八百八十九平方公里，人口曾有近一千九百万。在现代史中曾屡屡出现大文学家、大艺术家，一九六七年诺贝尔文学奖获得者米格尔·安赫尔·阿斯图里亚斯（1899—1974）就是其中的代表人物。

阿斯图里亚斯在一九二三年去巴黎留学，接受了法国超现实主义的影响。但是回国后并不把西方的文化思潮亦步亦趋地生搬硬套，而是扎根危地马拉的土壤。面对祖国的残酷现实，只要看看《总统先生》怎样活灵活现地描写老百姓的生活，就可以知道作者的心是和人民联系在一起的。祖国有难，他回国铁肩担道义，这是什么精神？他的一生是在国内长期处于政治动荡、独裁统治、内战频仍、经济落后与美国政府不断干涉内政的乱局中度过的。他一直在苦苦思索祖国种种苦难的症结。二十世纪四十年代，他就提出危地马拉的毒瘤就是独裁统治和美国的侵略。他的几部著作都是围绕这个问题展开的。例如，《总统先生》（1946）、《玉米人》（1949）、《强风》（1950）、《绿色教皇》（1954）、《危地马拉的周末》（1956）、《被埋葬者的眼睛》（1960）、《珠光宝气的人》（1961）、《这样的混血女人》（1963）、《丽达·萨尔的镜子》

（1967）等。一九六七年瑞典皇家文学院在授予阿斯图里亚斯诺贝尔文学奖时的评语是："他的作品深深植根于拉丁美洲的民族气质和印第安人的文化传统之中。"

出版于一九四六年的《总统先生》是阿斯图里亚斯的代表作之一。小说成功地塑造了一个专制暴君的形象。这位总统为了打击反对派和维持政权的稳定性，在全国实行白色恐怖，整个作品充满了混乱、死亡和毁灭的气氛。作者用了大量的笔墨描写人们的恐惧心理：只要一提起总统的名字，"连街头的石子都会恐惧地发抖"，因为到处都有总统的耳目，"稍有风吹草动，这些耳目就会像暴风雨即将来临般地警觉起来……一个比电报线还要纤细的无形网络使每片树叶都和总统先生连接起来，因而他可以密切地窥伺着他的子民们内心深处最秘密的活动"，甚至在总统亲信的家中都暗藏着一双双互相监视的眼睛：厨娘、女佣窥伺着主人的言行，他（她）们之间又彼此戒备，互相告发。上至高级将领、达官贵人，下至平民百姓、乞丐和娼妓，每个人的生死荣辱完全在总统一人的掌握中。他极力营造个人迷信的空气，大搞"忠诚运动"，以至于举国上下天天称颂总统是"祖国的救星、伟大的自由党领袖、忠诚的自由战士、莘莘学子的保护人"。对此，阿斯图里亚斯在小说出版后解释说："这是人们对貌似现代实则古老神奇力量的崇拜。在群众心中，总统是一种神人、一种超人。他代替了原始社会中部落酋长的职能，具有像神一样肉眼凡胎看不见的神力。"《总统先生》的思想没有停留在简单地揭露和谴责独裁者个人的罪行，而是非常艺术地挖掘出独裁统治的社会和历史根源，即：落后的经济基础、反动的上层建筑、沉重的封建历史包袂、千百年来的习惯势力和宿命论思想的枷锁以及美帝国主义的侵略和掠夺。他对新闻界说："人民好比地下的矿藏，被成吨、成吨的误解、偏见、忌讳所埋没。我的小说就是要通过谴责、摆事实和揭露等等手段向下发掘，使人民的潜力重见天日。"这个"潜力"就是每个人潜在的力量，它表现在：自我意识、法律意识、公民意识、环保意识，更表现在每个人有能力和资格参与社会活动，同时又明白"自己的事自己管，不靠神仙和皇帝"。这是一种觉悟，而觉悟往往要借助他人的启发，或曰唤醒。

《总统先生》是一部文学作品。它的文学性表现在一系列艺术手法上，诸如，生动活泼的叙述语言、巧妙的情节安排、对各种各样人物复杂的心理描写，尤其是引进了大量印第安民族的神话、故事传说，从而形成了阿斯图里亚斯自己的小说创作风格。尤其需要指出的是，早在二十世纪四十年代初，阿斯图里亚斯就明确提出了魔幻现实主义的创作原则，肯定了梦幻与非理性意识描写的文学价值，因为梦幻是拉美人感知和理解生活的重要组成部分，是一种"心理现实"。他指出，梦幻是独裁统治下人们为逃避残酷的现实而吞服的一剂鸦片，是因种种伤害而破碎的心灵的避难所。书中写道，安赫尔救助了卡米拉姑娘，却遭到了恶语中伤，他为了摆脱苦闷而求助于做梦："他是在寻求忘却、安眠和彻底的自我解脱。别再像拆卸机器零件那样反复推理和揣摩了！让贯通情理的各个枢纽见鬼去吧！最好是进入梦乡，舍弃理智，沉湎在那种甜丝丝的混沌之中。"正是梦里的神仙把他从残酷的现实里拯救了出来。

高压电流般的高压统治扭曲了人们的正常心理。为表现扭曲的心理就需要一种扭曲的表现方法。梦幻和非理性意识的描写就是其中的一种形式。乞丐"软布人"就是这样一个典型例证。他的生活方式就是亦幻亦觉，浑浑噩噩，日常生活里受尽凌辱，梦境里依然充满恐怖、血腥和污秽的场面，上天无路，入地无门。最后只好躲进墓穴里。此外，梦幻还可以寄托人们的理想。乞丐在梦里得到了母爱。安赫尔在梦中得到了安宁。这种亦幻亦觉的手法为后来一些作家表现"虚实结合"提供了宝贵的经验。

《总统先生》充分证明了阿斯图里亚斯是一位语言大师。在语言问题上，他的观点是：语言本身不能成为一个独立的体系，因为语言是依附于人们的生活而存在的；语言是生活的复写，是生活的回声和投影，因此他特别重视语言对生活的表现力度和表现人们心理活动的深度，从而往往牺牲语言的规范性。在《总统先生》里，他常常抛开语法规则，直接向生活索取语言的表达方式，所以这部作品的语言非常有活力。阿斯图里亚斯认为，欧洲和拉美有着不同的社会和自然环境，其语言、思维逻辑当然有所区别，因此不能亦步亦趋地照搬西班牙的西班牙语，而是应该创造一种"美洲语言"。《总统先生》很好地贯彻了这一思想。书中的语言有着强烈的地方色彩、中美洲人说话的区域色彩、新奇的人物色彩、地方音乐与民间传唱的色彩，加上具有地方风情的比喻，是这部小说的文学特色之一。

阿斯图里亚斯主张文学应该对社会有所"承诺"。他说："拉丁美洲文学绝对不是廉价的消遣文学，而是战斗的文学，历来如此。"他强调，正是那些具有鲜明社会倾向的作家开创了拉丁美洲文学的先河，"他们的作品给了风花雪月的文学一记响亮的耳光，将新大陆面临的问题放到了首位"。他公开声明自己的文学艺术观,就是"为民喉舌"。他说:"对我来说,作家就是代沉默者疾呼的人。危地马拉的土著玛雅-基切族有一种人,被称为'伟大的喉舌'。他们是重要人物,因为要负责表达本族或者本村落居民的愿望、不满以及合法要求。他们是部落的代言人,从某种意义上讲,我也是这样的人:是我部落的代言人。"(引自《拉丁美洲文学史》,北京大学出版社 1989 年版)《总统先生》就是代表沉默的大多数针对独裁统治发出的一篇战斗的檄文。

《总统先生》是拉丁美洲文学的经典作品,因为它的思想性和艺术性均属上乘,作者在人生、社会和文学方面的真知灼见将永远成为人类文化的宝贵财富。

赵德明

目　录

第三部 几星期，几个月，几年……

第一部

四月二十一日，二十二日和二十三日

一、在大教堂门廊里

亮光，荧荧闪烁不定，磷火中的鬼影！晚祷的钟声耳鸣一般嗡嗡作响，经久不息。明明暗暗，暗暗明明，光怪陆离。亮光，荧荧闪烁不定，磷火中的鬼影，一堆堆腐臭垃圾上面的鬼火。亮光，荧荧闪烁不定，一堆堆腐臭垃圾上面的鬼影。亮光、亮光，荧荧闪烁不定……闪烁……，亮光……亮光，荧荧闪烁不定……亮光，闪烁……[①]

一群乞丐正在市场的小吃摊之间爬行，消隐在大教堂冷冰冰的阴影里。他们向三军广场移动，一路上经过大海一样宽阔的街道。城市逐渐独自孤零零地落在后面。

黑夜聚拢了他们，也唤来了星星。他们汇集在大教堂门廊里过夜。大家都衣食无着，这也是把他们联系在一起的唯一纽带。他们你诅咒我、我诅咒你，像势不两立互相找茬的死敌一样，咬牙切齿地辱骂对方，有时候还挥动胳膊肘子或者抡起土块什么的，滚翻在地上互相啐吐沫，恶狠狠地撕咬着。这个垃圾家族的成员从来也不互相依靠、互相信任。他们个个远离别人躺下，和衣而

---

① 此处作者描绘了一个阴暗而污秽的世界，同时利用某些音节的重复造成丧钟回荡的效果。——译者（若无特别说明，脚注均为译注）

卧，然后像贼一样偷偷睡去，头下枕的小包袱是他们的全部家私：残羹里捡来的肉块，几只破鞋烂袜，蜡烛头，旧报纸包着的米饭团，几只柑子和腐烂的香蕉。

有时候可以看见他们在门廊的台阶上，面对墙壁点钱，时而咬咬硬币检验真假，时而自言自语，时而查看储备了多少入手的食品和出手的兵器（因为他们经常胸前佩戴着护身符在街上抡起石块大打出手），然后又偷偷吞下几块干面包。从来没听说他们之间有过什么互相接济的事。像所有要饭花子一样，他们都是自己那点破烂的守财奴，宁可拿去喂狗，也不给可怜的伙伴一丁点儿。

他们吃饱了，便把那点钱财包在手绢里，扎了一个结又一个结，紧紧系在肚脐上，然后一头倒在地上，慢慢进入不安而凄惨的梦境。他们在梦魇里，看到眼前跑过饥饿的猪群、骨瘦如柴的女人、折断脊梁骨的野狗、隆隆滚动的马车轮子，还有神甫们幢幢的身影，排着送葬的队伍步入大教堂。队首高悬着两根冰冷的腿骨交叉而成的十字架，上面挂着一条月白色的绦虫①。有时候乞丐们睡梦正酣，一个自以为迷失在三军广场的傻子突然大喊大叫地惊醒他们，还有的时候，惊醒他们的是一个瞎女人的呜咽，因为她梦见自己像一块肉挂在肉铺的钉子上，身上爬满了苍蝇；也有时候，打搅他们的是巡逻队的脚步：一名政治犯被士兵们拳打脚踢地拖走，尾随在后面的女人们用泪水浸湿的手绢擦拭着血迹；有时候，是一个病魔缠身的癞痢头的鼾声，或者是一个有身孕的聋哑姑娘的喘息，她因为腹内怀了孩子而惊吓得时时哭喊。天空

---

① 指十字架上的耶稣。

好像都要为之开裂，那是一种挤压出来的非人的长嚎。

每逢星期日，都有一个醉汉闯进这个怪诞的小社会。他在睡梦里总是哭哭啼啼要母亲。傻子一听到母亲这个字眼从醉汉嘴里呜呜咽咽诅咒一般吐出来，就立刻坐起来，一次又一次地环视门廊的里里外外。等他完全清醒，而且自己也连喊带叫吵醒别人以后，才跟着醉汉的泣声，害怕得嗷嗷大哭。

一群狗叫起来，接着是一片嗡嗡的说话声，几个火气大的干脆从地上蹦起来，扯着嗓门要人们安静，当然更增添了乱哄哄的嘈杂声。"别嚷嚷了，要不就把警察叫来。"可是警察连走过来看热闹的兴趣都没有。这里没有人能付得起罚款。"法兰西万岁！"混乱中"空裤腿"突然大吼一声，盖过了傻子的哭喊和折腾。就是这个满嘴脏话的瘸腿坏蛋害得傻子从此成了乞丐们的笑料。平时，如果不是星期天，这家伙总有几个晚上要学学醉汉的样子，而"软布人"（傻子的外号），本来睡得跟死人一样，一听见哭喊声就猛然活过来，毫不理会地上那些裹着毯子的人影，只顾一声接一声地狂吼。见他这样，其他人你一言我一语说些脏话，要么就尖声怪气地大笑。傻子的目光尽量躲开那一张张鬼怪似的面孔，什么也不看，什么也不听，什么也不想知道，最后哭乏了，又昏睡过去。可是他刚一睡着，"空裤腿"每天晚上都要故伎重演把他吵醒：

"妈妈！"

"软布人"突然睁开眼睛，似乎刚刚梦见自己滚进了无底深渊，两眼越睁越大，身体缩成一团，哭得泪流满面、肝肠欲碎，最后困得支持不住了，又慢慢睡去。他周身黏黏糊糊，在支离破碎的梦境里，还时不时抽噎着，但是，他一入睡，刚刚一入睡，另一个长嘴巴的宝贝儿又大叫一声把他吵醒：

"妈妈！"

这回是"寡妇"，一个下流的黑白混血儿。他大笑一阵，又做出一副老太婆的哭丧脸，念念有词地说：

"仁慈的圣母，吾辈之希望，愿上帝佑汝。吾辈夏娃子孙，沦落至此，唯有求汝……"

傻子也从睡梦中笑醒了，他似乎觉得自己的苦难是可笑的事情，然而，在那露出的满嘴牙齿之间却跳荡着空空的肚腹、凄惶的心境和串串泪水。一声声"哈—哈—哈—哈—哈—哈哈"的笑声在空中飘荡，空中的"哈—哈—哈—哈哈哈"笑声很快感染了其他乞丐。一个胡子沾满污垢的大肚皮笑得喘不上气来，一个独眼龙笑得尿了裤子，还像山羊一样一个劲儿往墙上撞脑袋。瞎子们被吵得没法睡觉，一齐嚷嚷开来。两腿全没了的瞎子"杂毛"骂着说只有娘娘腔才这样取乐。

瞎子们的吵嚷就像轻风过耳，没人理会，"杂毛"的话就更没人听了。谁会信他那一套大吹大擂呢！"老子我，小时候是在炮兵营里长大的，叫骡马和长官们天天踢来踹去，才成了真正的男子汉，干起活儿来跟马一样有劲儿，所以年轻的时候才能手拉风琴满街卖唱。老子我，不知道怎么一次喝醉酒弄瞎了两只眼睛，又不知道什么时候喝醉酒折了右腿，也不知道在哪儿又喝醉酒让汽车撞断了另一条腿！……"

经乞丐们传来传去，全城都知道"软布人"一听人说起他妈就发疯；这个可怜虫不停地跑着，穿过街道、广场、遮雨廊和市场，千方百计躲开乱哄哄的人群。这儿，那儿，到处有人冲他喊"妈妈"这个词，简直像是从天而降的诅咒。他想跑进别人家里躲一躲，马上就被恶狗或佣人赶出来。教堂、商店，到处都往外轰他，没人可怜他那副精疲力竭的丧家犬模样，也没人理会那双痴呆的眼睛里射出的苦苦哀求的目光。

对于他疲惫的双腿显得那么广大、那么无边无际的城市，却狭小得无处容纳他的哀伤。担惊受怕的夜晚过去了，遭人凌辱的白天又来了。那些欺负他的人们不光是冲他喊叫："'软布人'，星期天跟你妈……那个老太婆……干仗去吧……你一拳她一脚……青一块紫一块，还挺威风！"他们还打他，把他的衣服撕成一片一片。被一帮孩子追赶着，他只得躲进贫民区。可是在那儿他的境遇更糟糕。那些在破屋陋室门外游荡的人们不仅齐声辱骂他，而且一见他仓皇失措地跑过来，还冲他扔石块、死老鼠和空罐头。

有一天，也是晚祷的时候，他从一个贫民区跑出来，一路上坡爬到了大教堂。他的额头受了伤，帽子也丢了，还拖着一条风筝尾巴，也不知道什么人像打补丁一样给他贴在身后。一切都使他胆战心惊：围墙的阴影，野狗奔跑的声响，从树上掉下的叶子，车轮杂乱的滚动……他来到大教堂的时候，已经几乎是夜里了。乞丐们都面对墙壁一遍又一遍地清点自己的财物。"空裤腿"正在絮絮叨叨跟"杂毛"拌嘴；聋哑姑娘揉搓着莫名其妙膨胀起来的肚皮；瞎女人晃来晃去，又梦见被挂在钉子上，浑身叮满了苍蝇，就像肉铺的一块肉。

傻子累得半死，一头倒在地上。他已经整整几个夜晚双眼没合，整整几个白天两脚不停。乞丐们一声不吭，忙着搔痒捉跳蚤，谁也睡不着，都静静听着宪兵在灯光昏暗的广场上来回走动的脚步声，还有哨兵枪支的碰撞声。这些披着条状花纹篷却①的幢幢鬼影，守卫在附近军营的窗下。跟每天晚上一样，他们如临大敌似的直立在那儿，为共和国总统站岗放哨。谁也不知道总统住在哪儿，因为他在郊外有好几处住所；谁也不知道他究竟怎么睡觉，因为据说他总是手持皮鞭守着电话；谁也不知道他几点钟上床，因为他的亲信们说他从来不睡觉。

一个黑影沿着大教堂门廊走过来。乞丐们都像蛆虫一样蜷缩成一团。伴随军靴嘎吱嘎吱响声的是一只不祥飞禽咕咕的鸣叫。夜晚黑沉沉的，犹如可以行船的深不可测的海洋。

"空裤腿"睁大了眼睛。夜空重重地压下来，似乎世界末日正在逼近。"空裤腿"对猫头鹰说：

"嗨，嗨，给你盐，给你辣椒……我没惹你，也不欠你。是不是要出事？该死的！"

"杂毛"挤眉弄眼地想弄清自己的面孔在哪儿。空气在痛苦地颤抖。"寡妇"在瞎子们中间划着十字。只有"软布人"这次无忧无虑倒头大睡，还打着呼噜。

黑影停下来。一阵狞笑扭曲了他的面孔。他走到傻子身边，踢了他一脚，嬉皮笑脸地冲他喊道：

"妈妈！"

他没再说别的。就这一声把"软布人"从地上惊起，向来人猛扑过去，没等那人掏出武器，几只手指头一下子戳进他的眼窝，

---

① 中南美洲印第安人的一种斗篷。

接着一连几口咬碎了他的鼻子，最后用膝盖撞击他的下身，直到那人倒在地上不动了。

乞丐们吓得紧紧闭上眼睛。猫头鹰又飞回来了。"软布人"疯病发作，顺着漆黑的街道癫狂逃窜。

一种神秘莫测的力量就这样结束了陆军上校何塞·帕拉勒斯·松连特（外号人称"骑骡子的"）的生命。

天慢慢亮了。

二、"杂毛"之死

太阳的金光映红了警察局两处远远伸出去的阳台。一扇扇房门打开了，街上时而走过一两个行人。泥瓦匠在近处修建新教教堂——一座砖砌建筑。在两处院子里（那儿像是老在下雨）和昏暗走廊的石凳上，坐着等候犯人的是三五成群的赤脚女人，盛早饭的篮子放在两膝之间像吊床一样绷紧的裙子上。她们身边都有成堆的孩子，小点的一直叼着妈妈松弛下垂的奶子，大点的一个劲儿打哈欠，可始终死死盯着篮子里的面包。她们互相低声诉说着各自的苦难，不停地抽抽噎噎，用披巾角擦着泪水。一个破衣烂衫正在打摆子的老太太泪流满面、一声不响，似乎在无言地倾吐她这个做母亲的无比苦楚。人世的苦难实在无望摆脱。她们在这个倒霉的地方等了又等，望着眼前那两三棵没人照管的小树、一个干涸的水槽和几名用吐沫揩拭塑料领衬的面色苍白的值勤警察，只能盼着上帝显示神威了。

一个印第安宪兵押着"杂毛"从她们中间挤过去。他在步兵学校的拐角上逮住了这个要饭的，像牵猴子一样一只手拽着他，还不停地甩来甩去。可是那些女人并没有注意这场猴戏。她们全神贯注地等着传令兵露面，让他们把早饭送进去了，说不定还会带出点犯人们的口信。"他说那个……别为他难过，他已经好多了！他说那个……等药房开门的时候，买几帖军用药膏捎来！他说……托他表弟捎来的话怕不是真的！他说那个……要找一个律师，说请您帮忙寻觅一个生手，大律师宰人太狠，他说那个……请告诉她别这样，他们那儿没那种男人，她用不着吃那个醋。前些日子倒是抓来了一个这种犯人，可是人家很快就找到相好了！他说那个……给他捎点钱买灌肠药，这一阵子他大便不通！他说那个……卖不卖柜子他都无所谓！"

"哎你这人！""杂毛"对穿警服的那小子虐待他深表不满，"对牲口也不能这么狠心，你说是不是？得，谁叫咱是穷小子呢！穷是穷，可咱是正派人……我不是你儿子，知道吗？也不是你的布娃娃，也不是个月子孩，我是你的什么？你这么拽着我？上次你们为了讨好美国佬，死拽硬拉把我们轰进乞丐收容所就够呛了！什么玩意儿！秃尾巴蝎子，褪毛鸡！就这么对待别人啊！……又不是密斯特诺斯那个好管闲事的来了！好家伙，那次三天不给饭吃，害得我们成天趴在窗口看，一个个披着毯子，像疯子一样……"

乞丐一个接一个被抓起来，直接送进了三圣母监狱的一个又黑又窄的牢房。"杂毛"像螃蟹一样爬了进去，狼牙栓当啷作响，浑身霉味和烟头味儿的看守们不断骂骂咧咧，把"杂毛"的声音淹没了。可是到了拱形地下室里面，他的声音显得格外洪亮。

"啊呀，你猜怎么着？到处都是雷子！啊呀，'渗母'玛利亚！那么多狗腿子！耶稣'金多'保佑我！……"

他的难友们个个一把鼻涕、一把眼泪，跟伤风的牲口一样。他们受不了那一片漆黑，像是粘在眼睛上抹也抹不去，也受不了整天提心吊胆（就在他们待的这地方，已经不知道有多少人给活活饿死渴死了）。他们还害怕像猪狗一样被宰了拿去做肥皂，或者被掐死分给警察吃肉。一张张吃人生番的面孔，明晃晃的像一盏盏灯笼，正穿过那一片黑暗向他们逼近，两片腮帮子肥得像屁股，胡须上挂着巧克力色的黏液……

一个大学生和一个教堂司事也在这同一间牢房里。

"先生，我没弄错的话，您是第一个到这儿的。先是您，后是我，对吧？"

大学生没话找话说，因为他难受得嗓子眼儿里像是堵着块东西，非得想法吐出来不可。

"嗯，好像是……"教堂司事回答说，一边在黑暗中寻找说话人的脸。

"是……是这样，我想问您为什么被抓……"

"噢，我想，就是被抓了呗……"教堂司事说。

大学生从头到脚浑身一颤，好不容易才说出话来：

"我也是……"

乞丐们四处摸索，找他们寸步不离的饭口袋。可是在警察局局长办公室里，别人早把他们所有的东西都拿走了，包括塞在衣袋里的。连一根火柴也不准带进牢房，规定十分严格。

"那您的案子呢？"大学生又问。

"我没什么案子。跟您一样，是上头让我来这儿的。"

说完话，教堂司事就把脊梁靠在粗糙的墙皮上蹭了起来，想把虱子弄掉。

"您从前是……"

“什么也不是！……”教堂司事没好气地打断对方的话，“我从前什么也不是！”

这时候门轴吱地一声，接着像被刀划了一下似的打开了，又进来一个要饭的。

“法兰西万岁！”“空裤腿”一进来就大喊一声。

“我被抓……”教堂司事突然想说真心话了。

“法兰西万岁！”

“是因为我糊里糊涂犯了法，就为这个。我本来是去摘拉奥圣母节通告的。我走到教堂门口，没想到从门斗上摘下来的是总统先生母亲大人的寿辰弥撒通告。”

“就为这个？他们怎么知道的？……”大学生小声问道。

教堂司事用指头尖揉了揉眼睛，把流到半路的泪水堵了回去。

“我不知道……倒霉呗……反正他们去抓我了，把我带到警察局局长办公室，先是脖颈儿上狠狠挨了几下，就给推进这间牢房，不准家人来探视，说我是革命党。”

又怕，又冷，又饿，乞丐们一直都在哭哭啼啼。他们紧紧挤成一团，四周一片漆黑，伸手不见五指，有时候，又昏昏沉沉，像睡着了似的。在他们之间，回旋着怀孕的聋哑姑娘的喘息声，像是在寻找出去的通道。

谁也说不上是几点，大概是半夜时光，他们都被带出牢房。说是要调查一桩政治谋杀案。说这话的是一个矮胖男人，一张亚麻色的皱巴巴的脸，一道胡乱修剪过的胡子悬在厚嘴唇上，鼻子扁平，眼泡肿胀。他一个接一个问所有的人是不是认识“门廊谋杀案”的凶手或凶手们：前一天夜里，一名上校军官遇害了。

他们待的房间里点着一盏粗捻煤油灯，微弱的光线透过水蒙蒙的灯罩照射出来。屋里的东西在哪儿？墙壁在哪儿？那块比老虎脸还狰狞的军徽在哪儿？那根缀满手枪子弹的警官腰带在哪儿？

审问他们的是军事法官，乞丐们出乎意料的供词使他从椅子上跳了起来。

"你们迟早要说真话的！"他喊道，从近视镜后面露出那对蛤蟆眼的大片眼白，接着用拳头狠狠地敲了一下写字台。

可是乞丐们还是一个接一个坚持说"门廊谋杀案"的凶手是"软布人"，而且用冤魂般的声音讲述他们亲眼看到的详细经过。

军事法官一个手势，站在门口竖起耳朵听审的警察便扑向乞丐们，一面拳打脚踢，一面把他们轰进一间空荡荡的大厅。

从隐约可见的屋顶大梁上吊下一根长长的绳索。

"是傻子干的！"第一个受刑的乞丐喊叫，满心以为只要说了真话就可以免遭折磨。"老爷，是傻子干的！是傻子干的！上帝啊，确实是傻子干的嘛！傻子！傻子！傻子！就是那个'软布人'！那个'软布人'！是他！是他！是他！"

"准是有人教你们这么说的，可我不信这种鬼话！不说实话就宰了你！……听明白了，知道吗？你要是不明白，就好好听着，好好听着！"

军事法官血口喷人的吼声消散在那个可怜虫的耳朵里。他双手大拇指被绳子捆着，两脚悬空，吊在房梁上，还是不停地喊道：

"是傻子干的！傻子干的！上帝啊，是傻子嘛！傻子干的！傻子干的！傻子干的！……傻子干的嘛！"

"胡说！……"法官的口气斩钉截铁，停了停又接着说道：

"胡说，你这个无赖！……看你再嘴硬！还是让我告诉你什么人杀了何塞·帕拉勒斯·松连特上校吧。听我说……是欧塞比奥·卡纳勒斯将军和律师阿贝勒·卡尔瓦哈勒干的！"

随着这席话而来的是一片似乎凝固起来的静默。过了一会儿……过了一会儿，才听到一声呻吟，再等了一会儿，又是一声呻吟，然后才听到一声"是"。绳子松开了，"寡妇"一下子趴到地上，一动不动，他那黑白混血儿的面颊浸在汗水和泪水里，如同一块雨水淋湿了的炭火。其他人浑身哆嗦，就像街上吃了警察毒饵的野狗。轮到审问他们的时候，都异口同声地附和法官的话，只有"杂毛"没这么做。他又害怕又厌恶，脸部肌肉不断抽搐着。他也被捆紧手指吊了起来，因为当他像活埋了半截的人（跟所有失去双腿的人一样）立在地上的时候，一口咬定其他人都在撒谎，该对谋杀案负责的明明是傻子，怎么可以诬告不相干的人呢！

"负责！……"法官像从空中捕捉到什么似的，一下子揪住了这个字眼，"你居然认为一个傻子能负什么责任。这明明是在说谎！一个不能负责的人居然要负责任！"

"这……你们去问他好了……"

"这小子欠揍！"一个女声女气的警察出主意说。另一个就劈头盖脸地抡起了手中的皮鞭。

"快说实话！"法官大吼一声。在老乞丐的脸上，皮鞭不停地噼啪作响，"快说实话，要不就吊你一夜！"

"你没见我是个瞎子吗？……"

"那你快说不是'软布人'。……"

"是他，我说的是真话。我敢作敢当！"

嗖嗖两鞭子，打得他的嘴唇出了血。

"你瞎可不聋。快说实话，学学那几个证人的样……！"

"好吧。""杂毛"有气无力地说。法官满以为这下子他总算赢了。

"好吧，你这只蠢猪：是'软布人'干的……"

"混账东西！"

法官的骂声只管飘进那人的耳朵，他已经半死不活，什么也听不见了。绳子松开了，"杂毛"的尸体，也就是没有双腿的上半身，像折断的钟摆一样，沉甸甸地掉在地上。

"老无赖，反正你的证词不算数，你是瞎子！"法官喊道，一面从尸体旁边走过去。

他要去给总统先生汇报初审结果。他坐上一辆两匹瘦马拉的车。照路的车灯活像死神的一双眼睛。几个警察把"杂毛"的尸体装进垃圾车，往墓地推去。公鸡接连啼叫起来。乞丐们被放出来，又回到大街上。聋哑姑娘吓得哭哭啼啼，因为她觉得肚子里有一个孩子……

三、"软布人"逃走

"软布人"逃走了。他沿着城郊崎岖狭窄的羊肠小道跑去,一路狂呼乱叫,既没有打断天籁的喘息,也没有搅扰居民的梦境。这些居民在死神的镜子里都是一个模样,但是一到日出而作、各自奔忙的时候,可就大不相同了。一些人衣食无着,不得不为得到一块面包而终日辛劳,另一些人仓积败粟,得天独厚地悠闲度日。这后者是总统先生的红人,拥有四五十所房子的产业主,收取九分、九分半甚至十分月利的放债人,身兼七八个公职的官吏以及专门倒卖特许证、济贫所、学衔、赌场、斗鸡场、印第安人、烧烟作坊、妓院、酒店和官助报刊的各式经纪人。

黎明把群山围成的漏斗边缘镶上一圈污血般的暗红色,城市像一片瘢痕,在山间平地上伸延开来。仍然覆盖在黑暗下面的街道上走过第一批去干活的匠人,活像是每日清晨再生一次的混沌世界中的鬼影。几小时之后,接着出现了职员、店员、工人和学生。十一点钟左右,太阳已经很高了,阔佬们才出门散步。他们需要消化早餐,好空出肚子接纳午餐,再不就是去拜访哪位有权有势的朋友,准备跟他合伙用半价从饥肠辘辘的中小学教师手里购买拖欠工资的证券。当黑暗还覆盖着大街小巷的时候,平民女子那浆过的衣裙就以窸窸窣窣玉米叶般的声响打破了寂静。她们是卖猪肉的、卖猪油的、卖杂碎的、倒二手货的。她们整天手脚不停地为养家糊口而想方设法，一大清早就起来四处张罗。晨曦的色彩越来越淡薄，逐渐呈现出秋海棠苍白的粉红色。这时候响起了瘦骨伶仃的女职员的细碎脚步，而那些对她们不屑一顾的雍容华贵的太太们也离开了自己的房间，走到回廊底下，在温暖的阳光下伸伸懒腰，给女佣人讲讲昨夜的梦，对过路人品头论足一番，抚弄抚弄小猫咪，看看报纸，再不就照照镜子。

"软布人"半醒半睡地跑着，身后是追赶他的狗群，头上是小钉子一样接连落下的细雨。他失魂落魄、漫无目的地跑啊跑，张大了嘴巴，伸长了舌头，口水和鼻涕拖得老长，气喘吁吁，高举着双臂。从他的两旁闪过一道道门，又一道道门，又一道道门，一扇扇窗户，一扇扇窗户，又一扇扇窗户……突然，他停下来，两手捂住脸，想抵挡电线杆的攻击，可是他很快就发现不过是几根与世无争的木桩，于是哈哈大笑了一阵，又接着往前跑去，仿佛他力图逃脱一所牢狱。他往前跑一步，那道雾蒙蒙的高墙就远离一步。

到了荒郊野外，也就是城市延伸的尽头，他就像终于走到了床边，一头栽倒在一堆垃圾上睡着了。垃圾堆上面纵横交错着蛛网般的枯树，枝杈间密密麻麻栖息着一片兀鹫。这些黑乎乎的大鸟一直用蓝灰色的眼睛盯着他。见他半晌无声无息，便纷纷落到地上，一蹦一跳地团团围住他，而且继续蹦来蹦去举行猛禽的葬礼舞会。它们缩头缩脑地四处张望，只要垃圾堆上刮起一丝风，或者树叶微微一摇，就准备展翅飞起，然后接着蹦来跳去，逐渐缩小了包围圈，只要一伸嘴就能够着那人了。突然一声凶恶的嘎嘎叫发出了攻击的信号。"软布人"一下子跳起来，醒了，开始进行自卫……一只胆子最大的兀鹫早已经把尖喙戳进"软布人"的上嘴唇，像匕首一样，深深插到牙齿上。另外几只也嗜肉成性，正在争先恐后地啄食双眼和心脏。那只啄住嘴唇的，毫不顾及猎物还活着，使出全身力气想把一片肉扯下来，眼看就要达到目的了，一直在步步后退的"软布人"突然跌倒，沿着垃圾山的陡坡滚下去，一路掀起浓雾般的灰尘和像疮痂一样的片片污物。

夜晚降临了。墨绿的天，墨绿的地。军营里响起晚六时的号声，使人想起原始部落临战时或者中世纪城池被围时的不祥信号。监狱里，在年复一年的漫长岁月中一点点死去的犯人们又开始了弥留之际的挣扎。大街小巷仿佛千万只蜗牛触角向城市周围的天际伸去。受到总统接见的人们也纷纷各自回家，有的心满意足，有的垂头丧气。只有赌场的灯火用它们的利刃划破夜空。

傻子还在跟兀鹫的幻影搏斗，觉得永远无法摆脱它们。他还得跟疼痛搏斗，因为刚才摔倒的时候一条腿折断了，疼得两眼发黑，难以忍受，似乎他的生命正被一丝丝地抽去。

整个夜晚他都在呻吟，慢一阵，紧一阵，慢一阵，紧一阵，像一只受伤的狗。

嗯哼、哼、哼……嗯哼……哼……哼……

……

在一眼甜甜的泉水旁边，一片野草把城郊垃圾堆变成绚丽的花丛，而傻子头脑中的小小天地里正在掀起一阵越来越巨大的风暴。

嗯哼、嗯哼、嗯哼……

高烧的利爪似乎要撕裂他的额角。脑子里乱作一团。哈哈镜里的世界伸缩自如。大头小身，奇形怪状。梦魇里的狂风暴雨。令人目眩的逃窜，前后左右，天上地下，倾斜坠落，刚刚迈步，又在原地旋转飘起。

左拐一个弯，右拐一个弯，曲里拐弯，罗得的妻子三道弯（莫非是她发明了彩票？）①。拉着有轨车的骡子变成了罗得的妻子，纹丝不动地站着。车夫大怒，抢鞭子、扔石头，一顿毒打，可是还不解气，又请诸位绅士动用各自的武器。几位最尊贵的先生随身带着长剑，一阵剑击之后，骡子才不得不迈步走起来。

嗯……嗯……嗯……

哦——傻子！哦——傻子！

……嗯、嗯、嗯……

磨刀人磨尖了牙齿大笑！尖利的笑声！磨刀人的牙齿！

妈妈！

醉汉大叫一声，吓得傻子浑身颤抖。

妈妈！

月亮在松软的云堆里发出洁白的光。潮湿的树叶，反射出瓷器般光滑柔和的皎洁月光。

抬走了……！

抬走了……！

从教堂抬走了圣徒去埋葬！

---

① 罗得是《圣经》里的人物，其妻因好奇被变为一尊石像。"彩票"的第一个音节在西班牙语中又与罗得的发音相重，是文字游戏。

啊，真痛快，啊，去埋葬，啊，去埋葬，真痛快，啊！

墓地比城里更叫人痛快，比城里更清新干净！啊，真痛快，要去埋葬，啊，去埋葬！

嗒——啦——啦！嗒——啦——嘀！

毕——毕！

嗒——啦——啦——啦！嗒——啦——啦——嘀！

嘣咚咚，嘣嘣，叮嘣当！

七个隆咚锵锵锵，哈哈，哈哈——嘻，哈哈，门廊里的土耳其人，哈哈哈！

毕毕！

蹦咚咚，蹦、蹦，叮蹦当！

他一路上跌跌撞撞，大踏步蹦蹦跳跳，从一个火山到另一个火山，从一个星星到另一个星星，从一重天到另一重天，半醒半睡，夹在大嘴小嘴中间，有牙齿的和没牙齿的，有嘴唇的和没嘴唇的，双层嘴唇的，长毛的，两个舌头，三个舌头，都一齐冲他喊叫："妈妈！妈妈！妈妈！"

嘟——嘟！……他乘上近郊火车想飞快远离城里，去寻找像轿子似的托着火山口的群峰；他走过无线电台的高塔，远离人迹，越过士兵馅的鱼肉饼炮台①。可是火车又回到了出发点，好像用线牵着的玩具。咯噔——咯噔。他到了。在车站等他的是个齄鼻儿卖菜女人，长着藤条一样的头发。那女人冲他喊道："傻子要面包吗，小八哥？……傻子喝水！傻子喝水！"

---

① "鱼肉饼"在西班牙语中发音近似"飞跑"。

卖菜女人高举着水坛子紧追不舍，逼得他径直跑向大教堂门廊。可是他刚跑到……"妈呀！"一声大叫……一个腾跃……一个人……一片黑夜……一场搏斗……一个死尸……一摊鲜血……撒腿逃跑，……是傻子他，……"傻子喝水，小八哥！傻子喝水……"

腿上的伤痛把他折腾醒了。他觉得浑身骨头都布满了横七竖八的裂纹。他的双眸在白昼的亮光下显得凄凄惶惶。沉睡的攀藤植物上洒满了绚丽的花朵，召唤人们去它们的阴影下面歇息，旁边还有一股清凉的泉水，正在摇摆一条泡沫攒动的尾巴，就像有一只银色的松鼠躲在苔藓和水草之中。

四周一片空旷和寂静。

"软布人"又闭上双眼，暗自跟伤痛搏斗，想法为断腿找到合适的姿势，同时用手捂住被撕裂的嘴唇，阻止它脱落。可是他一旦张开滚烫的眼皮，就有一片血色的天空从他上面掠过，他还看到蠕虫变成了蛾子，正在一道道闪电中飞逃。

他仰卧着，做出在梦呓中摇铃铛的模样。谁要给快死的人吃的雪糕！卖冰棍的在兜售临终圣餐！牧师在出售雪糕！给快死的人吃的雪糕！叮铃！叮铃！给快死的人吃的雪糕！临终圣餐来了！卖冰棍的来了！摘下帽子，你这个傻哑巴！给快死的人吃的雪糕！……

四、"天使脸"

　　"软布人"身上粘满了纸片、碎皮子、破布、伞骨、草帽沿、千疮百孔的旧锡器、陶瓷残渣、硬纸壳、书封面、碎玻璃、被阳光扭曲了的旧鞋、领衬、鸡蛋壳、棉花、食物残渣……他还在梦中。这会儿，他梦见自己在一所大院子里，周围全是假面人。他定神一看，原来这些面孔都盯着两只搏斗的公鸡。它们厮打在一起，像一团纸燃起的火焰。一只斗鸡没有挣扎就断了气。盯着这个场面的是看客们一对对死鱼般的目光，他们一见浸着鲜血的弯刀露出来，才个个心满意足。四周的烧酒味。一摊摊烟草色的痰迹。血淋淋的五脏六腑。疲惫而鲁钝。浑浑噩噩。懒懒散散。热带的中午。有人在他梦境中走过，踮着脚尖，生怕惊醒他……

　　那是"软布人"的母亲，一个斗鸡人的情妇。此人弹吉他的手指像是套上了石英指套，后来因为争风吃醋、生活放荡而下场不妙。"软布人"母亲的一生是一部说不完的苦难故事。当那个穷小子的姘妇，又要为自己的崽子受罪。照见多识广的街坊大婶们的说法，那孩子是中了月亮的邪而"蛋生"的，一生下来，脑袋就大得不成比例，圆咕隆咚，头顶上还长了两个月亮一样的肉瘤。这个大脑袋眼看就要断气了，不知道怎么跟医院病人们干瘪的瘦脸合在一起了，还加上斗鸡的那个醉鬼的一副怪模样，像是害怕什么，又像是厌恶什么，既像是在打嗝，又像要恶心呕吐。

"软布人"听到母亲浆过的衣裙在窸窣作响（风吹树叶？），马上双眼含泪去追赶她。

他偎依在母亲胸前，觉得轻松了许多。赐予他生命的母腹像吸墨纸一样，吮净了他的伤痛。多么深邃而厚实的庇护所！多少源源喷涌的慈爱！小百合花啊大百合花！轻轻抚摸哦轻轻抚摸！……

从他耳朵深处传来了斗鸡人喃喃的哼唱：

> 可不是嘛……
>
> 可不是嘛……
>
> 可不是嘛，小糖块，啦啦！
>
> 我是一只公鸡，啦啦！
>
> 脚下打滑，啦啦！
>
> 翅膀耷拉，啦啦！

"软布人"抬起头，默默说道：

"原谅我，亲娘，原谅我！"

那身影伸手抚摸他的脸庞，一边回答他微微的呻吟：

"原谅我，孩子，原谅我！"

又是他父亲的声音，如同从烧酒杯里垂下一条小径，一直通向远方：

> 我缠上了……

缠上了……

缠上了白净的小妞儿。

木薯好是好，

却只能揪到缨子。

"软布人"喃喃地说：

"亲娘，我很伤心！"

那身影伸手抚摸他的脸庞，一边回答他微微的呻吟：

"孩子，我很伤心！"

这幸福不过是一场虚空。一棵松树探下阴影去亲吻大地，撒下一片小溪般的清凉。松树上，一只鸟儿在歌唱，它是鸟儿，也是一只金铃铛：

"我是天堂鸟的玫瑰苹果，我是生命。我的身体一半是假，一半是真。我是玫瑰，我是苹果。我给所有的人一只玻璃眼睛，一只真眼睛。用我的玻璃眼看东西的人们能看见，是因为他们在做梦；用我的真眼睛看东西的人们能看见，是因为他们确实睁大了眼睛！我是生命，我是天堂鸟的玫瑰苹果，我把一切现实的东西变成幻影，我把一切幻影变成现实！"

突然，他离开母亲的怀抱，跑去看沿街走过的马戏团。衣服上缀着彩色玻璃片的女人骑的高头大马，鬃毛长得犹如垂柳的柔丝。插满鲜花和中国绢纸小旗的马车沿着石子路滚滚而来，像醉汉一样东摇西晃。蓬头垢面的十番乐队来了，有吹喇叭的，也有锯琴弦和捶大鼓的。脸涂白粉的小丑散发着五颜六色的节目单，宣布要举行一次盛大演出，专门招待共和国总统——祖国的救星、自由党的领袖和莘莘学子的庇护人。

　　"软布人"的目光茫然扫视着空荡荡的高大穹顶。远去的马戏团把他甩进一座楼房里。楼房下面是灰绿色的无底深渊。在一排排帷幔中，像吊桥一样，一张张靠背椅子悬垂而下。忏悔室在天地之间上上下下，充当升降机，运送任凭金球天使和万角恶魔摆布的驯顺灵魂。如同光线穿透玻璃一般，卡门圣母骤然间从神龛里走下来问他想干什么、要找何许人。她嘛，是这所房子的女主人，是最甜蜜的天使，最完美的圣者、穷苦人的慰藉。于是，"软布人"干脆高高兴兴待在那儿跟她攀谈起来。如此了不起的夫人还不到一米高，不过说起话来，却好像跟正常身材的人一样，什么都懂。"软布人"比比划划地告诉她，他太喜欢咀嚼蜡渣了。那位夫人半开玩笑半当真地对他说，祭坛上点着那么多蜡烛，他随便取一支就是了。说完这话，她提起长长的银色披风，拉着"软布人"往金鱼池走去，还给了他一截彩虹放在嘴里当棒棒糖嚼。他简直美到头了，美滋滋的感觉从舌尖流到脚尖。这些都是他一生下来就始终想得到的东西：当口香糖嚼的蜡块，薄荷棒棒糖，金鱼池，还有妈妈———一边给他揉断腿，一边唱着："今天不好明天好，蛤蟆撅着屁股跳。七个响屁都放完，妈妈和你哈哈笑！"于是，他就安安稳稳在垃圾堆上睡着了。

　　但是他的幸福比晴天阵雨还短暂……从一条通到垃圾堆就消失了的乳白色泥土小径上下来了一个砍柴的，身后跟着他的狗，背上扛着柴捆，上面搭着叠好的外套，像抱孩子一样把砍刀搂在怀里。垃圾坑其实并不深，不过暮色把它沉浸在一片黑暗中，给堆在底部的垃圾罩上一层裹尸布。这些被人们丢弃的污秽在夜色中颤巍巍、静悄悄地瑟缩成一团。他回头看了一眼，总觉得有人跟在后面。他往前走了几步，停下来，总感到坑底藏着什么人在往前"拽"他。他的狗狂叫着，浑身的毛都竖起来了，真像是见了鬼。一阵旋风掀起一团脏纸片，满是斑斑点点的女人血迹，仿佛甜菜汁的渍痕。天空又远又蓝，像是一座高大坟墓的穹顶，一圈圈兀鹫缓缓地盘旋在顶端，如同摆放的花环。突然，那只狗朝"软布人"躺着的地方跑去。砍柴人吓得浑身打了个冷颤，不过还是跟在狗后面，一步步走过去，想看看那死人究竟是谁。他小心翼翼，生怕被玻璃片、碎瓶子、空罐头之类扎伤了脚，还要蹦蹦跳跳越过臭烘烘的粪便和黑黝黝的水坑。在这片垃圾海洋里，几只破脸盆像沉船似的积满了水……

砍柴人没顾得放下沉重的柴捆（而且他心头的恐惧比柴捆还沉重），就匆匆踢了一脚那个人，以为不过是具尸体，结果大吃一惊，没想到竟是个大活人。他一声声绝望的哭喊不正在勾勒着生命的搏动吗？再加上狗的狂吠，顿时掀起一片风雨交加般的嘈杂。这时候，传来了脚步声，有人在近处松树林和枯老的番石榴丛里走动。砍柴人越发惶恐不安。别是警察……真的，怎么说呢……他可不想惹来麻烦……

"去，去！"他冲狗喊了一声，可是那畜牲还是叫个没完，他只得抬腿给了它一脚："别吵了，狗东西！随他去吧！……"

他想逃走……可是逃走等于自己背了黑锅……要真是警察就更糟了……他转身对受伤的人说：

"快点，嗨，我用这个把你拽起来！……唉呀，我的上帝，你差点就死了……快，别怕，别喊，我不是来害你的！我从这儿走过，见你倒在地上，还……"

"我见你把他从土里刨出来，"砍柴人突然听到背后有人说道，"我又折回来，我还以为你认识他，咱们把他从这儿弄走吧……"

砍柴人回过头想答话，却吓了一跳，差点跌倒，连气儿也喘不上来了。他本想撒腿就跑，可是还是双手紧紧抓住那个站也站不住的可怜人。跟他说话的原来是个天使：金色大理石般的面孔，金黄的头发，小小的嘴，一种说不上的女人气和那双雄赳赳的黑眼睛形成强烈对照，穿一身灰衣服，在暮色中看去像一团云雾，纤细的手中握着一根细细的竹竿和一顶小鸽子似的利马礼帽。

"一个天使！"砍柴人目不转睛地盯着那人，"……一个天使，"他一个劲儿念叨着，"……一个天使！"

"从这身衣裳看，你是个穷人。"来人说道，"做个穷人真是太惨了！……"

"看怎么说，世上的事都要看怎么说了。就说我吧，我确实很穷，天天得干活儿，只有老婆和一间草房，可我不觉得自己怎么惨。"砍柴人结结巴巴地絮叨着，像是在睡梦里祈求天使。只要天使乐意，就有能力奖赏他这个安贫乐道、本本分分的基督徒，把他由砍柴人变成国王。刹那间，他觉得自己已经身穿绣金华衮，肩披鲜红礼袍，头戴尖顶王冠，手持钻石权杖。垃圾慢慢离他远去了……

"有意思！"那人说，而且不得不提高声音来压倒"软布人"的哭喊。

"有意思？为什么？……不管怎么说吧，反正我们穷人最安分守己。再说，也没别的办法！……说真的，那些上学念书的整天净想些没边儿的事。连我老婆有时候也没事找事，说什么星期天她想长上翅膀。”

坡越来越陡。受伤的“软布人”一路上接二连三地晕倒。在他垂危者的双眼里，四周的树木忽上忽下，就像跳中国舞的舞蹈者们的手指头一样。另外两个人几乎是架着他往前走，他们的话音，仿佛在地上打滑的醉汉，时高时低钻进他的耳朵。他觉得眼前一片漆黑。一阵突发的寒战搅起了他在发高烧时曾经有过的各种幻觉的残片。

“这么说，你老婆星期天想长上翅膀？”来人说，“现在想长上翅膀，等真长上了，又该发愁派不上用场了。”

“可不是嘛。不过，她说有了翅膀就可以到处逛逛。每次跟我怄气，她都冲天嚷嚷要翅膀。”

砍柴人停下来用外套擦了擦额头的汗水，又大声说：

“他还真够沉的！”

这时候另外那人说：

“要想到处逛逛，两只脚绰绰有余了。就算她长了翅膀，也终究离不开家。”

“我也是这么说的。其实她倒不是打心眼儿里想走。女人就像笼里的鸟儿，出去没法过日子。要不，我背回去的柴禾，还不知道有多少都打断在她身上了。”说到这儿，他突然想起自己是在跟天使说话，就赶紧缓和一下口气，“不过，我对她还是挺好的，您说是吧？”

陌生人没作声。

“谁打了这个可怜的人呢？”砍柴人接着说，想换换话题，很后悔刚才说的话。

"总会有人吧……"

"真的，有些人什么事都干得出……这个可怜人叫人家像牲口一样往嘴上划了一刀就给扔进了垃圾堆。"

"他说不定别处还有伤呢。"

"嘴唇上的伤，依我说，是用刮脸刀拉的，然后把他丢在坑里。您是不是觉得这件事没法查出来？"

"可是天地良心……"

"我也这么说。"

树上落满了兀鹫，不过它们都准备离开垃圾坑了。"软布人"疼得要命，可是怕得要死，突然不作声了。他像铁钩和刺猬一样蜷缩起身体，隐蔽在死一般的沉寂中。

阵阵轻风掠过原野，从城里刮到郊外，是那样柔和、温煦而亲切……

陌生人看看表，往受伤的"软布人"口袋里塞了几个硬币，客客气气告别了砍柴人，就匆匆走了。

天上没有一丝云彩，布满一片璀璨的光辉。田野上已经开始出现近郊的点点灯火，宛如黑魆魆的剧场中点燃的火柴在闪动。歪歪扭扭的树木也开始从黑暗中冒出来，接着便是最初几家房舍：散发着麦秸味的小土屋，弥漫着乡下人体臭的木板房，带有肮脏门廊、充满马粪味的大宅子，通常还兼卖草料的车马店既像古城堡一样为姑娘提供跟情人幽会的场所，也方便了脚夫们在黑灯瞎火里闲聊。

见到最初几家房舍，砍柴人决定告别受伤的"软布人"，不过事先给他指点了去医院的路。"软布人"微微抬起眼皮，想找地方松口气，平息一下自己的抽噎。他那双失神的目光哀告着死死盯着一扇扇紧闭的大门，恨不得像尖刺一样扎进去。然而，街上是一片死寂。远远地，传来一阵号角，命令游荡的人们投宿，接着是三响一停颤巍巍的钟声，宛如过世的虔诚教徒在念颂：可怜啊！……可怜啊！……可怜啊！……

一只在暗中扑棱的兀鹫吓了"软布人"一跳。这只猛禽的一只翅膀断了，发出一阵阵凶狠的鸣叫，在他听来简直是咄咄逼人的威胁。他一步步离开了那地方，一步步倚着墙往前挪动。屹立不动的墙壁似乎在瑟瑟发抖。他一声接一声呻吟着，不知道自己走向何方。夜风吹打在脸上，仿佛夹带着噬人的冰棱。他又开始断断续续地抽噎起来……

砍柴人跟往常一样把柴捆放在他家院子里。他的狗抢先跑进屋里，这时候又欢天喜地迎了出来。他轰开狗，没顾着摘帽子，忙把外套敞开，任它像蝙蝠翅膀似的在肩头飘荡。他径直走到在屋角灶火前烘烤玉米饼的老婆身旁，对她说起刚才发生的事情。

"在垃圾坑那儿我遇到一个天使……"

灶火里的火焰把斑驳的光点洒在芦苇墙和草编顶棚上，很像众天使的翅膀在扇动。

一缕白烟摇摇晃晃从茅舍冒出，散发着柴草的芳香。

五、那个畜牲！

总统秘书在听巴雷尼奥大夫说话。

"秘书先生，您知道，我是外科军医，天天去兵营出诊，整整十年了。您知道，有人太不像话，仗势欺人，坑害了我，还把我抓起来。抓我的原因是……您知道，是这么回事：军医院里出现了一种怪病，每天上午死十来个人，下午死十来个，晚上又死十来个。您知道，军队卫生部主任派我和另外几个医生去调查这件事，还让我们说明为什么死这么多人，他们头天进医院的时候还好好的，至少没什么大毛病。您知道，我检查了五具尸体，才弄明白：这些倒霉蛋之所以死，是因为他们的胃都被硬币大小的窟窿穿透，显然是某种药物的作用。开头我不知道是什么药，后来才知道原来是用来当泻药的硫酸钠。这种硫酸钠是从一家汽水厂买来的，自然质量极差。您知道，别的医生跟我的看法不一样，可能正因为如此，才没抓他们。按他们的说法，死囚所患是一种尚待研究的新的疾病。您知道，已经死了一百四十名士兵，可是还剩下整整两大桶硫酸钠。您知道，为了捞几个钱，军队卫生部主任不惜牺牲一百四十个人的生命，还不算往后会接连死去的……您知道……"

"路易斯·巴雷尼奥大夫！"总统副官在秘书处门口喊道。

"秘书先生，回头再告诉您他说些什么。"

秘书陪着巴雷尼奥大夫走了几步，完全是出于悲天悯人才耐心听他唠叨事件的始末，既单调又乏味，不过却很符合他那满头白发、脸孔像干牛排一样憔悴的老学究气质。

共和国总统站着接待了医生。只见他昂着头，一只胳膊自如地垂着，另一只背在身后，没等医生开口问好，就大声吼道：

"听我说，堂路易斯，记住我的话。我可不打算听任几个臭大夫到处胡说八道，败坏我们政府的声誉。反对我的人要放明白点，别太张狂了。谁想试试，看我揪下他的脑袋。你走吧！出去！……叫那个畜牲来！"

巴雷尼奥大夫走出去，背朝门站了一会，手里捏着帽子，一道忧愁的纹路横在脑门上，脸色苍白得像行将就木的人。

"完了！秘书先生，我完了！……我只听到一句话：'你走吧！出去！叫那个畜牲来！'"

"那个畜牲是我！"

从屋角一张桌子后面站起来一个文书，边说边推开巴雷尼奥大夫刚刚关上的门，走进总统办公室。

"我还以为他要打我呢！……真想不到……真想不到……"医生一面清理自己的思绪，一面擦着满头的大汗，"真想不到！不过我不能再打扰您了，秘书先生，您是个大忙人。好吧，我走了，十分感谢……"

"再见，亲爱的大夫。不必谢了，祝您走运。"

秘书整理好最后一份文件，准备过一会儿就呈交总统签署。城市上空橘红色的晚霞正在迅速消退。晚霞上端已经披上一层缀着闪闪星光的薄纱，犹如赞美诗班的天使一样。从灯火辉煌的钟楼上传出的晚祷钟声缓缓飘荡，向街心抛洒普度众生的救生圈。

巴雷尼奥五脏俱焚地回到家里。谁能躲得开暗箭呢？他关门的时候，特别看了一眼屋顶。说不定会从那儿伸下一只黑手把他掐死。他急忙钻到屋里的衣橱后面。

一件件大衣笔挺地悬在橱里，活像保存在樟脑之中的吊死鬼。眼前的死人形象使巴雷尼奥想起被人杀害的父亲。那是许多年以前的一个夜晚，他父亲只身走在路上时发生的。司法当局调查了一番，毫无结果，最后用轻描淡写的一句话了却了这桩卑鄙的罪行。他们全家只得忍气吞声。这时候，他们收到一封匿名信，内容大意是："那天夜晚，我和我姐夫从大湾镇到木船村去。大概十一点左右，我们听到远处一声枪响，接着又是一枪，又是一枪，又是一枪……我们数了一下，一共五枪。我们赶紧躲进附近的小树林里。不一会儿，又听见一伙儿人骑马飞快朝我们待的地方跑来，几乎擦着身子从我们面前跑过去了。我们等了一会儿，听不到什么动静了，这才接着赶路。可是我们的牲口就是不肯迈步，一个劲儿喷着鼻子往后退。我们只好跳下鞍子，端起手枪，想看看前面到底有什么，结果发现了一个男人的尸体趴在地上，离他几步远有一头受伤的骡子，我姐夫把它牵到路边。我们连想也没想，就急忙折回大湾镇去报案。在警备司令部，我们遇见了何塞·帕拉勒斯·松连特上校，外号叫'骑骡子的'。他正跟一群朋友坐在一张摆满酒杯的桌子周围。我们把他叫到一边，小声向他讲了一遍我们刚才看到的事：先是枪声，以后……听了我们的话，他耸耸肩膀，斜眼看了一下挂满蜡泪的蜡烛，最后才慢吞吞地说：

'我看你们还是老老实实回家去，以后别再提这事。我这话可不是随便说的！……'。"

"路易斯！……路易斯！……"

衣橱里，一件大衣犹如一只老鹰落地似的掉了下来。

"路易斯！"

巴雷尼奥急忙跳出来，跑到离书架两步远的地方抄起了一本书。要是他妻子见他躲在衣橱里，还不知道要吓成什么样呢！……

"你这人真没劲！没完没了地看书，早晚得送了命，再不就得发疯！别忘了我跟你说的话。你怎么就不明白，如今这世道，你想混出点名堂，要紧的是耍嘴皮子，不是什么学问。你整天看书，捞到什么了？什么也没捞到！依我看也就是几双破袜子，又怎么样！……得了！……得了！"

灯光和他妻子的声音使他恢复了平静。

"得了！看书……看书……有什么用？就等你死了以后，让人家说你有学问？这话他们对谁都讲……见鬼！那些没有学历的医生才该看书呢。你完全不必，你的博士头衔是干什么用的？有了它就不学而知……你……你别冲我来这副嘴脸！你需要的不是书房，是来找你看病的。你眼前不该是这一本本没用处的破书，而是一个个上门的病人。那样至少咱们这家人的身体会好些。我不指望别的，就盼你的诊所坐满人，电话整天响个不停，你忙着给人看病……一句话，盼着你混出个名堂……"

"你说的混出个名堂指的是……"

"很清楚……弄点实惠……你少给我来那些废话，说什么正因为如此才更要像你那样没命地啃书本。别的医生有你一半的本事就不错了。要紧的是找个好靠山，想法出名……总统的医生长，总统的医生短……要的就是这，懂吗？这就叫混出点名堂……"

"我说……"巴雷尼奥话到嘴边又吞了回去，因为刹那间他想起了刚刚发生的事。"……我说，亲爱的，你就别做梦了。听我告诉你刚才总统是怎么见我来着，你可别吓晕过去。我刚从那儿回来。"

"天哪！真的？他说什么了？他怎么见你的？"

"糟透了！说是要揪下我的脑袋。我只听见这句话，可把我吓坏了。最丢脸的是我连出来的门都找不着了。"

"挨骂了？咳，不止你一个人挨他的骂。还有人挨他打呢！"停了一会儿，她又说，"你这人老倒霉就是因为胆子太小……"

"说得倒轻巧！你倒说说，有几个人能在野兽跟前逞好汉？"

"瞧你这人！说你胆小不是指这个。我是说做手术要胆子大一些。反正你也成不了总统的私人医生，就放开胆子当你的外科大夫好了。外科医生要的就是胆子。听我的没错。下刀子的时候要胆大心狠。当裁缝的要是怕糟蹋料子，就永世甭想裁好一件衣裳，做好了的衣裳可就好歹值几个钱。你们当大夫的也可以拿到医院看病的印第安人做试验嘛。总统那档子事，别放在心上。快去吃饭！他火气没法不大。你想，大教堂门廊底下出了那么吓人的谋杀案。"

"听我说，你给我闭嘴好不好！我可是从来没打过你，别气得我给你一个大嘴巴，根本没有什么谋杀案。再说，干掉这个可恶的刽子手，也没什么值得大惊小怪的。是他杀了我父亲，趁路上没人，杀了一个孤零零的老人！"

"那是匿名信上说的。你还算是个男子汉！有谁听匿名信上的话？"

"要是我真听匿名信上的话……"

"你真不像个男子汉……"

"听我说！要是我真听匿名信上的话，你就别想待在这个家里了。"巴雷尼奥的满脸怒火突然凝固起来，一只手急不可耐地在衣袋里摸索，"你就别想待在这个家里了！拿去看看……"

他妻子脸色煞白，只剩下唇膏的红色，接过大夫递过的纸条，飞快地扫了一眼：

"大夫！劳驾，请替我们劝劝您太太，如今'骑骡子的'总算归了西天，叫她别难过。一群关心您的男女朋友的心里话。"

她发出一阵令人心寒的咯咯笑声，尖刺一般塞满了巴雷尼奥小小试验室的所有试管和曲颈瓶，好像是等待分析化验的某种毒剂。她把纸条还给丈夫。这时候，女仆在门外说道：

"晚饭摆好了！"

在总统府，总统正在签署文件，站在一边伺候的是个小老头儿，就是巴雷尼奥大夫出去时被叫进去的那个"畜牲"。

那个"畜牲"穿着寒碜，皮肤红得像刚出生的老鼠，一头黄发犹如一堆劣质金子，蛋黄色的眼镜片后面躲藏着一双混浊的蓝眼睛。

总统签署完最后一份文件，小老头儿慌忙用吸墨纸去弄干墨迹，不小心把墨水瓶打翻在刚签了名的纸上。

"畜牲！"

"阁……下！"

"畜牲！"

一只手按了一下电铃，……又一下……又一下……一阵脚步声，副官站到了门口。

"将军，给这家伙二百大棍，快，快！"总统大吼一声，就转身回官邸去了。他的晚餐已经摆好。

那个"畜牲"两眼含着泪水，一声不吭，因为他说不出话来，而且他知道开口求饶终归没什么用处：总统正为帕拉勒斯·松连特被害火冒三丈呢。他透过蒙蒙泪花，似乎看到他的妻儿老小出面为他求情：一个弓背弯腰的老太太和五六个面黄肌瘦的孩子。他那只弯钩子似的枯手在上衣口袋里掏手绢，想把满肚子苦水一下子哭出来，可是他不能痛痛快快地大哭大叫！而且他也跟常人的想法不一样，他并不认为自己受了什么委屈。他觉得自己应该受罚，谁叫我这么笨手笨脚的！可是他不能痛痛快快地大哭大叫！谁叫我不会做事情！谁叫我把墨水洒在文件上！可是他不能痛痛快快地大哭大叫！……

他虽然闭着嘴，可还是露出一排梳子齿似的门牙，加上松塌塌的双腮和满脸愁容，活像判了死刑的犯人。脊背上的汗水浸湿了衬衣，紧紧贴在身上，真是说不出地难受，他从来没流过这么多汗！……可是他不能痛痛快快地大哭大叫！他害怕得胃里直翻腾，不禁发起抖来。

副官抓住他的胳膊往外拽，仿佛在拖麻袋。老头儿呆滞得跟死尸一样，两眼直勾勾的，耳朵里也如同被掏空了，一片怕人的死寂，浑身皮肤沉甸甸的，压得他连腰也直不起来。他一点力气也没有了，越来越没力气了……

几分钟之后，在餐厅门口。

"可以进来吗，总统先生？"

"请进，将军。"

"总统，我来向您报告，那个'畜牲'禁不住二百大棍。"

女仆正端着一盘煎土豆给总统布菜，听到这消息，不禁发起抖来。

"你哆嗦什么？"总统厉声责问，然后转向手拿军帽、立正站在一边目不转睛地等待答复的副官，"好吧，你可以走了！"

女仆等不及放下手里的盘子，快步追上副官，问他老头儿为什么禁不住二百大棍。

"什么为什么？死了呗！"

女仆手里还端着盘子，又回到餐厅。

"总统，"总统正在泰然自若地就餐，听她哭声哭调地说，"他说那人没禁住棍打，已经死了！"

"死了又怎么着？下一道菜！"

六、将军的脑袋

总统心腹"天使脸"米盖勒进来的时候，饭后甜食刚刚端上。

"非常抱歉，总统先生，"来人说着跨进了餐厅（他跟魔王撒旦一样，英俊而邪恶），"非常抱歉，总统先生，我来……我刚才在帮一个砍柴人的忙。他在垃圾坑里遇到一个人受伤了。我们一块儿把他拉上来，所以我没能早点到。现在我要向总统报告的是：谁也不认识那个人，是个不起眼的小角色！"

总统跟往常一样身着重孝：黑鞋、黑衣裤、黑色领带，黑色礼帽从不摘下，梳理得整整齐齐的花白髭须垂向两边的嘴角，遮盖住没有牙齿的牙龈，两腮垂着厚厚的皮肉，眼泡皱巴巴的，像被什么揉搓过似的。

"把他送到稳妥的地方了吗？……"总统舒展开双眉问道。

"总统先生……"

"搞的什么名堂！一位自称是共和国总统密友的堂堂君子，看到一个惨遭暗算而受伤的可怜人，不该把他丢在街上不管！"

听到餐厅门口轻轻的响动，总统转过脸去说道：

"请进，将军……"

"报告总统先生……"

"将军，都安排妥了？"

"是的，总统先生……"

"你要亲自走一趟，向遗孀转达我的哀悼，再以共和国总统的名义把这三百比索交给她，就算丧葬补贴。"

将军立正站在一旁，手里捏着军帽，屏住呼吸，连眼皮也不眨一下。这时候弯身向前，拿起桌上的钱，脚跟一转走了出去。几分钟之后，登上汽车出发了，随车运去了装着那个"畜牲"尸体的棺材。

"天使脸"急忙开口作解释：

"我本想一直陪受伤的人去医院，可我一想，要是总统先生发一道命令，他会受到更好的照料。我反正已经在奉您的命令来这儿的路上了，所以我想一来可以借这个机会向您表示，我对帕拉勒斯·松连特被卑鄙小人暗算一事感到十分愤慨，二来……"

"我就会下命令的……"

"只有您才会这样做，怪不得人们都说您真不应该在这儿治理这个国家……"

总统腾地跳了起来，像是被什么蜇了一下。

"什么人说的？"

"我第一个这么说，总统先生。我，还有其他许多人都深信，像您这种人才，完全有能力治理像法兰西那样的国家，或者自由的瑞士，或者勤劳的比利时，或者美妙的丹麦！……不过，最好还是法兰西……尤其是法兰西……主宰甘必大①和维克多·雨果所代表的伟大民族的命运，您是最理想的人才。"

_____

① 甘必大（1838—1882），法国政治家。

总统的胡子底下隐隐露出一丝微笑。他用一块白绸手绢擦了擦眼镜，两眼始终盯着"天使脸"，稍稍停顿了一下，把话题一转说。

　　"米盖勒，我叫你来帮忙办一件事，我希望今晚就办妥。有关当局已经下令逮捕欧塞比奥·卡纳勒斯这个老滑头，你也认识这位将军。明天一早就要去家里抓他。尽管他是暗杀帕拉勒斯·松连特的凶手之一，可是由于某种特殊原因，他坐牢对政府不利，所以我想他最好还是马上出逃。你赶紧去找他，把消息捅给他，然后作为你个人的意思，劝他今天晚上就逃走。你得想法帮他逃跑。他们这种科班出身的军人，很重名誉，准要硬充好汉，要是明天被抓住了，我可就非砍他的头不可了。咱们说的这些，可不能让他知道，你我明白就行了……你要当心，别让警察知道你在他家那儿转悠。总之，你得机灵点，既不能露破绽，又要把那老滑头弄走。你可以走了。"

　　总统心腹出去的时候，用黑围巾遮住半边脸（他像魔王撒旦一样，英俊而邪恶）。守卫主子餐厅的军官们向他行军礼致敬。一个骤然冒出的念头：说不定这些人知道他手里攥着一位将军的脑袋。六十个焦急而疲惫的人，连连打着哈欠，待在候见厅里，等着总统抽出空来。总统府和总统官邸四周的街道上铺满了鲜花。一队队士兵，在司令官指挥下，正在装饰附近军营的大门，挂起一盏盏灯笼，一面面小旗和蓝白相间的中国绢纸链。

　　"天使脸"没有留心四周正在进行的节日准备工作。他得马上见到将军，商定一个计划，然后帮他逃走。他觉得这实在是件轻而易举的事，不过很快他就改变了想法。他听到狗叫声从一片阴森森的树林中传来。这是一道把总统先生和他的敌人隔开的屏障。

林中的树木都长着耳朵，听到哪怕最细微的声响，也会像受到狂风吹打一样，不停地东摇西晃。这些软骨器官，数以百万计，如饥似渴地把方圆多少公里之内的各种声响捕食净尽，只留下一片死寂。一只只狗仍在吠叫。一条条比电报波还细微难辨的无形的线结成一张网，每一张树叶都与总统先生沟通着，他无时无刻不在关注着全体公民内心最深处的秘密活动。

"天使脸"甚至不惜出卖灵魂跟魔鬼签约，只要能躲过警察的监视，帮助将军逃跑就行……可是魔鬼从来不打算从事什么慈善活动。看来事情还真棘手，他只好走到哪儿算哪儿，豁出去了……豁出将军的脑袋，还可能搭上别的什么……他嘴里念叨着这几个字，好像手里真攥着将军的脑袋，还有别的什么。

他终于走到坐落在梅尔塞德区的卡纳勒斯家。那是一所百年大宅，占据着整个街角，八个朝大街的阳台显出古钱币的威严神态，进出马车的大门朝着另一条大街。总统心腹想先站在那儿听听，要是里面有人，就叫他们来开门。可是一看见街对面人行道上来回踱步的警察，他只好打消了念头。他加快步伐走到窗户前扒着看了几眼，万一里面有人，就打个手势。可是里面一个人都没有。老站在人行道上又不行，迟早会引人怀疑。对面拐角处有一个不起眼的小酒馆，只要进去要点什么喝，就可以在那个离将军家不远的地方多待一段时间。他要了一杯啤酒，又跟卖酒的女人搭讪了几句，就端着杯子转过脸去看坐在靠墙板凳上的人。他刚进来的时候就用眼角扫了一下那人的身影。只见他的帽子从头顶低低压到前额上，几乎遮住眼睛，脖子上围着一条毛巾，外套领子向上翻起，裤脚宽宽张开，像喇叭口一样，皮靴后跟很高，还钉着橡皮掌，黄色皮革靴面，咖啡布料衬里，一排扣子一个也没扣。总统心腹漫不经心地抬起眼睛，慢慢扫视着货架上一行行酒瓶，灯泡里弯弯扭扭的耀眼灯丝，一幅西班牙葡萄酒的广告画，上面是骑着酒桶的酒神巴克斯，围着他的是大腹便便的教士和赤身露体的女人。还有一张总统画像，显出未老先衰的样子，肩章上的花纹好像是双肩上各扛着一段铁路，一个小天使正把一顶桂冠抛向他的头顶。一幅耐人寻味的画像。总统心腹不时转过脸去看看街对面将军的家。糟糕！坐在板凳上的人和老板娘也许不只是一般的老相识，他们别不是另有名堂吧。他一面解开上衣扣子，一面跷起二郎腿，胳膊肘倚在柜台上做出一副不打算马上走的样子。是不是再要一杯啤酒呢？他又要了一杯。为了拖延时间，他付了一张一百比索的钞票。老板娘很可能找不开。她满脸不高兴地打开钱柜，在一堆油渍麻花的票子中间翻腾了一阵，嘭地一下关上抽屉。她找不开。老是这种腻味事，她又得出去换零钱。她把围裙搭在裸露的胳膊上，朝门外大街走去，同时盯了一眼坐在板凳上的人，意思是要他留心眼前的顾客。"放心，我会留意的。""可别让他偷点什么去。"其实操这个心多余。恰好这时候，从将军家里出来一位小姐，简直像是从天上掉下来的。"天使脸"就等着这个呢。

"小姐，"他追上去说道，"请您告诉这家主人，我有要紧话对他说……"

"我爸爸？"

"您是卡纳勒斯将军的女儿？"

"是的，先生……"

"那好……请别站住。别，别停下……往前走……咱们一块往前走……这是我的名片。请告诉您父亲，我想在我家见他，越快越好。我这就回去，在家等着他。他有生命危险……真的，快去我家，越快越好……"

一阵风刮走了他的帽子，他不得不转身去追赶，用手抓了两三次都没抓着，样子像在抓一只从窝里飞出去的鸡。最后，他终于把帽子抓到手了。

他又回到小酒店去拿找的零钱，同时也看看坐在板凳上的人对他突然跑出去有什么反应，结果却撞见那人跟老板娘扭成一团，把她挤到墙边，那张贪婪的嘴正在寻找另一张嘴，想贴上去亲吻一下。

"该死的臭警察，怪不得起个'瓦屎盖儿'这么个名儿。"老板娘骂道。这时候，坐在板凳上的人已经听到"天使脸"的脚步声，吓得松开了她。

"天使脸"赶紧跑过去好言相劝。这场面正合他的意。老板娘手里抄起一只瓶子，他连忙解除了她的武装，又用和善的目光看了一下坐在板凳上的人。

"消消气，消消气，太太！这算怎么回事？钱您就甭找了，不过你们二位还是好言好语商量着点儿。这么闹下去可不太好，说不定会招来警察。当然，要是这位朋友……"

"愿为您效劳，我叫卢西奥·瓦斯盖司……"

"什么卢西奥·瓦斯盖司？路西屙·瓦屎盖儿！警察又怎么着？动不动就搬出警察来！就叫他们'试巴试巴'好了！叫他们来这儿'试巴试巴'！老娘可是谁也不怕！我可不是乡下女人！

你听见了吗？你这个家伙别动不动就用'新开大院'来吓唬我！"

"只要我愿意，我还可以把你送进窑子大院呢！"瓦斯盖司嘟哝了一句，把从鼻子里流到嘴边的东西吐到地上。

"操他妈！你等着瞧！"

"我说伙计，别再闹了，行了！"

"是啊，先生，我这不是什么也没说嘛！"

瓦斯盖司的嗓音很难听，说起话来像女人，是那种软绵绵的、又尖又细的假嗓子。他神魂颠倒地爱上了酒店老板娘，没日没夜地缠着想痛痛快快亲她一下，也就心满意足了。可是老板娘就是不肯，怕他得寸进尺——亲着嘴儿盯着腿儿。求也罢唬也罢，送个花儿粉儿也罢，真哭假嚎也罢，小夜曲唱整宿也罢，好话比蜜甜也罢，老板娘总是冷若冰霜地给他钉子碰，任凭对方百般纠缠，她就是岿然不动。"想跟我好的人，得舍得一身剐才行。"她说。

"好了，你们现在不吵了。""天使脸"自言自语似的说，一面用食指来回蹭着一枚粘在柜台上的硬币，"那我就给你们讲讲街对面那位小姐的事。"

他说是一位朋友托他来问问那位小姐收到信没有。讲到这儿，老板娘打断他的话。

"得了吧，看得出是您在给她献殷勤呢！"

总统心腹突然觉得眼前一亮……献殷勤……就说她家里不同意……全当我是来抢婚的……反正抢婚和结婚就差一个字……

他的手指继续蹭着粘在柜台上的硬币，只是动作更快了。

"是这么回事，""天使脸"说，"可是倒霉的是她父亲不同意我们俩结婚……"

"别提那个老家伙了！"瓦斯盖司插嘴说，"成天摆出那副官司脸，像谁欠了他的钱。是上头命令我到处盯着他，关我什么事儿？"

"有钱人都这副德性！"老板娘气冲冲补上一句。

"可不是嘛！""天使脸"接茬说，"所以我想把她从家里弄出来，她也同意了。总之，我们刚才商量好了，就是今天晚上。"

老板娘和瓦斯盖司都笑了。

"来干一杯！"瓦斯盖司说，"这可是越来越有意思了！"

他又递给"天使脸"一支烟：

"先生抽烟吗？"

"不抽，谢谢……不过……盛情难却……"

老板娘斟满了三杯酒，两个男人也点着了香烟。

过了一会儿，热辣辣的酒下了肚，"天使脸"又说：

"这么说，我可以指望二位帮忙了？不管怎么说罢，我看二位这个忙是非帮不可了。噢，对了，要干，就得是今天！"

"晚上十一点以后我不行，我得值班，"瓦斯盖司说，"不过，这娘儿们……"

"这娘儿们是你妈！说话好听点！"

"我是说这位，她叫玛萨夸塔，"他又看了一眼老板娘，"她可以替我。她一个顶俩。当然，我还可以再找个帮手，正好我跟一个朋友约好了在中国街那儿见面。"

"你动不动就搬出那个'冬瓜泥''赫纳罗·罗达斯''我的哥儿们！'"

"'冬瓜泥'是什么意思？""天使脸"问道。

"就是说像个死人，面无西……瞧，我连话也不会说了……

面……无……血……色，真费劲！"

"这又碍什么事了？"

"依我看也没什么不合适……"

"……不行，当然不合适。先生，请原谅我打断您的话。有些话我本来不想说。这个赫纳罗·罗达斯的老婆，名字叫费迪娜，逢人就说将军的女儿要当她儿子的教母了，就是说，你的那个朋友赫纳罗·罗达斯，在这位先生的事上不会'保持中立'的。"

"这娘儿们事儿还挺多！"

"你总是说我事儿多！"

"天使脸"谢过瓦斯盖司的好意，话里表明最好别找"冬瓜泥"帮忙，因为就像老板娘说的那样，他确实不能保持中立。

"太遗憾了，瓦斯盖司老兄，您不能来帮我这个忙……"

"我也觉得太对不住了，不能帮您一把。要是早点知道，我会想法请假的。"

"现在花点钱，活动活动……"

"不行，根本不行。我不是那种人，就是说，一句话：一点办法也没有！"他说着，一面用手挠着耳朵。

"只好这样，没办法就是没办法。我明天天不亮再来，两点差一刻，要么一点半。'相好等相好，心急如火燎。'"

"天使脸"在门口告了别，把手表贴到耳边听听是不是还在走。那种万古不变的单调搏动正是一去不复返的时间踏在他心头的细碎脚步！他用黑色围巾遮住苍白的脸，快步向前走去，手里攥着将军的脑袋，还有别的什么东西。

七、大主教赦罪

赫纳罗·罗达斯走到墙脚，停下来点烟。他划火柴的时候，卢西奥·瓦斯盖司露面了。教堂栅栏旁边一只狗正在呕吐。

"这该死的风！"罗达斯见朋友来了，随便嘟哝了一句。

"老兄，你好！"瓦斯盖司跟他打了招呼，两人接着往前走。

"你好，老伙计！"

"你这是去哪儿？"

"什么你这是去哪儿？你这人真有意思！咱们不是说好了在这儿见面的吗？"

"噢，噢！我还以为你忘了呢！我这就告诉你那件事办得怎么样了。现在先去喝一杯。你说呢？反正我想喝一杯。到这边来，咱们从大教堂门廊那儿过一下，看看有什么动静。"

"要我说就不必了。不过，你要去咱们就走一趟。那地方，自从不许要饭的睡觉以来，一到夜里连个猫儿也见不到。"

"你应该说：'谢天谢地。'咱们就从大教堂门廊里面穿过去吧。你说呢？好大的风啊……"

自从帕拉勒斯·松连特上校被害以后，秘密警察一刻也没有放松过对大教堂门廊的监视。挑选来承担这项工作的都是些惹不起的角色。瓦斯盖司和他朋友从门廊的这一头走到另一头，又登上通向大主教府邸街角的石阶，最后从百门大街一侧出来。一道廊柱投在地上的阴影占据了早先乞丐们的歇脚处。一架又一架支起来的梯子说明手持大刷子的匠人正在设法使这座建筑物返老还童。可敬的市政当局为了表示对共和国总统的无限忠诚，颁布了一系列法令，其中最突出的就是下令清洗和粉刷卑劣谋杀案的现场——大教堂。而且规定，费用由那些在门廊下面开着散发焦臭味道的小杂货铺的土耳其人负担。"他们必须支付这笔费用，因为他们就住在杀人现场，要为帕拉勒斯·松连特上校的遇害负一定责任。"谈到公共建筑物的保护维修费用时，一项措词严厉的通告就是这么说的。这项报复性的征款规定完全可以把土耳其人推上比先前睡在他们门口的乞丐还穷途潦倒的困境。幸亏一位神通广大的朋友，帮了忙，上面才批准他们可以用半价购进的国债券来支付清洗、粉刷大教堂和更新照明设备的费用。

可是秘密警察的光临又败了土耳其人的兴。他们嘀嘀咕咕地你问我、我问你，不知道为什么增岗添哨。债券不是都在石灰水里销毁了吗？那些像以色列先知们的胡子一样粗大的油漆刷不也是他们出资购买的吗？为了谨慎起见，他们从里面给商店大门多加了几道木杠、铁栓和锁头。

瓦斯盖司和罗达斯从百门大街那边离开大教堂门廊。他俩的脚步声在深沉的寂静中像被伸长了似的发出悠远的回响。他们一直往前走，沿街而上，最后钻进一家名叫"醒狮"的小酒店。瓦斯盖司跟老板打了个招呼，要了两杯酒，转回来在屏风后面的一张小桌子旁边挨着罗达斯坐下。

"你说说吧，伙计，我那档子事怎么样了？"罗达斯说。

"干杯！"瓦斯盖司举起他那杯自烧酒。

"干了，老伙计！"

"干了，二位！"

老板过来给他们斟酒，也随声附和说。

两人一口就把杯里的酒灌了下去。

"那事吹了……"瓦斯盖司随着刚入口的酒气，吐沫星子乱溅地喷出这句话，"副处长安插了他的教子。等我跟他提起你的时候，差事已经给了那个小流氓。"

"是吗？"

"可不是嘛！船长说了算，水手干瞪眼……我一再跟他说你想当秘密警察，人又机灵又能干。总之，反正你已经知道我是怎么为你美言的了。"

"那他呢？他说什么？"

"不是说了吗？差事给了别人，就是他的教子。一句话就堵住了我的嘴。实话告诉你吧，眼下想在'秘密'里混个差事比当初我进去那会儿可就难多啰。大伙儿都看出干我们这行有奔头。"

罗达斯听了他朋友的话之后耸了耸肩，嘴里不知咕哝了句什么。他来的时候还满心以为能找到个工作呢。

"别，伙计，用不着这么难过，别这样！等再寻觅着别的差事，我一定给你弄到手。我可以指着上帝、指着娘老子向你发誓，一定给你弄到。特别是现在，天下不太平，肯定要增添人手。我不记得跟你说过没有……"说到这儿，瓦斯盖司四处张望一下，"算了，我不能犯傻！还是不说的好！"

"随你的便，你就什么也别说吧。关我什么事！"

"一切都安排妥了……"

"听着，老伙计，什么也别跟我说。求求你，闭上嘴！瞧你，吞吞吐吐的，算了！"

"哟，老兄，别这么小肚鸡肠，好不好！"

"听我说，你还是闭上嘴吧。我受不了这副疑神疑鬼的样子。你简直像个女人！谁也没问你什么，瞧你装腔作势的！"

瓦斯盖司站起来，四处看看是不是有人在听他们说话，然后凑到罗达斯身边小声说了起来。罗达斯满脸不高兴地听着，对他刚才欲言又止的态度十分生气。

"我不记得是不是跟你说过，杀人那天晚上在门廊里过夜的叫花子都招供了，现在连猫儿狗儿都知道是谁干掉了上校。"说到这儿，他提高了嗓门儿，"你说是谁吧？"他又压低了嗓门儿，道出了一项国家机密："居然是欧塞比奥·卡纳勒斯将军和阿贝勒·卡尔瓦哈勒律师……"

"你这话确实吗？"

"今天已经下令逮捕他们俩。得，我把什么都告诉你了。"

"是这么回事！"罗达斯说。他的气消了许多，"就是那个上校，人都说能在百步以外一枪打死一只苍蝇，谁见了他头发根不竖起来啊！没想到，没用刀没用枪就让人家像对付小鸡一样硬是捏着脖子给掐死了。看来，老总，人生在世总会有个豁出去的时候。那些干掉上校的人还真够利落的！"

瓦斯盖司提议再喝一杯，说着就叫人添酒：

"堂卢乔，再给我们来两杯！"

酒店老板堂卢乔又一次斟满了酒杯。他招待客人的时候总喜欢使用一副黑色的丝质背带。

"来，咱们痛痛快快地再干几杯！"瓦斯盖司说。随后，啐了一口吐沫，又从牙缝里含含糊糊地挤出几句话："你这么快就不行了！你知道，我见不得杯子里的酒老是满着。我就这脾气，知道吗？来，干杯！"

罗达斯正在一旁想着心事，这时候慌忙举起酒杯。空杯子刚一离开嘴边，就发起感慨：

"我看那些把上校打发到另一个世界去的人一点儿也不傻。他们才不会再去大教堂门廊哩！你们等到哪天去？"

"谁说他们还会再去？"

"什么？"

"现在……嘛，是要把案子查个一清二楚！哈！哈！你真让我好笑！"

"什么意思？我是说既然知道什么人弄死了上校，何必非得等着他们再去门廊才抓。要么……你们怕不是冲着土耳其人的漂亮脸蛋才去门廊转悠的吧！你说呢？"

"你别装傻了！"

"都到这份儿上了，你别再编瞎话唬我！"

"秘密警察要在大教堂门廊干的事跟帕拉勒斯上校的死一点儿也连不上，你也不必为这个操心……"

"我也没那份闲心！"

"对了，你别淡吃萝卜，'咸'操心！"

"你这小子真叫人恶心！他妈的，还真够贫的！"

"算了，说正经的。秘密警察不是为了那件杀人案去门廊转悠的。真的，确实不是为那件事。你简直想不出来我们在那儿干什么……我们是在等一个得了疯病的家伙。"

"是吗？"

"你记得那个哑巴吗？在大街上人们都冲他喊'妈妈'，就是那个高高的个子、瘦得一身骨头、罗圈腿、整天在街上疯跑……记得吗？……你准记得，肯定记得。就是他，我们在门廊那儿就是等着他呢。三天以前他突然不见了。我们得给他一梭子……"

说到这儿，瓦斯盖司伸手摸了摸手枪。

"你真会逗乐！"

"你这人，告诉你不是在逗你玩。我说的是真的，都是真的。这疯子咬伤了好多人，医生开的药方上说，要往他的皮肉里打一颗铅丸进去。你觉得怎么样？"

"你呀，别再拿我开涮了。我说老伙计，糊弄我的主儿还没生下来呢！我可不是个傻帽。秘密警察是在门廊等着扭断上校脖子的那帮人回来……"

"好家伙，还真倔，这块榆木疙瘩！听着！我们等的是哑巴、哑巴，得了疯病的哑巴，咬了一大帮人的哑巴！还要我再说一遍吗？"

"软布人"一声接一声地呻吟着像蛆虫一样在街面上蠕动。他拖着被肋部伤痛咬噬着的身躯，一点点往前蹭，有时候双手着地扒着，靠一只脚尖用力向前移动，不顾石子划伤他的肚皮，有时候，那条受伤的大腿蜷曲在身子底下，伸出一只胳膊靠肘部用力往前挪。终于看见广场了。公园里的树木在狂风鞭打下，向空中发出兀鹫般的吼叫。"软布人"吓得半天魂不附体，只有还在活动的辘辘饥肠不断把难以遏止的欲望传到舌尖上，使它像灰烬里的死鱼一样干涩而肿胀。他的胯下这时候也跟一把浸了水的剪刀似的湿乎乎一片。他一个台阶一个台阶爬进大教堂门廊，一个台阶一个台阶蹭上去，活像一只垂死的猫在抽搐，最后终于蜷缩到一片阴影里，嘴巴大张着，目光呆滞，褴褛的衣裤沾满了血痂和泥土，硬邦邦地挺着。四周一片死寂正在消融一切响声：夜晚最后几个行人的步履，哨兵身上武器的轻轻碰撞，鼻孔擦着地面觅食的野狗的细碎足音，还有大教堂门廊四周风吹纸片和包装食品的芭蕉叶在沙沙作响。

堂卢乔又一次斟满了两只"两层楼"大号酒杯。

"你知道什么叫'瞎琢磨'吗？"瓦斯盖司说着，接连吐了两口吐沫，声音比平常还尖，"我还没跟你说呢。今天晚上九点，也可能是九点半，就是我来找你以前，那会儿，我正死缠着玛萨夸塔呢，突然有个家伙走进酒馆要啤酒喝。我那相好的赶紧跑过去给他倒酒。那人要第二杯的时候，掏出一张一百比索的票子。我那相好的没零钱找，只好出去换。我呢，一直装着没事人的样子，其实自打见那小子进屋，我就瞎琢磨开了。'说不定有什么鬼名堂。'嗨，老伙计，还真让我给说着了：一个小妞从街对面的房子里出来了。她刚一出来，那家伙就三步并成两步追了上去。可是我没法再'扒门缝'了，这会儿玛萨夸塔回来了。我呢，你也猜得出来，就又跟她动手动脚了……"

"那一百比索呢？"

"别忙啊，你这就知道了。我正跟相好的扭成一团，那小子回来等找钱给他。他反正撞见我们俩紧紧搂在一起，干脆趁势凑起近乎。他告诉我们说他迷上了卡纳勒斯将军的女儿，要是方便，想今天夜里把她抢走。将军的女儿就是那个小妞，刚才就是出来跟他商量这事的。嘿，你可想不到，他死乞白赖地求我帮他去抢那个姑娘。可我怎么行呢？我还有门廊这档子公干呢！"

"这一对儿还挺精的！你说是吧？"

罗达斯说着，随口吐了一大口吐沫。

"好几次我在总统府见过这小子……"

"是吗？别不是总统的亲戚吧！"

"我看不是。他像哪门子亲戚！怕连边儿也沾不上。我奇怪的是他那么火急火燎地非要今天夜里抢走那个小妞儿。八成是听说了抓将军的事儿，趁大兵逮老头儿的时候，浑水摸鱼捡个便宜媳妇。"

"没错儿！准是这么回事。"

"咱们来个'最后通牒'，就他妈的颠儿了。"

堂卢乔斟满了酒杯，两人一口气喝净了，又往满是痰迹和烟头的地上连吐了几口。

"多少钱，堂卢乔？"

"十六比索……"

"一个人的？"罗达斯问。

"哪里！哪能那么贵！两位的账算在一起了。"老板回答道。瓦斯盖司递到他手里几张钞票和四个硬币。

"再见，堂卢乔！"

"堂卢乔，明儿见！"

酒店主人也跟他们两人连连道别，一直把他们送到门口。

"嗖，好家伙，还真够冷的！"刚走到大街上，罗达斯就喊了一声，连忙把两只手插进裤子口袋。

他们不紧不慢地走到监狱旁边一排商店前面，拐过街角就是大教堂门廊。瓦斯盖司很高兴，张开两只胳膊，想把浑身的懒筋都伸一下。他提议两人在那儿站一会儿。

"哥儿们我才真是'醒狮'呢！瞧我这满头弯弯曲曲的狮鬃！"说着又伸了一个懒腰，"我这头'醒狮'要靠一具死尸才称得上真正的'雄狮'！哎，劳驾，你高兴一点，行不行？今天晚上我可是太高兴了！今天晚上我太高兴了！听见了吗？今天晚上我太高兴了！"

他说了一遍又一遍，声音越来越尖，越来越尖，最后他自己也觉得死寂的黑夜整个变成一面挂着金串铃的黑手鼓，他正在晚风中跟隐身匿影的朋友们握手，还叫来了在门廊底下耍木偶的艺人，扮演各种角色的小木偶围着他的脖子胳肢他，弄得他哈哈大笑起来。他笑啊，笑啊，还把双手插进坎肩口袋试着迈起舞步来。最后他笑得连气也喘不上来了，觉得很不舒服，难过得弯下腰去，想阻止翻腾的肠胃从嘴里喷出来。突然，他不作声了，哈哈的笑声像医生做牙样的石膏似的凝固在嘴里。他看见了"软布人"。那傻乞丐的嗵嗵脚步踢破了大教堂门廊里的寂静，而且在这所古老建筑物里两次、八次、十二次接连回响。傻子呻吟着，慢一阵，紧一阵，像一只受伤的狗。突然一声嚎叫撕裂了夜的帷幕。"软布人"看见瓦斯盖司手里端着手枪走到他跟前,抓起那条断腿拖着他朝通往大主教府邸的石阶走去。罗达斯一动不动地注视着眼前的情景,喘着粗气,浑身汗淋淋的。一声枪响,"软布人"倒在石阶上。又是一声枪响,事情就办完了。接连两声枪响,吓得土耳其人个个缩成一团。这一切谁也没看见,可是在大主教府邸的一扇窗户后面,一位圣徒的目光正在安抚那可怜的静静死去的人。当尸体顺着石阶滚下去的时候,圣徒举起戴紫宝石戒指的手,赦免了死者的一切罪孽,为他打开了天国的大门。

八、大教堂门廊里的木偶戏艺人

听到枪声和"软布人"的嚎叫，看到瓦斯盖司和他的朋友慌忙逃走，大街小巷不知发生了什么事情，只顾披着惨淡的月光向前跑去。广场上的树木怨恨自己不能借着寒风和电话线把刚刚发生的事情说出来，急得噼啪作响地捏手指头。大街小巷的人在拐角处探出身子，询问杀人的地点，然后晕头转向，有的往市中心跑，有的朝城郊跑。不，不是犹太胡同那种曲里拐弯、坑坑洼洼、像是由醉汉开辟出来的地段！也不是埃斯昆提亚胡同！尽管它昔日颇有些名气，因为士官生们经常在那里模仿故事里的剑客和骑士用流氓兵痞的皮肉试验自己的剑术！也不是国王胡同那种赌徒腐集、过路人无不向国王致敬的区域！也不是居民贫苦、路面倾斜的圣特雷莎胡同！不是兔子胡同，也不是哈瓦那水槽，也不是五道街，也不是马提尼克路！

事情出在中心广场。那儿一股长流水发出难以描绘的哭调不断冲刷着公共小便池，哨兵们佩带的武器不停地碰撞了又碰撞，黑夜和大教堂、天空一起在冷冰冰的苍穹下无休止地旋转了又旋转。

风的太阳穴也被枪声震得扑扑直跳，它呼呼地吹啊吹啊！可就是不能除去树木头顶上叶子的固执念头。

突然，大教堂门廊的一扇小门打开了。木偶戏艺人像老鼠一样探出脑袋。他那五十岁的老婆依然是个好奇的小姑娘。她想把丈夫推到街上去看看到底出了什么事。出了什么事？那两响紧接着的枪声是怎么回事？可是木偶艺人觉得，爱凑热闹的老婆逼他穿着内衣内裤在门外探头探脑，实在不是什么好玩的事（人们都管他老婆叫"笨后臀"，因为他的名字是本赫明），甚至很不像话，因为那娘儿们一门心思急着想知道是不是杀了土耳其人，竟然用她那马刺一般的十个手指戳他的肋条骨，让他把脖子尽量伸长点。

"哎，你这是干什么呀？我什么也没看见，叫我给你说什么？你这人怎么这么多事……"

"你说什么？……是土耳其人那儿出事了吧？"

"我是说我什么也没看见，我说你这人事太多……"

"哎呀我的上帝，你说得清楚点，行不行？"

耍木偶的摘了假牙，瘪进去的嘴说话的声音就像从拔火罐里出来的。

"啊哈，现在我看见了。你等等！现在我知道是怎么回事了！"

"我说，本赫明，我一点也听不懂你的话！"他女人简直是哭咧咧地说，"你要明白我一点也听不明白你的话。"

"我看见了，我看见了！……在那儿，就是大主教府邸那个拐角上，人越来越多！"

"我说，你别堵着门，反正你什么也看不见，真是个废物！我一点也听不懂你在说什么！"

堂本赫明只好闪开让他妻子过去。那女人披头散发探出身去，一只乳房垂在黄土布睡袍外面，另一只被卡门圣母护身符缠绕着。

"在那儿……有人抬去一副担架！"本赫明最后又补上一句。

"哦，对了，对了，就是那儿，不远！……我还以为是土耳其人那儿呢，原来不是！你干嘛不早告诉我，本赫明，其实就在跟前。怪不得呢，我说枪声那么近哩！"

"你看，我不是说了嘛。有人抬去一副担架。"耍木偶戏的重复了一遍自己的话，站在他女人背后，他说话的声音就像从地底下传出来的。

"你说什么？"

"我是说，我说过了有人抬去一副担架。"

"得了，我不知道你在说什么。你最好把牙装上，不然，简直跟讲英语一样！"

"我是说我看见……！"

"不对，这会儿刚把担架抬来！"

"不对，宝贝儿，早就在那儿了！"

"这会儿刚抬来，听我的，我又不是瞎子！对不对？"

"我不知道，反正我刚才看见……"

"你说什么？担架？你知道不是……"

本赫明身高不到一米，还特别瘦，浑身毛乎乎的像一只蝙蝠。这会儿他要是想看看那群人和警察在干什么，可纯粹是枉费心机，因为站在他面前的是堂娜"笨后臀"这位人高马大的夫人：她进出的房门得特别大，坐电车占两个座位，一边屁股一个，做一身衣服要用七米半布料。

"也不能光你一个人看呀……"堂本赫明壮着胆子说，盼望早点走出日全食的阴影。

这句话就像"芝麻芝麻快开门"那句有名的咒符一样颇具神

效。大山一般的堂娜"笨后臀"立即转过身向她男人扑了过去。

"我的老天！我这就把你抱起来！"她喊道，而且当即像抱小孩一样把她男人从地上举起，然后放到门外。

耍木偶的从嘴里吐出一长串五花八门的诅咒。就在他两脚乱踢他老婆衣橱一般的大肚皮的时候，远处，从广场那边走过来四个醉汉，他们扛的担架上躺着"软布人"的尸体。堂娜"笨后臀"连忙画起十字。公共小便池也在为死者啜泣，公园里的树丛仿佛笼罩在灰蒙蒙的薄纱里，在狂风中发出兀鹫般的吼声。

"瞧你那副该死的模样！"耍木偶的脚一落地，就嘟哝起来，"咱们结婚的时候，神甫干嘛不告诉我，'你是请管家婆，不是讨老婆。'"

他的那半拉①一声不吭，任凭他嘟哝。他的那半拉真是不同寻常，你瞧，他还没有半拉橘子②大。可是她呢，做个整柚子也绰绰有余。总之，她任凭他嘟哝，一来反正听不懂那张没牙的嘴里咕噜些什么，二来她也不愿意有违妇道。

不到一刻钟，堂娜"笨后臀"就鼾声大作，仿佛在那一大堆肉的重压下呼吸器官发出垂死挣扎的号叫。而她丈夫呢，却独自在一边大动肝火，眼冒金星，后悔不该讨这么个老婆。

不过，经过这一夜的折腾，木偶戏生意却越来越好。他的那些木偶居然想大胆地闯进悲剧领域。用玻璃钢做的木偶眼睛，通过细皮管连接在灌肠器上，由一个大脸盆供水，就可以滴滴答答

---

① 西班牙语中"半拉"意为"配偶"。
② 西班牙语中"半拉橘子"意为"配偶"。

掉眼泪。他的木偶以前只会笑，偶尔想叫它们哭一下，结果是弄出一副半哭半笑的怪模样，一点也感动不了人。而如今却能叫木偶们泪流满面，昔日只演出欢快闹剧的小舞台可以被名副其实的泪河淹没了。

本赫明满心以为孩子们看了他在喜剧中穿插的悲伤场面一定会感动得哭起来。他万万没有想到，他们笑得更痛快了！前仰后合，比以往更加高兴。孩子们见别人哭，他们就大笑……孩子们见别人挨打，他们也大笑……

"不合情理！不合情理！"本赫明不得不得出这个结论。

"合情理！太合情理啦！"堂娜"笨后臀"反驳说。

"不合情理！不合情理！不合情理！"

"太合情理！太合情理！太合情理！"

"咱们别吵了好不好！"本赫明说。

"咱们别吵了好不好！"她也同意。

"可还是不合情理……"

"太合情理，怎么着？太合情理，太太太太合情理！"

每次堂娜"笨后臀"跟她丈夫吵架的时候，总喜欢不断增添字的音节，想用这种办法撒掉点气，免得气炸了。

"不不不不合情理！"耍木偶的大喊起来，气得直想揪断自己的头发……

"太合情理！太合情理！实在太合情理！实在特别太合情理！"

不管谁有理，反正在门廊底下小小的木偶剧场里，时兴了好一阵子灌肠器把戏，一直叫木偶们泪流满面，而叫孩子们开怀大笑。

九、玻璃眼睛

　　夜晚刚刚开始，城里的大小商店就匆匆结账，打发走最后一批顾客，等晚报一到，纷纷关门打烊。一群群孩子在街头玩得正热闹，你追我赶捕捉被亮光招来绕着电灯泡嗡嗡乱飞的小甲虫，抓住了，就想方设法折磨它，只要虫子不死，他们就没完没了地玩这种残忍的游戏，除非有个孩子发善心，一脚踩死虫子了事。一对对情侣，隔着窗户品味着爱情的苦涩。巡逻班亮出刺刀，纠察队抡起棍棒，跟在头头后面，一个紧挨一个穿过静静的街道。也有些晚上，景象不大一样。那些和和善善凌迟小甲虫的顽童们忽然玩起打仗的游戏，他们两军对垒，当场宣战，只要街上还能捡到石块投掷，勇士们是决不会后撤的。窗户那边，姑娘的母亲露面了，宣告情意缠绵的幽会该收场了。小伙子手里捏着帽子，扭头就跑，仿佛面前突然冒出个恶鬼。巡逻班，仅仅为了变换一下行进的节奏，任意拦住一个行人找茬，从头到脚搜一遍身，即使搜不出凶器，也照样把他拖到监狱去，罪名是：无业游民，形迹可疑，有谋反之嫌。再不，干脆按头儿的话说：我看他不顺眼……

　　夜晚的这种时光，穷人区的景象是一片无边的孤寂，一块穷困潦倒的秽土，还多少透着点东方式的自暴自弃以及听由上帝神祇摆布的宿命态度。阴沟里的污水托举着月影一点点在地面漫开。在纵横交错的管道里汩汩流淌的自来水似乎在无休止地掐算：这个劣根难除、注定任人宰割的民族还要苦挨到什么时候！

走到这样一个贫民区的时候，卢西奥·瓦斯盖司和他的朋友分手了。

"再见，赫纳罗！"瓦斯盖司说着，一面用眼光暗示对方不要走漏消息，"我得赶紧走了。等到了那儿，说不定还赶得上帮将军女儿相好的一把。"

赫纳罗有些犹豫不决，在原地站了一会儿，好像很后悔跟远去的朋友说了点不妥当的话，然后才迈步走近一所房子（他住在一家商店里），用手指头敲了敲门。

"谁呀？是谁？"屋里有人喊道。

"我……"赫纳罗低下头对着门回答，仿佛在跟一个小矮个儿耳语。

"你是谁？"说着门打开了，走出一个女人。

他的妻子费迪娜·德罗达斯头发披散，穿着睡袍，抬起一只胳膊把烛台举到他的面前，想看清那张脸。

赫纳罗一进去，她就放下举烛台的胳膊，关门的时候把门环碰得哐啷直响，然后一言不发径直走到床边。她把蜡烛正对着挂钟放下，好让那个没羞没臊的看看是什么时候了。他呢，只管站在那儿抚摸睡在玻璃柜台上的小猫，嘴里还吹起欢快的小曲。

"有什么新鲜事叫你那么开心？"费迪娜冲他喊了一句，两只脚互相揉搓着，准备钻进被窝。

"没什么！"赫纳罗连忙回答，像个鬼影似的躲进小店的暗处，生怕妻子从声音里听出他心里的不痛快。

"你跟那个说话声像女人的警察真是越来越好了！"

"哪儿的话！"赫纳罗赶紧打断她，说着朝店后当卧室的地方走去，两眼遮在压得低低的帽檐下面。

"还撒谎！两人刚在门口分的手！是不是？我没说错。那些憋着阉鸡嗓门说话的主儿，就像你那个臭朋友，没一个好东西。你成天跟着那小子来回转悠，不就是想混个秘密警察当当！二流子的营生！那些人也不嫌害臊！"

"这是什么？"赫纳罗突然问道。他为改变一下话题，从一个盒子里翻出一件婴儿衫。

费迪娜从丈夫手里夺过婴儿衫，像是抓住一面议和旗，在床上坐起身来，兴冲冲地说那是卡纳勒斯将军的女儿送的礼，她已经说好要小姐当他们头生子的教母。罗达斯把脸躲进笼罩他儿子摇篮的阴影里。他心绪很坏，一点也没听进他女人说什么正在准备为儿子洗礼之类的话。为了挡光，他把一只手隔在烛台和自己的眼睛之间，可是马上又挪开了，而且还甩了甩手，想抹去把手指头粘在一起的血红色反光。死亡的幽灵像是从棺材里钻了出来，突然从他儿子的摇篮里挺然而立。看来死人也得跟小孩一样放在摇篮里摇晃。这个幽灵浑身上下都是鸡蛋清的颜色，双眼上蒙着一层云雾，没有头发，没有眉毛，没有牙齿，身体扭成一段带螺纹的肠子，就像祭奠亡人时袅袅盘旋的香火。赫纳罗听到他女人说话的声音从老远的地方传过来，讲他们的儿子如何，命名洗礼如何，什么将军的女儿，还要请隔壁的太太，对门的胖大叔，后街的大婶，拐角的那位先生，小客店的主人，肉铺老板，面包师傅。"咱们好好热闹一下！"

她突然改了话题：

"赫纳罗，你怎么啦？"

赫纳罗吓了一跳：

"我没怎么！"

他女人一声喊叫，弄得死亡幽灵身上冒出许许多多黑点。这些黑点排列起来在屋角暗处勾画出一具骷髅。是一个女人的骷髅，可是表明女人特征的只有两只多毛而松弛的乳房，就像两只老鼠，软塌塌垂挂在肋条骨拼成的捕鼠器上。

"赫纳罗，你怎么了？"

"我没怎么！"

"瞧，成天在街上逛，回到家就夹着尾巴，掉了魂儿似的！在家里待着你就不自在！你这个该死的！"

他女人的声音一下子把骷髅盖住了。

"你别这样，我真的没什么事！"

一只眼睛在他右手指头上跳来跳去，像一盏小小的灯泡。从小指跳到中指，从中指到无名指，从无名指到食指，从食指到大拇指。一只眼睛……孤零零的一只眼睛……他怦怦乱跳的心突然冻结住了。他攥紧了拳头，想使劲捏碎那只眼睛，指甲都扎进肉里去了。可是，不行，手一松开，那只眼睛又在手指上出现了，不过像小鸟的心那么大，却比地狱还吓人。他的两鬓湿淋淋的，仿佛有人往上浇了一大勺肉汤。是谁的眼睛在这样看他，还随着当当的丧钟，跟轮盘赌的小球一样，在手指上跳来跳去呢？

费迪娜把他从睡着小孩的大篮子旁边拉开。

"赫纳罗，你怎么啦？"

"没怎么！"

等了一会儿……他又长长叹了几口气。

"没怎么！就是有一只眼睛老盯着我！一只眼睛老盯着我！只要我看自己的手……不，不对呀！那是我的眼睛，一只眼睛……"

"真是上帝知道！"他女人嘟哝了一句，想就此打住，她一点也不明白她男人哼哼唧唧搞的什么名堂。

"一只眼睛……真的，一只眼睛，瞪得圆圆的，黑黑的，睫毛老长，像是玻璃做的！"

"你呀，我看你是喝多了！"

"根本不是这么回事，我一滴酒也没沾！"

"算了，满嘴酒气熏人！"

置身于他们全家睡觉的半间房子里（另外半间是商店），赫纳罗觉得自己像是掉进地窖里，求助无应，四处都是蝙蝠、蜘蛛、毒蛇和螃蟹。

"你准是干了什么亏心事。"费迪娜说着打了个哈欠，"那是上帝的眼睛在盯着你！"

赫纳罗一步跳到床上，连鞋带袜子，衣服也不脱，就钻进被窝里。可是躺在他老婆身边——一个年轻女人的躯体旁边，那只眼睛照样跳来跳去。费迪娜熄了灯，可是更糟糕：在一片黑暗中，那只眼睛骤然变大了，不到一秒钟就包容了墙壁、地面、屋顶、所有的房子，还有他们的儿子和他自己的生命……

"不对。"赫纳罗喊道。他听到他女人说了点什么，声音像是从很远的地方传来的。听到这声瘆人的喊叫，他女人连忙点上灯，用衣襟给他擦干满脑门的冷汗，"不是上帝的眼睛，是魔鬼的眼睛……"

费迪娜在胸前画了个十字，赫纳罗叫她把灯吹了。在房间由亮变暗的一瞬间，那只眼睛拧成了阿拉伯数字8，接着啪的一声响了，好像跟什么东西撞上了，原来是跟街上传来的脚步撞上了……

"在大教堂门廊！大教堂门廊！"赫纳罗大喊道，"是那儿！是那儿！灯！火柴！灯！求求你！求求你！"

他女人把胳膊从他身上伸过去拿火柴盒。远处传来马车轮子的滚动。赫纳罗把手指头咬在嘴里，说起话来呼噜呼噜的，仿佛快要淹死的人。妻子为了让他镇静一下，穿上衬裙下床去煮咖啡了。他不愿意一个人待着，连连呼唤着她。

听到丈夫的喊声，费迪娜惊慌失措地跑回床边。"他别不是有什么病吧？还是……怎么了？"她心想。她那双乌黑漂亮的眼珠凝视着跳动的灯火。她想起剧院旅店恩利盖塔姑娘的肚子里掏出一团蛆的事，医院从一个印第安人脑袋里取出一大堆垃圾的事，还有那个吓得人人不得安睡的夜游鬼的事。她像见老鹰飞过就连忙张开翅膀召唤小鸡的老母鸡，从床上跳起，跑去把圣布拉斯护身符放在初生儿子的胸上，一边大声向圣父、圣子和圣灵祈祷。

可是听她这样祈祷，赫纳罗像突然遭人猛击，浑身一颤。只见他双眼紧闭，从床上滚下，扑向站在摇篮旁的妻子，跪着抱住她的两腿，对她讲起他都看到了些什么。

"一声枪响，他就从台阶上滚下去，血直往外冒，眼睛都没闭上，眼珠子直瞪瞪的，两条腿劈得大大的……他那眼光冷冰冰的，黏黏糊糊的，我也说不清楚……一只眼珠闪电一样四下一扫就盯住我们！那只睫毛长长的眼睛总是不离开我这儿，这儿，我的手指头，就是这儿，我的上帝，就是这儿！"

孩子哭起来，他不说话了。他女人从摇篮里抱起裹在小绒布衣里的孩子，给他喂起奶来。她没法躲开让她恶心的丈夫。那人还跪在地上，紧抱着她的双腿，哭哭啼啼说下去。

"糟糕的卢西奥……"

"那个说话像女人的家伙叫卢西奥？"

"对了，叫卢西奥·瓦斯盖司……"

"人家还给他起了个外号叫'顺毛捋'，是不？"

"对了……"

"他凭什么杀那人？"

"是上面让干的。那人叫疯狗咬过，可这还不是最要紧的。最要紧的是卢西奥告诉我上面要抓卡纳勒斯将军，还有一个他认识的小子想今天夜里把将军的千金小姐抢走。"

"你是说卡米拉小姐，咱们孩子的教母？"

"对了。"

听到这难以置信的消息，费迪娜一下子就哭成了泪人儿。像她这样的普通老百姓，看见别人遭殃，都很容易伤心落泪。这时她正在哄怀里的孩子睡觉，泪水扑扑簌簌掉在小脑袋上，热乎乎的就像老奶奶们带到教堂去的温水，准备加进洗礼池冷冰冰的圣水里。小家伙昏昏沉沉入睡了。黑夜已经过去，没等到他两人觉察出来，朝霞已经把一道金光送进了门缝。送面包女人的敲门声打破了小商店的寂静。

面包！面包！面包！①

_____

① 西班牙语中，"面包"的发音与表示敲门声的象声词几乎一致。

十、军中王子

　　被人称作"小夹克"的欧塞比奥·卡纳勒斯将军离开"天使脸"家的时候，还保持着威风凛凛的军人气派，俨然前去统率千军万马似的。可是，等身后的房门一关，他独自来到大街上，那雄赳赳的正步走就立刻变成赶集卖鸡的印第安人那怯生生的小碎步了。暗探们紧追不舍，正踩着他的脚印尾随而来。疝气又发作了，疼得他翻肠倒肚。他连忙用手指紧紧按住腹部。他一面喘气，一面说些支离破碎的话，发出断断续续的呻吟，觉得心一会儿跳得几乎要从嘴里蹦出来，一会儿又缩成一团，憋得他顿时喘不上气来，不得不用手捂住胸口，瞪着失神的双眼，脑子里一片茫然，只想透过肋骨去抓那个躲在栅栏后面的器官，叫它再挺一挺。还算不错，他终于穿过了几分钟以前显得那么遥远的街口。现在还得穿过下一个，只是这下一个……对他这个疲惫不堪的人来说，实在是太遥远了！……他吐了口吐沫，差点没两脚打滑。一块果皮。在街道尽头一辆马车要滑倒了，是他要滑倒了，可是他却看到是马车、房屋、灯火……他加快了步伐。剩下的路不多了。还算不错，他终于拐过了几分钟以前显得那么遥远的街口。他咬紧了牙关来对付两个膝盖。他已经几乎迈不出步子了。他的双膝僵直，颈椎末端和舌根后部接触的部位有一种不祥的刺痒。看来他不得不在地上爬着走完回家的路了，他只能依靠两只手、两只胳膊肘子和浑身的力气来逃命。他放慢了步伐。空荡荡的街口一个接着一个，而且这个难熬的漫漫长夜还像透明玻璃门一样，使它们成倍地增多着。他现在这副模样实在是丢丑，无论是在他自己眼里，还是那些看得见和看不见他的人们眼里，这可是跟通常在同胞们面前显露出的社会名流身份极不相符，即使眼下夜深人静、无人知晓。"管他发生什么事情！"他想，"我还是待在家里才对。这个叫'天使脸'的二流子说的话要是真的，那我岂不是更光彩吗！"

他接着想下去：

"我要是逃跑反而说明自己有罪！"他的脚步发出嗒嗒的回响，"逃跑反而说明自己有罪，说明……可要是不逃呢？"他的脚步发出嗒嗒的回响……"说明自己有罪！……可要是不逃呢？"他的脚步发出嗒嗒的回响……

他把手抬到胸前，想掀去总统心腹贴上去的令他惴惴不安的那块厚膏药……军功勋章他一个也没佩带……"逃跑反而说明自己有罪，可要是不逃呢？""天使脸"伸出手指向他指出流亡国外是唯一可行的生路……"将军，要紧的是逃命！还来得及！"他的整个人格，他的整个身价，他以一颗赤子之心所钟爱的一切：祖国、家庭、往事、传统，还有卡米拉，他的女儿……一切都绕着那根控制着他命运的食指在旋转，似乎跟他那支离破碎的思绪一样，整个世界都分崩离析了。

他又往前走了几步，令他目眩的幻景消失了，留下的只有被泪水模糊了的双眼……

"'将军们都是军中王子！'我在一次演讲中是这样说的……

真蠢！我可算是为这次信口开河付出了代价！总统永远也不会原谅什么'军中王子'之类的胡言，他早就把我看成眼中钉了，所以现在要弄掉我，就说我杀死了上校。其实这人生前还是很敬重我的，把我看成德高望重的前辈。"

在他的花白胡须下面露出一丝尖刻的微笑。从他的躯体深处，另一个卡纳勒斯将军正在一步步走过来。那个卡纳勒斯将军拖着双脚，迈着乌龟的步伐走着，酷似头戴尖顶高帽的教徒参加复活节巡游之后的模样：一言不发、垂头丧气、苦眉愁脸，还散发着爆竹的火药味儿。那个真的"小夹克"卡纳勒斯刚从"天使脸"家里出来，昂首阔步，正是军旅生涯踌躇满志的阶段，在他巨人般的脊梁后面，一副恢宏的背景上展现出可以和亚历山大、儒略·凯撒、拿破仑和玻利瓦尔媲美的一系列辉煌战绩。可是这个形象突然变成一个漫画式的将军，这另一个卡纳勒斯将军走过来了，没有金银线绣肩章，没有华丽的羽毛冠饰，没有闪光的丝绦，没有军靴，没有金制马刺。这个不识相的角色，身披油光可鉴的黑衣服，毛发蓬乱，干瘪无力，比穷鬼的葬礼还寒碜。跟他相比，那另一个，那个地地道道、货真价实的"小夹克"可以毫无自我炫耀之嫌地自比头等葬礼的庄重奢华，这只需看看那些丝带、垂绦、桂冠、羽饰和威严的举止就够了。这个落魄的卡纳勒斯将军吃了史无前例的败仗以后慢慢走来了，而且越过了那个真的卡纳勒斯，那个真的将军一步步落在后面，像一只浸在金黄和天蓝色光晕中的傀儡，三角军帽遮住了双眼，手持折断的佩剑，制服袖口邋邋遢遢张着，胸前戴着一片锈痕斑驳的十字勋章和圆形勋章。

卡纳勒斯并没有因此而放慢脚步，只是他的目光避开了穿礼服的形象，深感自己已经在精神上被击溃。他痛心疾首地想到自己将要流亡国外，穿一条看门人的制服裤和一件外套，长也罢，短也罢，瘦也罢，肥也罢，总之是不合身。他现在正从自身的残骸上走过，还一路践踏着军服上的肩章……

"可我是清白无辜的啊！"他用发自内心的最雄辩的声音一遍遍重复这句话，"可我是清白无辜的啊！我怕什么呢？"

"正因为您清白无辜！"他的理智用"天使脸"的舌头说起话来，"正因为您清白无辜！……您要是真有什么过错，反倒不至于把您怎么样了。政府巴不得您犯点什么罪，这样就可以弄得您俯首帖耳了。什么祖国不祖国！逃命要紧，将军先生，听我的没错。什么祖国不祖国的！这年头，还有什么王法？好死不如赖活着！逃命吧，将军，别在这儿等死！"

"可我确实清白无辜啊！"

"将军，关键不在无辜还是有罪。关键在于您是不是得到主子的欢心。一个无辜的人惹恼了政府比犯罪更糟糕！"

他掉过脸去不愿再听"天使脸"的声音，一面从牙缝里挤出一句恶狠狠的报复话。他只觉得心跳得连气也喘不上来了。他又想起了自己的女儿。她一定是提心吊胆地在家里等着他。梅尔塞德教堂尖塔上的钟正在当当报时，洁净的天空上没有一丝云彩，密密麻麻缀满了点点星辰。刚一拐进通往他家的街道，他就看到一排窗户里的通明灯火，那洒向街心的片片光芒正在向他发出急切的召唤……

"我要把卡米拉送到我弟弟胡安家里去，以后再派人来接她。'天使脸'答应我今天晚上或者明天上午把她带走。"

他掏出钥匙，可是已经用不着了：他一到，门就开了。

"爸爸！"

"别作声！快过来……听我说……要抓紧时间……听我说……叫副官去车房备一头牲口……一点钱……一支手枪……以后我再派人来取衣服……眼下只要一个箱子装急需的东西。我一下也说不清，你也不会懂！叫人给黄骡子备上鞍，你把我的东西收拾一下，我这就去换衣服，还要给你叔叔们写信。你先去胡安叔叔家住几天。"

即使迎面撞上一个疯子，卡纳勒斯的女儿也不至于吓成这样。她见生性沉着镇静的父亲慌里慌张回到家里，确实吓得要命。他吃力地说着话，面部不断改变着颜色。还从来没见他这样过。卡米拉难过得肝肠欲碎，又要忙着去收拾东西，根本顾不上听清父亲的话，只是一个劲儿地唸叨：啊，我的上帝！啊，我的上帝！一面说一面跑去把副官叫醒，要他赶快备好坐骑——一匹两眼闪光的漂亮的黑骡子。接着又跑回来慌手忙脚地装箱子，根本谈不上什么收拾（……毛巾，袜子，面包……对了，还得抹点黄油，可是忘了撒盐……）。她已经去厨房叫醒了奶妈，老太太头半夜总是靠墙坐在温乎乎的石凳上打盹，守着炉灶里的余火，身旁那只猫时不时摆摆耳朵，像是在轰赶讨厌的声响。

将军的笔在信笺上飞快移动。女仆走进客厅，把所有的窗户都关得严严实实。

一片寂静笼罩着整幢房屋，但不是以往甜蜜安详的夜晚那种绢纸一般轻柔的寂静，那种用黑夜的墨汁描绘幸福梦境的寂静，那种比花朵的思绪更难捕捉、比水面更光洁的寂静……在如今笼罩整幢房屋的寂静里骚动着将军的咳嗽、他女儿慌乱的步履、女仆的嘤嘤啜泣和小心翼翼开关立柜、衣橱和壁龛的声响。如今的寂静冷峭严峻、令人窒息，如同一身不合体的衣服一样难以忍受。

一个满脸瘢痕、身材娇小得像舞蹈演员一样的人，无声无息不停地在纸上写着，如同编织蛛网一般。

共和国宪法总统阁下亲启

总统阁下：

本人奉命密切跟踪欧塞比奥·卡纳勒斯将军。现谨向总统先生汇报如下：曾有人见他出入阁下的朋友米盖勒（"天使脸"）的府邸。由于事先已安排厨娘监视主人和贴身女仆，贴身女仆监视主人和厨娘，上述人员已如期送来报告称："天使脸"和卡纳勒斯将军在门窗紧闭的房间里密谈大约三刻钟之久。报告接着说：将军离开时神色慌乱。上级已指示加强对卡纳勒斯官邸的监视，并重申：如欲潜逃，格杀勿论。

贴身女仆在电话报告中补充道（这一点厨娘无从知晓）。主人向她透露，卡纳勒斯应允将其女赠予他，但要求他利用有效影响，在总统面前为之说情。

厨娘在此点上更为详尽清楚（对此贴身女仆无从知晓）。她说："将军离开之后，主人十分高兴，嘱咐她商店一开门就去购买足够的罐头食品、饮料、饼干、糖果，因为一位名门小姐要前来跟他一起生活。"

特此谨呈共和国总统先生。

然后写上日期，并且用歪歪扭扭的花体字署上自己的名字。

这时候他很想放下笔抠抠鼻子，可是突然想起点什么，又接着写道：

又及——补充今天上午的报告：路易丝·巴雷尼奥医生，今天下午有三个人去他的诊所，其中两个是乞丐。晚上跟妻子一起去公园散步。阿贝勒·卡尔瓦哈勒，下午去过美洲银行和金莲花酒家对面的药房，最后又去了德国俱乐部并在那儿和罗姆斯先生进行长时间谈话，后者另有警察跟踪。晚上七点半回到自己的宿舍，再也没有出门。已奉命加强对他宿舍周围进行监视。——签名、日期同上。有效。

十一、劫持

　　跟罗达斯分手以后，卢西奥·瓦斯盖司飞一样——他恨不得多长两条腿——朝玛萨夸塔那里跑去，想看看是不是能来得及帮忙劫持那个姑娘。他走过梅尔塞德教堂前的水槽时，不免有些提心吊胆，因为人们都说这地方经常发生一些吓人的事情。白天，女人们来这儿一面用罐子接缓缓流下的一线脏水，一面喊喊喳喳唠叨家长里短。

　　"抢走一个大家闺秀，"杀死"软布人"的凶手一面走着一面想，"真带劲儿！既然上帝让我早早儿办完了大教堂门廊的事儿，我干吗不去痛快痛快。圣母玛利亚！一个人捞点便宜，偷点东西，就美滋滋的不知道姓什么了，更何况是抢走一个娘儿们呢？"

　　终于看见玛萨夸塔的小酒店了，可是一看梅尔塞德教堂的时钟，他体内的各种水儿差点一齐流出来①。……眼看就要过点了……要么是他没看清楚。他招呼了一下监视卡纳勒斯将军住宅的警察，就像飞跑的兔子一样，一步就蹿到小酒店门前。

　　玛萨夸塔已经躺下，全神贯注地等待凌晨两点的钟声。她一会儿用一条腿蹭蹭另一条腿，一会儿揉揉又酸又疼怎么放都不自

---

　　① 指泪水、汗水和尿水。

在的胳膊，脑袋在枕头上下来回折腾，就是合不上眼睛。一听到瓦斯盖司敲门，她心急火燎，一下子就从床上跳到门口，呼呼的喘息就像用刷子洗马的声音。

"谁？"

"我，瓦斯盖司，开门！"

"怎么是你？"

"几点了？"瓦斯盖司一进屋就问。

"一点一刻！"酒店老板娘随口答道，连表也没看。她确信不会错。她一直在等着凌晨两点到来，几乎每一分钟、每五分钟、每十分钟、每十五分钟、每二十分钟都数得清清楚楚……

"那怎么我看梅尔塞德教堂的大钟上是两点差一刻？"

"真的？准是神甫们的表又快了！"

"哎，听我说，那个给大票子的人还没来？"

"没有。"

瓦斯盖司一把抱住酒店老板娘，等着对方用巴掌回报他的亲热。谁知不然，玛萨夸塔变成一只温顺的小鸽子，任他搂抱。两人的嘴唇紧紧贴在一起，一项情切切、意绵绵的协议就盖印生效了，而且要在当晚全面贯彻。房间里唯一的灯点在齐金济拉圣母像前。旁边有一束纸做的玫瑰花。瓦斯盖司吹熄了烛火，一脚把老板娘绊倒在地。圣母像顿时消失在黑暗中。两人的躯体在地上滚动，像蒜辫子一样拧在一起。

"天使脸"这时候已经走到剧院了。陪他一起来的是一伙无赖帮手。

"姑娘一到我手里，"他一路跟那些人说，"你们就可以进屋去抢东西。我保证你们不会空手出来。可是咱们得说清楚了：不光这会儿得小心，以后也得注意别多嘴多舌，与其帮倒忙，还不如现在就拉倒。"

拐过街口的时候，巡逻队喊住他们。总统心腹上去跟队长办交涉，士兵们把他们团团围住。

"我们去姑娘窗下唱小夜曲，中尉先生……"

"去哪儿？请告诉我你们去哪儿？"队长一面问，一面用佩剑敲打地面。

"就在跟前儿，耶稣胡同……"

"可没见你们带木琴，也没带吉他……哑巴小夜曲倒更有意思，嗯？"

"天使脸"悄悄给那军官递过去一张一百比索的票子，当下就解决了问题。

已经可以看到街那头梅尔塞德教堂的庞大身躯了。这是一幢乌龟状的建筑，圆顶上的窗户像两只小眼睛。总统心腹叫他的手下人别集中在一起去玛萨夸塔那儿。

"记住：吐斯特普酒馆！"分手的时候，他对那些人喊了一句，"吐斯特普！当心点，小伙子们，不要钻到别处去了！吐斯特普，就在褥子店隔壁！"

一伙人兵分两路，朝相反的方向去了，脚步声越来越远。帮助将军潜逃的计划是这样的：梅尔塞德教堂的时钟一敲两点，"天使脸"手下的一两个人就爬上卡纳勒斯将军家的屋顶，他们在上面一走动，将军的女儿就从屋子正面的一个窗口探出身来大声喊捉贼，把在附近放哨的士兵吸引过去，然后利用这阵混乱，卡纳勒斯就可以从车房大门逃出去。

任何一个傻瓜、一个疯子、一个小娃娃也不会想出这么荒唐的主意，纯粹是彻头彻尾的胡闹。无论是将军本人还是总统心腹心里都很明白，可是还是采纳了。两个人都满心以为这一切不过是一箭双雕的障眼法。对卡纳勒斯来说，在总统心腹保护下潜逃当然是最安全的做法，而对"天使脸"来说，他们两人商定的计谋对事情的成败根本无关紧要，关键是他后面有总统先生撑腰。实际上，将军刚一离开他家，他就给总统本人通了电话，报告了实施计划的时间和具体细节。

赤道地区四月的夜晚是三月份温煦白昼留下的遗孀，阴郁、冰冷、凄凄惨惨、衣容不整。"天使脸"踏进小酒店和卡纳勒斯家隔街相望的十字路口，一面计算着沿街排列的武装警察鳄梨色的身影。他绕着街角的房子不慌不忙走了一趟，再转身往回走，到半路的时候，悄悄溜进吐斯特普兔子洞一般的小门，吓得浑身冰凉；邻近的每个房子门前都站着一个士兵，在人行道上不停地走来走去的秘密警察就更数不清了。他此时的自我感觉简直糟透了。"我这是在参与一项罪行啊！"他想，"那人一离开他家，就会叫他们杀了。"这个想法不停地在他脑里盘旋。这个人眼看就要死了，可是还要抢走他的女儿！他越来越觉得干这种事未免太可憎、太卑劣了。不过要真能帮那人逃走，倒也不失为友好、和善的高雅之举。他现在正在亲眼目睹，如何就在市中心设下圈套来对付一名无辜的公民，此人既无戒备之心也无防卫之力，满心以为可以仰仗总统一位朋友的庇护安然逃出家门，殊不知所谓庇护实际上是一个狡诈、狠毒的计策，受害者只有在残酷的最后一刻才能发现自己被欺骗、被出卖、被围困，从而对自己的轻信悔恨莫及，所谓庇护又是一个巧妙的借口，可以为正在进行的罪恶披上合法的外衣，因为"当局为了防止第二天将被逮捕的谋杀案涉嫌犯逃跑，不得不采取这种果断的措施"。"天使脸"对这个阴谋深感厌恶，倒不是他这个心肠冷漠的人突发了什么善心。是完全不同的一种原因推动他咬着嘴唇暗暗谴责这桩阴险卑鄙的诡计。他既然好心好意自愿充当将军的保护人，也就自然而然获得某种支配他女儿的权利，可是由于他毕竟永远只能扮演驯服工具的角色、承担鹰犬的职责，处于刽子手的位置，他也就最终不得不放弃这种权利。在他那毫无声息的心灵荒漠上突然刮起一阵新奇的风，欲望之火穿透他的睫毛暴烈地喷射出来，犹如野生荆棘的渴求、芒刺满布的沙漠植物的渴求、天降甘露也不足以消解的久旱树丛的渴求。为什么欲望会是这个样子？为什么树丛在大雨之中仍然干渴难耐呢？

有个念头在他脑海中倏忽一闪：走回去叫开卡纳勒斯的家门，告诉他……（他甚至隐约看到将军女儿感激的微笑）。可是他已经跨进了酒店的小门。一看见瓦斯盖司和他自己手下那一伙人，他又改变了主意。瓦斯盖司对他说：

"一不做二不休，我听您的。真的，老兄，我豁出去跟您干到底，知道吗？我这人是生来的犟种，说一不二，命也大。"

瓦斯盖司拼命瓮声瓮气地说话，竭力让他那尖细的女人嗓门变得粗重洪亮一点。

"多亏您，我才走了运。"他压低嗓音接着说，"要不，我才不会跟您说这些话呢！我才不会呢，告诉您说吧！是您成全了我跟玛萨夸塔的好事，她现在对我还真像那么回事！"

"没想到您也来了，还那么愿意帮忙，我太高兴了，我就喜欢这样的人！""天使脸"兴冲冲地说，一把紧紧握住杀死"软布人"的那家伙的手，"我的瓦斯盖司老兄，您的话给我壮了胆。刚才警察把我吓坏了，一家门口一个！"

"咱们来杯烧酒给您压压惊，怎么样？"

"其实我倒不是为自己担心。我这人，实话对您说吧，也不是头一回把脑袋掖在腰带上。我是为她担心。您知道，我是怕把她从家里弄出来的时候，双双被人捉住关进大牢里！"

"放心吧，一见那家'遭抢'，街上一个警察也剩不下，连个人毛也找不到！谁还顾得上你们二位？我说了，连个人毛也找不到，我敢拿脑袋打赌。我说的准没错，您瞧着吧！一见有地方鸡飞狗跳，他们准会凑上去捞一把，一点没错儿……"

"是不是最好您去跟他们说说？既然您费神来了，他们知道您是不会……"

"没那必要，什么也用不着跟他们说。这伙人一见大门敞开着，准会琢磨起来：'就这儿啦！这回我可不是成心的……赶上甜头了。'要是见我在场，他们还不更来劲儿了！别看我，还是小有名气的，就是因为那回我和'蜻蜓'安东尼奥一下闯进那个倒霉神甫家里，他见我们从阁楼跳进房间，还点着了灯，真是吓坏了，赶紧把放着他那点积蓄的柜子钥匙交给我们，还用手绢包着，怕掉在地上太响，然后就假装睡着了！您瞧怎么样？那次我还真得了手。您这回更甭说了，小伙子们个个劲头十足。"瓦斯盖司说到这儿把话题转到旁边那伙人身上。他们一个个贼头鼠脑、邋里邋遢、一声不吭，只顾一杯接一杯喝烧酒，一口把黄汤灌到嗓子眼，玻璃杯刚离开嘴唇，就骂骂咧咧大口吐吐沫。"……您瞧，他们个个劲头十足！"

"天使脸"向瓦斯盖司举起酒杯，要为他的爱情成功干一杯，玛萨夸塔也端着一杯茴香酒走过来。他们三人一齐干了一杯。

为了小心起见，屋里的电灯没有开，唯一的灯火是那支摆在齐金济拉圣母像前的蜡烛。在昏暗的光线中，那些破衣烂衫的身躯把奇形怪状的阴影投射在干草色的墙壁上，像一只只体长颈细的羚羊。一排排酒瓶子如同五颜六色的火焰在货架上闪烁。每个人都在注视着钟表指针的移动。大口大口的黏痰跟子弹一样击打着地面。"天使脸"远离其他人，在圣母像旁边，脊背倚在墙上静静等待着。他那双黑黑的大眼睛一件一件扫视着房间里的家具，仿佛在追踪面临重大抉择关头那个像执拗的苍蝇一样不停闯入他脑海的念头：娶妻生子。他不禁咽了口吐沫微笑起来，突然想起一个判了死刑的政治犯的笑话。那人被处决前十二小时，上头派军事法官去看他，开恩叫他提出最后一个要求，包括免去死刑的要求，只要他从此说话稍微收敛一点。"好吧，能不能开恩允许我死前留个后代在世上？"政治犯很干脆。"批准你的要求。"法官对他说，接着就自作聪明找来一个妓女。死刑犯碰也没碰那个女人，就把她打发走了。等法官再去看他的时候，他劈头盖脸给了一句。"有你们这些婊子养的就足够了！……"

"天使脸"嘴角轻轻一颤，又露出一丝微笑，心想："我当过校长、报社主任、外交官、议员、市长，可这会儿不知道怎么一下子就成了一伙小流氓的头头！……见鬼，这就是生活！That is the life in the tropic！①"

从梅尔塞德教堂石砌尖塔上传出两下钟声。

"咱们走吧！""天使脸"喊道，出门之前掏出了手枪，同时对玛萨夸塔说，"我马上把我的宝贝儿带来！"

"动手吧！"瓦斯盖司对其他人说。说着就像一只壁虎，从一扇窗户爬进将军家里，后面紧跟着两个同伙，"谁要是孬种，别怪我不客气！"

凌晨两点的钟声余音还在将军家里悠悠回荡着。

"卡米拉，咱们要分手了。"

"是的，爸爸！"

卡纳勒斯已经穿好马裤和一件蓝色军服。军服上的肩章、领章摘得干干净净，更加衬托出那一头白发。卡米拉浑身瘫软，一头扎进父亲怀里，没有眼泪，没说一句话。人的心灵在仔细咀嚼回味之前，是无法深切理解什么是幸福、什么是苦难的，必须等到浸透泪水咸味的手帕被咬了又咬、撕了又撕、用牙齿扯成丝丝缕缕之后，才会有真正的体会。卡米拉还觉得这一切只不过是无聊的游戏，或者是一场噩梦，不会是真的，绝对不可能是真的。难以设想真的出了什么事情，还牵涉到她，牵涉到她父亲，怎么可能！卡纳勒斯将军把她紧紧搂在怀里，向她做最后告别。

"我最后一次参加保卫祖国的战斗以前，就是这样拥抱你母亲

---

① 英语："这就是赤道地区的生活！"

的。可怜的人，认定我是回不来了，结果反而是她自己没有等到我回来。"

这时老军人听到屋顶的脚步声，他把卡米拉从怀里推开，绕着花坛和花盆，穿过庭院，向车房大门走去。散发着芳香的每一朵杜鹃、每一朵天竺葵和每一丛玫瑰都在向他告别。突然，整幢房子的灯火一下子全黑了，像是一把砍刀把它从一排建筑物中猛剜出去。一名战士是不应该临阵逃脱的……可是他想到，早晚要率领自由革命军回来的……

卡米拉按原定计划探出窗口去呼救。

"强盗进屋了！强盗进屋了！"

没等她的喊声消失在茫茫无际的黑夜之中，在屋前放哨的第一批士兵就赶到了。他们弯起瘦长的手指打唿哨，发出刀刮金属或木器时的刺耳声音。朝街的大门很快就被打开了。远处的便衣警察跑到街口，也不知道出了什么事情。尽管如此懵里懵懂，他们还是手提"耶稣受难"尖刀，把帽檐拉下低低压住眉毛；外套领子高高翻起，严严遮住脖子，穿过敞开的房门鱼贯溜进大宅里面。趁火……混水……屋里的家什并不总是样样方便主人的……瓦斯盖司爬上房顶掐断了照明电线，所有的过道和房间顿时陷入一片浓密的黑暗。有人划着火柴寻找衣橱、酒柜和几案。他们不分青红皂白，狠狠撬开隔板，用枪筒砸碎玻璃，弄得名贵木器细屑四溅，从上到下翻了个遍。也有人黑灯瞎火在客厅里乱转，碰翻了桌椅，连倚在墙角几案上的照片也在一团漆黑之中像飘零的纸牌一样撒遍地面。一架开着盖的三角钢琴被另一些人捶打得连连发出困兽的哀嚎。

别处又传来刀叉、汤匙落地时的一串清脆笑声，接着是有人挨打的呼号。原来奶妈"老鼠胆"正忙着想把卡米拉藏在餐厅的酒柜和墙壁之间。总统心腹一拳把她推翻在地上。老太太的辫子缠在餐橱抽屉的把手上，结果弄得刀叉、汤匙撒满一地。瓦斯盖司一棒子打下去，老奶妈就没有声息了，他又给了倒在地上的躯体一棒。屋里黑得伸手不见五指。

第二部

四月二十四日，二十五日，
　　二十六日，二十七日

十二、卡米拉

她在自己房间的镜子面前一个小时一个小时地端详着。"你这个小臭美妞儿，早晚会招来鬼的！"奶妈老这样冲她嚷嚷。"有比我还厉害的鬼吗？"卡米拉也总是这样回答。她那蓬松的乌发像一团黑色的火焰，浅褐色的脸庞如同涂了用来抛光的可可油膏一般闪闪发亮，绿盈盈的眸子总是睡眼惺忪而且眼角向脑后的方向吊起。卡纳勒斯小姐活脱一副中国姑娘模样。在学校，大伙儿就这么称呼她。她穿上刚好遮住小小鸡头肉的学生服，很有一些大姑娘的神气，不再是那个顽皮任性、问这问那的丑丫头了。

"都十五了，"她对着镜子说，"可我还得像个傻丫头，身边围着一群大叔小姨、堂兄表弟，像一堆苍蝇。"

她揪着头发大声喊叫，做出各种怪相。老是跟黑压压的一堆亲戚为伍，实在叫她腻味。她总是小不点。她总得跟他们去看阅兵。到哪儿都得跟着他们：去做午间弥撒，去爬卡门山，去骑大黄马，去哥伦布剧院那儿散步，去柳树沟上下乱跑。

她的那些叔叔们都是怪吓人的大胡子，手指头上的戒指叮当乱响。她的叔表弟们个个头发蓬乱，肥头大耳、毫不识相。她的那些大婶小姨更是令人生厌。这些人在她眼里就是这副德性。她一怕他们有些人（主要是堂兄表弟们）送她插满小旗的纸包糖果，仿佛她还是一个不懂事的小丫头，二怕另一些人（主要是叔叔伯伯们）伸出烟味刺鼻的手抚摸她，还用食指和大拇指揪她的脸蛋儿（每逢这种时候，卡米拉就不由自主地绷紧脖子），三怕大婶小姨们亲她，还经常是隔着垂下帽檐的面纱，她觉得那简直是浸着吐沫的蜘蛛网黏在脸上。

　　每个星期日下午，她都在客厅里打瞌睡，或者百无聊赖地消磨时光，也就是说，她已经翻腻了家庭影集上的旧照片，当然也就更懒得去看挂在红色壁纸上的那些，还有东一张西一张摆在黑色角几上、镶银小桌上和大理石倚壁案上的那些。她爸爸在一边像只猫似的打着呼噜，时不时从窗口眺望一下空荡荡的大街，偶尔还对跟他打招呼的过路邻居和熟人说声再见什么的。不过这种事一年里也就能碰上一两次。那些人跟他打招呼的时候，总要摘下帽子。人家是卡纳勒斯将军嘛！将军总是用洪钟一般的嗓音回答他们。"您好……""回头见……""看到您真高兴……""多保重！……"

　　她妈妈，在新婚时的那些照片上，只露出脸和手指头，其余部位都被植物界、动物界和矿物界的产品所覆盖。按照当初最时髦的服饰，长裙直垂踝骨，露指手套几乎裹住两肘，脖子四周围着毛皮，帽子上缀着丝带、插着羽毛，手里还打着一把镶着卷曲花边的小阳伞。她的那些大婶小姨在照片上个个胸部高耸，浑身裹得严严实实，就像客厅里的沙发，头发简直成了宝石镶嵌，冠状头饰紧紧箍着前额。还有她们青年时代朋友们的照片：有的披着绣花大披巾，头上插着压发梳，手里拿着扇子；有的装扮成印第安妇女，包着大头巾，穿着绣花衬衣和凉鞋，肩膀上还驮个大水罐，还有的是一副马德里女郎装束，珠光宝气，涂上一个美人痣。所有这些照片都叫卡米拉昏昏欲睡，黄昏时光的倦意使她眼皮发沉，起同样作用的还有那些她记得烂熟的照片题词："这张照片是我的影子，紧紧跟随你！""不起眼的见证：我的心永远跟你在一起！""愿这几个字和你对我的怀念永存！"有的照片上面压着褪色丝带束起的干枯紫罗兰，因此她只能从缝隙间看出："勿忘1898""……我的神祇""至死不忘""暗自爱着你的……"

她爸爸跟空荡荡的大街上的过路人打着招呼，不过要隔很长时间才有这种事。他那洪钟一般的嗓音在大厅里回荡，像是在跟照片上的题词对话。"这张照片是我的影子，紧紧跟随你！""我很高兴，祝您顺利！……""不起眼的见证：我的心永远跟你在一起。""再见，多保重！……""愿这几个字和你对我的怀念永存！""很荣幸，问您母亲好！"

有时候，某个朋友从照相册上走下来，站在窗前跟将军聊天。卡米拉躲在布帘后面偷看。没错儿，是他，在照片上俨然一副征服者的架势，很年轻，两道浓眉，身材匀称，穿一条鲜亮的花方格裤子，礼服上的扣子扣得整整齐齐，头上的帽子介乎高盔帽和扁盔帽之间，是上世纪末时兴的那种"我敢戴"。

卡米拉不禁微微一笑，心里有句话，只是没说出来："我说先生，您最好还是待在照片上……就算衣服过时了，这身博物馆的行头会叫人笑话，可总不至于挺着个大肚子，头上光秃秃的，腮帮子鼓得像嘴里含着皮球一样。"

丝绒帷幔散发着尘土气味，它后面的阴影里，闪烁着卡米拉绿盈盈的目光。她正透过玻璃窗观察星期日的午后景象。她从屋里看着大街，用冷冰冰的玻璃似的眼睛不留情面地审视着一切。没有任何东西能够改变她这副神情。

她父亲一身家常装束，亚麻布衬衫的袖口白得耀眼。他的双肘深深陷进缎子软垫里，正隔着阳台的铁栏杆跟一位似乎交情很深的朋友闲聊。那是位脸色阴沉的先生，鹰钩鼻，小八字胡，挂一根头上包金的手杖。完全是不期而遇。他遛着马路恰好经过这里，将军就叫住他："真难得！你怎么来梅尔塞德这一带了？简直是百年不遇的事！"卡米拉在相册上见过他。已经很难认出来了。非得仔仔细细看照片不可。这位老先生当初鼻子还算匀称，一张甜甜的脸也挺丰满。怪不得说年岁不饶人！眼下这张脸瘦骨嶙峋，颧骨高耸，淡淡的眉毛上面凸出锋利的眉脊，下巴像斧刃一样。他嗓音干涩，慢吞吞地跟卡米拉的父亲说着话，还不时用手杖头蹭蹭鼻子，仿佛在闻金子的味道。

那是一片不断晃动的广漠空间。她也在晃动。她尽管纹丝不动，可是却在晃动。她是头一次见到大海，双唇间跳荡着惊愕的语句。叔叔们问她景色如何，她却漫不经心地说："我早就在照片上见过了！"

颤颤巍巍的海风摇撼着她手中粉红色的宽檐帽，看去像个大圆环，又像只盘状的大鸟。

她的叔表兄弟们，个个张大了嘴、瞪圆了眼，惊奇得一言不发。震耳欲聋的浪涛淹没了婶娘姨妈们的声音。太好看了！怎么这么美啊！这么多水！看起来还怪吓人的！你们看那儿……太阳慢慢落下去了！咱们没把东西忘在车上吧？下车只顾跑了！……你们没数数东西全不全？……快把箱子点一下！

叔叔们扛着箱子，里面装的全是去海滨穿的轻便服装，度假的人都穿这种皱得像干果一样的衣裳，他们还提着成串的椰子，都是太太们在沿途车站从小贩手上夺过来的，实在太便宜了，还有一大堆包袱篮子之类，他们也得夹着抱着，排成一溜儿朝旅馆走去。

"你刚才说的，我看了一眼……"最像长脚鹭鸶的一个堂兄终于开口了（听到有人对她说话，卡米拉觉得一股血流涌上面孔，在浅褐色之上增添了一层红晕），"我不觉得大海像你说的那样。依我看，你的意思是大海就像电影上的风景一样，只不过是大多了。"

卡米拉听说在大教堂门廊拐角的地方，也就是百门大街口上演那种活动的照片上，可是她不知道也想不出会是什么样子。不过，听了堂兄的话，又见了大海，她可以很容易闭上眼睛想象一番。一切都在晃动，什么也不能稳稳待着。一幅幅景色混成一堆，乱七八糟地搅在一起，碎片飞腾起来，不断拼成转瞬即逝的图像，既不是固态，也不是液态，也不是气态，而是海洋生物的状态，一种光影摇曳的状态，像变换的镜头，又像动荡的大海。

卡米拉的脚趾在鞋里紧紧蜷缩起来，站在那儿四处张望，继续观赏目不暇接的一切。起初，为了把恢宏的空间一览无余，她的双眼几乎要夺眶而出，现在却是恢宏的空间充盈了她的双眼，滚滚上涨的海潮一直涌到她的睫下。

她跟在堂兄后面一步步沿海滩走下去（在沙子上面很不容易迈步），她想离海浪更近一些。可是太平洋并不是像个绅士那样向她伸出一只彬彬有礼的手，而是朝她甩来一只硕大的液体巴掌，她的双脚立即被一大团清水淹没了。她吓了一跳，忙不迭地向后退去，而且给大海留下了赎身的代价——她那顶粉红色的帽子这时候已经变成一个小点随着波浪起伏。她像一个娇生惯养的小姑娘要去爸爸那儿告状一样尖叫一声。"啊……海！"

她和他的堂兄谁也没有发觉什么。她在嗔怪大海的时候，不由得第一次说出了"爱"①这个字。太阳已经完全落下去了，留在天边的一抹橙黄映照得深绿色的海水越发凉飕飕的了。

为什么在海滩上要一边亲吻自己的胳膊，一边用鼻子闻晒得黝黑、一股咸味的皮肤呢？为什么也要用同样的办法对待大人不许她吃的水果呢？（只是把水果放到紧闭的双唇上，用鼻子闻来闻去。）"吃酸东西对小姑娘不好。"回到旅馆，婶娘姨妈们开始唠唠叨叨教诲她，"把脚弄湿，蹦蹦跳跳地走路，都不好。"卡米拉亲她爸爸和奶妈的时候，从不用鼻子闻。她吻梅尔塞德教堂耶稣像的脚也是这样，紧屏住呼吸，仿佛在吻一块烂树根。不用鼻子闻自己亲吻的东西，接吻一点味道也没有。她那带咸味、像沙子一样的浅褐色皮肉，还有柏树果和榲桲，都使她学会亲吻的时候要张开鼻孔使劲吸气，没命地闻了又闻。可是一动真格的，她又不知道怎样运用这个发现。度假快结束了，那个说起什么活动照片、还用口哨吹阿根廷探戈的堂兄亲了她的嘴，当时她真不知道是闻他呢还是咬他。

回到都城，卡米拉撺掇奶妈带她去看电影。电影厅在大教堂门廊拐角处，百门大街口上。她们悄悄打着榧子，背着将军偷偷

---

① 在西班牙语中，"啊（ah）"和"海（mar）"两个词的发音合在一起恰巧构成"爱（amar）"。

出去了，一路上不断祷告圣灵、圣父、圣子保佑，进门的时候见大厅里挤满了人，她们差一点转身跑回去。可是最终她们还是占了两个位子。离她们很近的白布幔子上霎时间像是被太阳光照亮了。那是在调试机器、镜头和光度，还不断发出街上路灯的碳电阻那种嗞嗞声。

大厅里突然暗下来。卡米拉觉得自己是在玩捉迷藏。银幕上起先是一片模糊，然后出现了蚂蚁一样跳动的人影。这些人说起话来像是在嚼东西，走起路来蹦蹦跳跳，甩起胳膊像脱了环儿似的。卡米拉突然清清楚楚记起有一次她怎么和一个小男孩躲进天窗下面的小房间的事，连电影也忘了看。在房间最阴暗的角落，一支祭祀亡灵的蜡烛流着泪，映照着几乎透明的塑料基督像。他们俩钻到床底下，整个身子都趴在地面。床在上面嘎吱嘎吱乱响，这件老爷爷家具再也经不起折腾了。"快藏好！"后院有人喊道。"快藏好！"前院也有人这样喊。"快藏好！快藏好……"找他们的人上来了，一边大声喊着："哪里跑！"卡米拉差点扑哧笑出来。身边的男孩狠狠盯了她一眼，叫她别出声。她脸色一板，马上服从了。可是最后她还是忍不住笑了起来。就在她鼻子跟前，一张床头柜半开着，发出懒汉脚的臭味。她正要嘻嘻哈哈开怀大笑，一粒沙子钻进眼里，弄得她泪水直流，猛一抬头，脑袋又撞在床板上，火辣辣地生疼。

跟那次捉迷藏一样，她泪汪汪地走出电影院，推推搡搡地挤在离开座位在黑暗中朝门口跑去的人群中。她们一直跑到市场门廊才停下来。到了那儿，卡米拉才知道，观众是怕被逐出教门而慌忙往外跑的。银幕上出现了一个衣服紧裹着身体的女人，正跟一个留着八字胡、系艺术家领带的男人跳阿根廷探戈。

瓦斯盖司出来走到大街上，手里还拿着那件能伤人的武器——那根打昏了奶妈"老鼠胆"的大棒。他点头做了个暗号，"天使脸"就抱着将军的女儿出现了。

警察们也开始带着各自的战利品四散了。这时，他们几个人已经避进了吐斯特普的店门。

出来的警察肩上都扛着东西：一套鞍具，一个挂钟，一面穿衣镜，一件雕刻，一张桌子，一尊耶稣受难像，还有的抱着乌龟、老母鸡、鸭子、鸽子或者其他天底下能有的东西。还有的夹着男人衣服、女人鞋袜、中国古董、鲜花、圣像、脸盆、三脚架、各式灯座、一个树形吊灯、烛台、药瓶子、画像、挡雨的用具和接尿的器皿。

吐斯特普的老板娘手里抓住门杠守在门边，等那伙人一进来就连忙扣紧店门。

卡米拉怎么也想不到会有这种散发着霉烂床垫味道的狗窝，过去几步就是她家，那充满老军人父亲爱抚的安乐的家。她简直难以相信她父亲昨天还是一个幸福的人，她简直难以相信曾经服侍过她的老奶妈如今被打得头破血流，往昔庭院里挺拔的花丛如今被践踏得遍地狼藉，小猫跑了，金丝雀死了，连笼子也被踩扁了。总统心腹摘去蒙住她眼睛的黑围巾，卡米拉顿时觉得自己离家已经很远很远了……她一次又一次用手摸着脸，不断四处张望，想弄明白自己究竟到了哪儿。突然她用手指捂住脸大喊一声。她终于发现了自己的不幸处境。她不是在做梦。

"小姐……"就在她麻木而沉重的身躯旁边，有人开口说话了，正是那个昨天下午向她预告这场灾难的陌生人，"您在这儿暂时不会有什么危险。您想用点什么压压惊吗？"

"水火压惊！"老板娘说着跑到当灶火用的陶盆那儿，把压在灰里的炭火掏出来。卢西奥·瓦斯盖司趁这工夫抓住一个装上等烧酒的大肚瓶，端起来伸长脖子往下灌，像吞驴尿一样，什么滋味也没品出来。

老板娘连吹几口气，想把炭火吹旺，嘴里还不停地念叨："心急如火燎，火烧心更焦。"在她身后，被灶火映红了的铺面后墙上，掠过向后院踱去的瓦斯盖司的身影。

"就在这儿他第一次对她说……"卢西奥自言自语地说，声音像是从笛子里吹出来的，"一杯不算少，百杯身不摇……千杯撂不倒。今日黄汤灌满肚，明朝烧酒浇坟土……"

一块炭火落进盛满清水的小碗里刺啦一声灭了，水面仿佛大吃一惊的人脸，突然变了颜色。乌黑的炭粒飘了起来，像是一颗丑陋的果核。玛萨夸塔扔进水里一团小火球，却用镊子夹出来一块煤渣。"水火压惊。"她不停地念叨着。卡米拉喝了几口，就出声说话了：

"我爸爸呢？"这是她开口说的第一句话。

"放心吧，别难过。再喝口炭火水。将军他没事。""天使脸"回答道。

"您怎么知道？"

"我想是吧……"

"真是太惨了……"

"千万别这么说！"

卡米拉又看了一眼"天使脸"。脸上的表情有时候比说出的话更清楚。可是她虽然竭力用目光穿透总统心腹乌黑的双眼，却无法看出那人在想什么。

"姑娘，坐下来说……"玛萨夸塔说着走去拖来一张凳子，正是前一天下午那位掏出大票付啤酒账的先生第一次来的时候瓦斯盖司坐的那张。

……是好多年以前的那个下午，还是几小时以前的那个下午？总统心腹的眼睛一会儿盯着将军的女儿，一会儿盯着齐金济拉圣母像前的烛火。他在想是不是要先熄灭照明的烛火，然后点燃不照明的欲火。这个念头在那双乌黑的眼珠中闪烁。只要吹一口气……不管来软的硬的，姑娘就是他的了。可是他把目光从圣母像上移到卡米拉身上，只见她头发蓬乱，苍白的脸上滚动着大粒泪珠，还没完全发育成熟的天使般的身体软弱无力地歪坐在凳子上，这时候他改变了主意，露出慈父般的神情，从姑娘手里接过小碗，低声说了一句："可怜的孩子！"

老板娘咳嗽了几声，意思是她走了，让他们两人单独待在一起。卡米拉又哭起来，同时传来老板娘的叫骂声。她在飘散着玫瑰香味的酒店后院发现喝得烂醉的瓦斯盖司躺在地上。

"一转眼你就这副臭德性！"玛萨夸塔顿时火冒三丈，"你根本不把我放在眼里，早晚得把我的肝给气炸了！怪不得人家都说跟你在一起稍不留意就得上当！成天说什么你爱我！……这不……这不……我刚一转身，你就把一整瓶酒都灌进去了！你以为我白得的这些东西……是人家赊给我的？……还是别人白送的？……你这个贼胚！……给我滚出去！别让我上巴掌把你打出去！"

老板娘抓住醉汉的双脚往外拖，于是传来一阵脑袋碰地的咚咚声和喊疼的哎哟声……刮起一阵风，呼地关上了院门。吵闹声听不见了。

"事情已经过去了，别这样……""天使脸"在哭成泪人的卡米拉边轻声说道。"您父亲没什么危险，您自己躲在这儿也很安全。这儿有我保护您哩……事情过去了，别哭了。越哭越难过……别哭了，听我说，我好好跟您讲讲是怎么回事……"

卡米拉慢慢不哭了。"天使脸"抚摸着她的头，从她手里拿过手绢给她擦眼泪。天亮了，地平线上出现了一抹白中透红的晨曦，穿过门底下的缝隙，爬上屋里的大小物件。世间的生灵在互相辨认清楚之前，已经通过嗅觉互致了问候。树木被小鸟的啼叫骚扰得奇痒难忍，又不知道怎样抓挠。水槽一个接一个打哈欠。黎明的清新空气抖落了死寂夜晚的漆黑头发，为自己戴上金黄色的发套。

"现在最要紧的是您必须镇静下来，否则，就会把事情弄糟，给您自己惹麻烦，给您父亲惹麻烦，也给我惹麻烦。今天晚上我再来这儿接您把您送到您叔叔家去。现在的问题是要争取时间，还得有耐心。许多事情不能一下子解决，有的就要费些周折。"

"我倒不是为自己难过。不过，听了您的话我放心多了。十分感谢您。事情很清楚了，我必须留在这儿。我是为爸爸担心。我只是想知道爸爸真的没什么事。"

"我会想法替您打听消息……"

"今天？"

"今天。"

"天使脸"离开之前，回过身去亲热地拍了一下姑娘的脸蛋：

"尽—管—放—心！"

卡纳勒斯将军的女儿抬起又一次充满了泪水的眼睛，说道：

"我等着您的消息……"

十三、搜捕

连面包也没顾得上去取，赫纳罗·罗达斯的妻子就飞也似的跑了出去。那点随面包筐而来的一天的收入也只好听天由命了。她丢下像一堆破烂似的蜷伏在床上的丈夫，丢下睡在当摇篮用的大筐里的小宝宝。时间是清晨六点钟。

梅尔塞德教堂的时钟敲响了。她也在卡纳勒斯家的门环上拍了第一下。"这家人会原谅我这么早就来惊动他们的。"她想，手里攥着门环打算再敲一下。可是，人家是来开门呢还是不来开门？要赶快让将军知道昨晚卢西奥·瓦斯盖司在那家叫什么"醒狮"的小酒馆里对我那个灌了黄汤的丈夫说的话……

她不再敲了，静静等着里面有人出来开门，同时脑袋里不停琢磨着：要饭的把大教堂门廊杀人案栽在将军头上，今天一清早就要来抓他！不过最要紧最糟糕的还是有人要把小姐抢走……

"真想得出来！真想得出来！"她心里一遍遍嘟哝，手也不停地敲着门。

她的心扑扑直跳：要是将军真抓走了呢？也罢，谁叫他是个男子汉呢！坐牢就是了。可要是把小姐给弄走了……上帝啊！坏了名声可就一点辙也没了！我敢拿脑袋打赌，那帮家伙准是不安分、不要脸的牲口，从山里跑到城里来，还野性不改。

她又敲起门来。房子、街道、空气，一切都像装进一面鼓里。还不来开门，真急死人。她不知道干什么才好，就一个字一个字念起拐角酒店的招牌：吐斯特普……不一会儿也就念完了。不过在两扇门上，一边有一个乱涂出来的小人，一边是个男人，另一边是个女人，从女人嘴里出来几个字："快来跳吐斯特庇特！"男人手里拿着酒瓶，从他背后也冒出几个字："才不呢！你没见我正在跳吐斯大瓶！"

她敲烦了（不是家里没人就是人家不愿意开），就在门上推了一把，没想到手径直伸了进去……那门只是虚掩着？她把毛边大头巾搭在肩上，提心吊胆地穿过门廊，走进一条陌生的过道。置身于眼前的情景，她像一只中弹的小鸟，血色全无，气息微弱，目光呆滞，四肢僵直。她只见遍地倾倒的花盆，遍地翠鸟的尾羽，破碎的屏风和门窗的玻璃，破碎的镜子，橱柜的残片，撬锁留下的洞孔，纸片、衣物、家具、地毯都遭到蹂躏，都在一夜之间变得残缺破旧，变成一堆不值钱的废品，一片肮脏死寂的垃圾，失去昔日亲切温馨的气息……

奶妈"老鼠胆"尽管被打得头破血流，仍然像游魂一样在空无一人的昔日安乐窝的废墟中徘徊，寻找她的小姐。

"哈——哈——哈！"她大笑着，"……嘻——嘻——嘻！卡米拉姑娘，你藏在哪儿？……你藏好了我就去找你！……你怎么不说话？……藏好了！藏好了！藏好了！"

她还以为自己在跟卡米拉玩捉迷藏呢，找啊找的，找遍了犄角旮旯儿，跑进花丛，钻到床下，瞧瞧门后，像一阵旋风，把一切都翻了个乱七八糟……

"哈——哈——哈！……嘻——嘻——嘻！……呵——呵——呵！……藏好了！藏好了！快出来，卡米拉姑娘，我找不着你！……快出来，卡米拉姑娘，我都找累了！哈——哈——哈！……快出来！……藏好了！……藏好了我可就来了！……嘻——嘻——嘻！……呵——呵——呵！"

她找着找着，来到水槽旁边，看了一眼映在平静水面的倒影，像受伤的猴子一样尖叫起来，接着从双唇间发出一阵狂笑，狂笑又很快变成骤然受惊之后颤颤巍巍的咯咯声。她的头发披散在脸上，两手揪住头发，慢慢弓下腰去，不愿再看自己那副古里古怪的模样，嘴里还嘟哝着道歉的话，像是在跟自己道不是，自己不该这么丑、这么老、这么又矮又小、这么披头散发……她突然又喊了一声。她透过肮脏、蓬乱的头发和指头缝看到太阳从房顶跳下来，落在她头顶上，赶走了她投射在庭院地面的身影。她气冲冲地挺直身子，跟自己的阴影和倒影干起仗来，冲着水面和地面大打出手：用手拍水面，用脚踹地面。她想把那些影子抹掉。地上的影子像挨了鞭子的牲口，扭来扭去，可是无论她怎么大动肝火踹了又踹，它总是原地不动。水里的影子在疼得乱晃的水面上一下子散成碎片，可是水面一平静下来，它又出现了。她像一头狂怒的猛兽，大吼起来。她十分恼怒自己没办法除掉如同炭末一样撒在石头地面上的黑影，那黑影似乎真怕挨打，拼命躲避想践踏它的双脚；她十分恼怒自己没办法除掉那些布满水面闪闪发光的粉末，不管她怎么手拍拳打，它们只是团成一条条小鱼。

她的脚流血了，累得直甩手，可是她的影子和映像依然完好无损地待在原地。

她气得全身抽搐，拼了老命准备最后一次反扑，一头栽进水槽里……

两朵玫瑰花也同时落在水面上……

长满尖刺的枝杈戳进她的眼睛……

她连同自己的影子一起跳了一下，然后就无声无息地倒在了一棵橘子树下，血污溅满了一丛四月藤。

军乐队这时正从街上走过。多么威武！多么雄壮！似乎急不可待地奔向凯旋门！然而，尽管号手们想竭力吹奏得整齐而响亮，刚刚睁开睡眼的居民们却远远没有因此而精神大作，如同古代疲惫的武士们突然又看到静躺在安宁的金黄色麦田里的熙德①佩剑而士气大振那样。他们醒来后只盼望安安稳稳地过节，还打算毕恭毕敬地祈求上帝别让他们心怀恶念、口出狂言、犯下攻击共和国总统的罪行。

奶妈"老鼠胆"突然昏厥之后又苏醒过来，恰好听到军乐队走过。黑沉沉的，她什么也看不见。准是卡米拉小姐踮着脚尖走过来，从后面用手捂住了她的眼睛。

"卡米拉姑娘，我知道是您，让我看看您！"她喃喃地说，抬起手去摸脸，想把小姐的手挪开，因为眼皮被箍得生疼。

军乐声在晨风中像玉米棒子一样沿街滚滚而下。她陷入失明的无边黑暗之中，却以为在做儿时的捂眼睛游戏，加上外面传来的音乐，这一切都使她想起如何在学校学会了最初几个字。那时候她住在老镇。岁月向前跳了一大步，她又看到自己长大了，坐

---

① 西班牙中世纪史诗中的主角，抗击阿拉伯占领者的民族英雄。

在两棵芒果树的树荫下。一会儿工夫，一小会儿工夫，短短的一小会儿工夫，岁月又跳了一步，她坐在一辆牛车上，沿着平坦的散发着谷仓味的大路滚滚而来。车轮吱呀呀响着，像一顶双层荆冠，刺破了赶车人的缄默。正是这个乳毛未脱的小伙子占有了她的童贞。两只耕牛嘴里不停地嚼着从胃里翻上来的草料，懒洋洋地拖来一张婚床。微微有些醉意的天穹覆盖在平坦而柔韧的大地上……她的回忆突然中断了，她看到一群人像汹涌的洪水闯进家里……他们喷出不祥的怪兽的鼻息，狂呼乱叫，拳打脚踢，有的满嘴脏话亵渎神明，有的放荡粗野地捧腹狂笑。钢琴像是被人一把揪下所有的牙齿，尖声嚎叫了几声就一下子变得嘶哑了，小姐像洒下的一滴香水似的消失了，然后一根大棒打在她自己的额头上，伴随着一声不知来自何处的惨叫，接着便是一片无边无沿的黑暗。

赫纳罗·罗达斯的妻子费迪娜太太看见老奶妈躺在院子当中，血流满面，披头散发，衣服破成一缕缕的，拼命驱赶无形的手成团甩到她脸上的苍蝇。费迪娜像是遇到鬼了，吓得魂不附体，撒腿在各个房间乱窜。

"真可怜！真可怜！"她不停地自言自语。

在一扇窗户脚下，她捡到将军写给他弟弟胡安的信，要他照看卡米拉……费迪娜太太没来得及看完。一来奶妈"老鼠胆"的喊声弄得她心惊胆战，这喊声似乎来自龟裂的镜子，来自破碎的玻璃，来自毁坏的椅子，来自撬开的橱柜，来自坠落的画像；二来她必须尽快溜之大吉。她那只戴满廉价戒指的手紧紧攥着叠成四折的手帕，慌忙擦了擦脸上的汗水。匆匆朝大街走去。

太晚了！一个脸色凶狠的军官在门口抓住了她。整幢房子都被士兵包围了。被苍蝇折磨着的老奶妈的喊声继续从院子里传出来。

卢西奥·瓦斯盖司按照玛萨夸塔和卡米拉的要求，从吐斯特普酒店里面瞪着眼睛往外看。突然，他吓得连气都透不过去了。他看到赫纳罗·罗达斯的妻子被抓走了。昨晚是他在"醒狮"酒店，借着酒劲把逮捕将军的事告诉了他朋友。

"哭都来不及了！早晚的事！"老板娘不禁喊了她一声，她刚出门的时候，正赶上费迪娜太太被抓。

有个士兵走到酒店门前。"准是来抓将军女儿的！"老板娘犯着嘀咕，心都沉到脚底下去了。瓦斯盖司的想法也一样，连头发根都竖开了。当兵的走过来叫他们关上门。他们连忙掩上门，待在屋里扒着门缝看街上的动静。

瓦斯盖司在昏暗的屋里又来了精神，假说为了壮胆，又对玛萨夸塔动手动脚了。可那女人像往常一样，碰也不让他碰，还差点给他一巴掌。

"你呀，哪儿来的这副小姐派头！"

"那当然了！你以为怎么着？'干吗不乐意，亲爱的？'噢，我就随便任你揉来搓去……昨天晚上我跟你说什么来着。这个蠢娘儿们到处嚷嚷将军的女儿……"

"行了，怕别人听不见还是怎么的！"瓦斯盖司打断她的话。他们说话的时候，也没忘了扒着门缝往街上看。

"你喊什么？我一直是小声说话！……我是说，我昨晚告诉你，这娘儿们到处嚷嚷，说将军的女儿要当她那个小崽子的教母了。快把那个赫纳罗找来。事情全弄糟了。"

"是啰！"瓦斯盖司应声答道，说着把从嗓子眼涌上鼻孔的一堆黏黏糊糊的东西甩到地上。

"你真让人恶心！你怎么一下子变得这么村野，一点也不讲究！"

"嘁，就你文明……"

"小声点！"

这时候军事法官正从马车上走下来。

"是军事法官……"瓦斯盖司说。

"他来干什么？"玛萨夸塔问。

"还不是来抓将军的……"

"就为这倒饬得像个花鹦哥儿？你饶了我吧！……哎呀我的妈呀，你瞧他满头插的那些鸡毛……"

"你说哪儿去了！哪是为这个！你这就不懂啰。人家这一身是为了直接从这儿去见总统。"

"他还真有运气！"

"要是昨晚没抓住将军，我他妈的可就倒霉了！"

"昨晚他们上哪儿去抓将军？"

"你呀，最好给我闭上嘴！"

军事法官一下车，一道命令就在士兵中低声传了下去。一个上尉带着一小队士兵，走进卡纳勒斯家。他一手握着出鞘的佩剑，一手端着手枪，就像彩色画片上日俄战争期间那些军官一样。

几分钟之后（一直提心吊胆地盯着外面的动静的瓦斯盖司觉得简直是过了几个世纪），军官出来了，脸色苍白又阴沉，气急败坏地向法官禀报了屋里的情况。

"什么？……什么？"军事法官大声问道。

军官只有在粗重喘息的短暂间歇中才能颠三倒四挤出几个字来。

"他……他……他逃走了……？"军事法官干脆吼起来，脑门上鼓起的两道青筋活像两个黑色的问号，"……他，他，他家的东西也遭抢了？"

说着，他急匆匆跟着那个军官走进大门闪电般地扫了一眼，然后又迈着敏捷的步伐回到大街上，胖墩墩的手拼命紧握住剑柄，脸上一点血色也没有，连嘴唇都跟他那苍蝇翅膀色的小胡子混为一体了。

"他是怎么跑的？我倒想知道知道！"他一走到门外就大声说道，"快打电话传达命令（发明电话就是为干这个的），火速捉拿这个与政府为敌的人！老滑头，叫我抓到了，非吊死他不可！我这会儿可一点也不羡慕他！"

军事法官正吼着，一名军士长连推带搡把费迪娜太太带了过来。法官闪电一样的目光几乎把那女人一劈两半。

"臭婊子！"他说，两眼紧盯着她，然后又说，"咱们要这娘儿们全招了！上尉，带上十名士兵，马上送她去该去的地方！绝对隔离！明白了吗？"

一声经久不息的长嚎充塞了天地之间，颤颤巍巍，摧心剖肝，令人毛骨悚然。

"上帝啊，这帮人在跟那个受难的耶稣说什么呢？"瓦斯盖司战战兢兢地说。他似乎又听到奶妈"老鼠胆"的哭喊，那越来越尖的声音正在穿透他的胸膛。

"什么耶稣！"老板娘拿挖苦的腔调慢吞吞说道，"你听不出是女人的声音吗？你呀，以为所有的男人说起话来都像黄莺小姐一样！"

"别这么说我好不好！"

军事法官下令搜查将军家四周所有的住户。一队队士兵，由班长和军士长率领，向四处走去。他们搜遍了所有的庭院、房间、深闺密室、暗道顶楼、石凳小槽。有的爬上屋顶，有的翻腾衣橱、床铺、挂毯、壁龛、木箱、立柜、匣子。有些房主人动作稍微慢了一点，屋门就被枪托砸倒了。家家的狗都疯了似的狂叫，紧紧靠在面无血色的主人身旁。幢幢房子里的狗吠声汇成一片汪洋……

"说不定也要来这儿搜查！"瓦斯盖司急得连说话都困难了，"咱们可就热闹了！……能图点什么也行！就为了一点哥儿们义气……"

玛萨夸塔赶紧跑去告诉卡米拉。

"依我看，"瓦斯盖司跟在她后面说，"叫她蒙住脸离开这儿吧……"

说着，没等对方理睬，又退回到门边。

"等等，等等！"他透过门缝看了一眼之后连忙说，"军事法官收回命令不再搜查了。咱们得救了！"

老板娘三步两步跨到门前，想亲眼看看兴高采烈的卢西奥说的是不是真的。

"瞧，那就是你那位十字架上的耶稣！"老板娘压低嗓门说。

"那女人是谁？你认识？"

"女佣人，你没看出来？"说着从身上推开瓦斯盖司那只不老实的手，"规矩点，我说规矩点！规矩点！烦死人了！"

"真可怜！你看她成什么样了！"

"就像让电车给压了一样！"

"为什么快死的人连眼睛都是歪的？"

"得了，我不敢看了！"

一名上尉拿着脱鞘的剑，带领一队士兵，从卡纳勒斯家里拖出可怜的奶妈"老鼠胆"。军事法官根本无法审问她。她成了一堆模糊的血肉，奄奄一息。二十四小时以前，她还是一个温暖家庭的主心骨，那里唯一的纵横捭阖不过是金丝雀为争食勾心斗角，小喷泉在水槽里设下层层圈套，将军独自在一角没完没了地用纸牌掐算天下大事，还有卡米拉随心所欲地上蹿下跳。

军事法官由一名军官陪同跳上马车，一拐过第一个街角就无影无踪了。接着出现了四个衣裤肥大、肮脏不堪的男子，用担架抬着老奶妈的尸体向医院标本室走去。士兵整队回营了。玛萨夸塔也开始营业了。瓦斯盖司又坐在他往常那张凳子上。怎么也排遣不掉赫纳罗·罗达斯妻子被捕引起的烦乱心绪，脑袋嗡嗡的，像点了火的砖窑，全身似乎都浸满了毒液，觉得昨夜的酒劲又上来了，还不断琢磨着卡纳勒斯将军究竟是怎么逃走的。

此时此刻，费迪娜太太离监狱越来越近了。一路上，她受尽了押送士兵的折磨，走两步，就被他们从人行道上推到马路中间。她始终逆来顺受，一声不吭。可是走着走着，她似乎实在忍不下去，伸手就给了一个士兵一大记耳光，不料回敬她的竟是一枪托，同时另一个士兵从后面打了她脊背一拳，打得她一个趔趄，上下牙齿磕碰着，眼前直冒金星。

"真有本事！……拿着枪干这个……真不害臊！"一个过路的

妇女发话了，她刚从市场出来，手提篮里盛满蔬菜和水果。

"少废话！"一个士兵对她喊道。

"还有脸冲我喊，臭当兵的！"

"快走太太！我说太太，回自个家去，赶快回自个儿家去。你闲得没事干还是怎么的？"军士长大声对她说。

"你们才是一群吃饱饭没事干的懒猪！"

"住口！"军官最后发话了，"小心把你揍扁了！"

"揍扁了！揍扁了！瞧你那副神气！你们还能把我怎么样？你们这帮印第安佬，干瘪的中国苦力，破衣烂衫的穷鬼！你们以为吼两声别人就不开口了？臭要饭的……动不动就欺负人！"

这位为赫纳罗·罗达斯妻子打抱不平的陌生妇女被街上的行人围住，大家都吃惊地看着她。押送犯人的士兵渐渐走远了。费迪娜夹在他们中间继续向监狱走去。她是那样凄惨憔悴，浑身浸透着汗水，任凭那条粗羊毛头巾的穗子扫着地面。

军事法官的马车拐进阿贝勒·卡尔瓦哈勒律师家的街口，正赶上律师穿着礼服、戴着礼帽走出门来。他要去总统府。马车晃了几下，军事法官就从踏板上一步跳到人行道上。卡尔瓦哈勒已经锁好了家门，正在慢条斯理地戴手套，就被他的同行逮捕了。他就这样穿着一身礼服，走在马路中间，被一队士兵押送到门口挂满小旗和中国绢纸链的警察局二处。从那儿又直接把他送进关押大学生和教堂司事的牢房。

十四、全城同唱颂歌

　　黎明的微光是那样捉摸不定，可是延伸在散发着四月凉爽空气的屋顶和田野之间的大街小巷，终于一条条显露出来。这儿，那儿，不断冒出从几乎悬垂的陡坡上嗒嗒跑下的驮奶骡子，铁罐的提环叮叮当当响着，紧跟在后面的赶牲口的脚夫气喘吁吁地挥着鞭子。这儿，那儿，有人把刚刚睡醒的母牛牵进富人家的门廊里挤奶，要么就站在穷人区的街口挤奶。等着取奶的人，不是大病初愈慢慢康复的就是久病不愈日见枯槁的，他们个个睡眼惺忪，闪着阴森森的幽光，都在耐心等待早就盯准了的那头母牛的奶。每轮到一个人，他就亲自走过去接奶，十分灵巧地歪斜着杯子，为的是多接点奶，少接点沫。这儿，那儿，来往着送面包的女人，脑袋被压得几乎缩进胸腔里，弓着腰，绷紧腿，双脚赤裸，摇摇晃晃迈着细碎跳荡的步伐，因为她们头上顶着一层层高塔似的巨大而沉重的箩筐，里面的白糖炒芝麻千层饼的香气充溢四周的空间。这儿，那儿，响起了全民节日的晨曲，那是奇形怪状的铜管乐队走过来了，发出各种气味的声响，打着五颜六色的嚏喷 ①，于是整个城市被唤醒了。教堂的钟声在似明似暗的晨曦中敲响。这

---

　　①　此处描绘节日里各种声响、气味、颜色交汇在一起的景象。

召唤做早弥撒的钟声显得有些小心翼翼，可同时又无所顾忌。之所以无所顾忌，是因为这种飘荡在巧克力和糖饼香味中的当当声本来就是通常节日的组成部分；之所以小心翼翼，是因为在今天这个全民节日里却似乎多少有点犯禁。

全民节日开始了……

全城居民的喜庆气氛伴着泥土的芳香沿街漂流而来，家家户户都把整桶的清水洒向窗外，防止街面上尘土飞扬，因为要高举国旗（一面散发着新手帕香味的国旗）开往总统府的军队以及衣冠楚楚的达官贵人们、身穿从衣柜里翻出的宽襟大礼服和头戴珠光宝气的礼帽的医生们、身穿充满樟脑味的光彩夺目的制服和头戴羽饰三角帽的将军们要乘坐的马车和一路小跑的下级官员都将从这里走过。按照当今英明政府的说法，这些人的身份要根据将来国家付给他们丧葬费的多寡来衡量。

啊，总统先生，阁下的荣耀充溢着天空和大地！看到臣民们对自己日理万机的操劳如此感恩戴德，总统为了表示谢意，终于露面了，不过远远离开人群，站在他的几个心腹人物中间。

啊，总统先生，阁下的荣耀充溢着天空和大地！女士们从阁下身上更加深切体验到慈爱上帝的神威！德高望重的神甫们时时为阁下焚香祝福。法学博士们觉得自己是置身于智者阿尔丰索①的学术殿堂。来自遥远的第比利斯的尊贵的外交官们摆出洋洋自得的神态，似乎步入了太阳王路易十四的凡尔赛宫。国内外记者都

① 阿尔丰索（1252—1284），西班牙统一前，卡斯蒂利亚和莱昂王国国王。组织翻译了重要的古代典籍。

因为能拜见转世的伯里克利①感到不胜荣幸。

啊，总统先生，阁下的荣耀充溢着天空和大地！诗人们觉得自己到了雅典，而且向全世界高声宣布这一殊荣。有个雕塑圣像的匠人居然认为自己是菲狄亚斯②再世，听到大街小巷无处不在祝福杰出的领袖与世长存，又是张口笑，又是翻白眼，不停揉搓着双手。

啊，总统先生，阁下的荣耀充溢着天空和大地！一个专门编制葬礼进行曲的作曲家，同时也是酒神巴克斯和神圣殡葬的虔诚信徒，这时候，他正从阳台上伸出通红的面孔，想看看哪里有黄土。

艺术家们都以为自己置身于雅典，而犹太籍银行家们都觉得是立足于迦太基。他们可以随意出入国家元首的厅堂楼阁，总统也对他们寄予无限信任，把国库的那点储备全部投入他们那无底深渊似的保险柜，不取分文利息，仅此一项业务的利润就使得犹太银行家们大发其财，一把把金币银币就这样变成了割礼仪式中的包皮残片③。

啊，总统先生，阁下的荣耀充溢着天空和大地！

"天使脸"挤在熙熙攘攘的宾客中间向前走去（他像魔王撒旦一样英俊而邪恶）。

"民众请求阁下到阳台上去，总统先生！"

"……民众？"

————————

① 古希腊雅典执政官。

② 古希腊雕塑家。

③ 意即"犹太高利贷者因此得以大量繁殖"。

主子在这两个字后面画上问号。他的四周笼罩着一片寂静。一股浓重的哀愁很快让位给明显的烦躁，从他的双眼喷射出来。他从座位上站起来，走到阳台上。

他在几个心腹人物簇拥下出现在民众面前。所谓民众不过是一小群妇女。她们是来祝贺总统幸运脱险一周年的。看到总统露面了，她们的代表马上开始演说。

"民众之亲子……！"

主子咽下一口苦涩的吐沫，可能是想起了他在学生时代如何跟孤苦伶仃的母亲相依为命住在一个人心险恶的城市。这时候，善于察言观色的心腹不揣冒昧地低声说道：

"民众之……亲子！"演说的妇女又重复了一遍："我要说，你属于民众，如同阳光普照的清晨。是天国的光辉照看着你的生命和睿智，因为它们是高尚神圣政绩的象征，日日夜夜，万古长存。还记得是在一个十恶不赦的冻黑夜晚，伸出了几只罪恶的黑手，不是为了遵从你的教导去耕耘土地，而是在你的脚下播撒炸弹。然而，不管欧洲技术如何万无一失，也没能有损于你一丝一毫……"

一阵密集的掌声淹没了"牛舌"（致词的碎嘴女人不知道怎么得了这么个不中听的雅号）的话音，高呼万岁的声浪像无数扇子把凉风吹向首脑人物和他的随从。

"总统万岁！"

"共和国总统万岁！"

"共和国宪法总统万岁！"

"愿这欢呼声响彻全世界的各个角落，永不消散！共和国的宪法总统万岁！你是祖国的救星，你是忠诚的自由战士，伟大的自由党领袖，莘莘学子的保护人！"

"牛舌"接着说下去：

"我们的国旗之所以未遭践踏，是因为祖国的不肖子孙的罪恶阴谋没能得逞。尽管他们在共和国总统敌人的支持下气焰嚣张，肆虐一时。他们何曾想到正是上帝的巨掌过去和现在始终守护着你的宝贵生命，全体民众也与你同在，视你为这个国家最杰出的公民，正因为如此，他们不仅在那个不幸的时刻挺身捍卫了你，而且一旦需要，无论现在或将来，都会随时挺身捍卫你！"

"是的，先生们……先生们、女士们，今天，我们比以往任何时候都更加懂得，如果在我国历史上那个最凄惨的日子里，敌人的阴险企图万一得逞，那么，我们这个走在世界'温明'民族最前列的国家，我们的祖国，将成为失去慈父保护的孤儿而落入黑暗势力的魔掌，他们正在磨刀霍霍，准备刺穿民主制度的胸腔，正如伟大的演说家胡安·蒙塔勒沃①所说的那样！"

"由于他们的阴谋未能得逞，我们的国旗才免遭玷污而继续飘扬，我们国徽上的绚丽鸟才未曾飞走，而是如同火中再生的'蜂黄'鸟，继续象征着跟美洲的自由战士一起宣布了民族独立的烈士'阴灵'（她马上纠正说），'景灵'，而且没有为此洒一滴鲜血，从而更加坚定了烈士'景灵'（她又纠正说）：印第安烈士'英灵'终生追求的自由信念，他们曾为自由和人权奋斗终生，至死不渝！"

"因此，先生们，女士们，今天我们来这里祝贺贫穷阶层的最

---

① 蒙塔勒沃（1833—1889），厄瓜多尔哲学家和作家。

杰出的保护人，正是他在用慈父的爱心抚育我们，而且，正如我刚才所说的，引导我们的国家走在人类进步的最前列，忠实继承着轮船发明者富尔顿和在伦比拉炸毁敌人弹药库、驱逐入侵海盗的胡安·圣塔玛丽亚①的未竟事业。祖国万岁！万岁，共和国的宪法总统、自由党的领袖、祖国的救星、孤苦无告的老弱妇孺的保护人、文化教育事业的推动者万岁！"

"牛舌"高喊万岁的声音很快消隐在突然爆发的群情激昂的欢呼之中，而后者又很快被潮水般的掌声所吞没。

总统致了简短的答词。他讲话的时候，右手紧握着大理石阳台的护栏，半侧着身子，免得胸部正对听众，脑袋在两肩之间转来转去，不断扫视着人群，双眉外梢微微下倾，眯缝着眼睛。下面的男男女女一次又一次地揩拭着泪水。

"总统是不是进屋去……""天使脸"听到呼噜呼噜的鼻涕声，便斗胆提出建议，"人群乱哄哄的，对您的心脏不好……"

总统在几个亲信簇拥下离开了阳台。军事法官趁机向他走去，准备禀报卡纳勒斯将军逃跑一事，同时也想抢在别人头里祝贺他演说成功。不料人同此心，大家都向总统靠拢，军事法官突然感到一阵莫名其妙的恐惧，手足无措地站住了，似乎受到某种超自然力量的钳制，一时不知道如何处置抬起的手臂，只好趁势伸到"天使脸"面前。

可是总统心腹却立刻转过身去。军事法官悬在空中的手臂还没来得及放下，就听到呼的一声，紧接着在短短几秒之中响起一

---

① 圣塔玛丽亚（1831—1856），驱逐美国干涉者的哥斯达黎加民族英雄。

连串的爆炸声，仿佛大炮的轰击。于是又听到有人喊、有人跳、有人跑、有人踏过翻倒的椅子，女士们歇斯底里的尖叫。士兵们四处奔跑的脚步像米粒撒在地上发出的唰唰声。他们个个把手伸向子弹带，慌慌忙忙半天才打开，好容易给枪支上了膛。机枪东倒西歪，到处都是破碎的镜子，还有军官、枪筒……

一名上校一面把手枪掖进枪套，一面蹿上楼梯消失了。另一名上校一面冲下螺旋楼梯，一面把手枪掖进枪套。没什么大事。一名从窗前走过的上尉边走边把手枪掖进枪套。另一位奔到了门口，也把手枪掖进枪套。没什么大事。没什么大事！可是四周的空气突然变得冷飕飕的。没出什么大事的消息传遍一个个乱糟糟的大厅。没出什么大事。客人们又慢慢聚拢起来：有的吓得尿了裤子，有的丢了手套，脸上恢复了血色的半天说不出话来，总算能张口说话的脸上还是一片灰白。谁也说不清道不白的是总统先生什么时候从哪儿溜走了。

大理石阶梯脚下的地面上躺着军乐团的那面大鼓。原来是它从楼上轰隆隆连蹦带跳地滚了下去，一时间吓得人们争相逃命！

十五、叔叔婶婶们

　　总统心腹是和最高法院院长和一名众议员一起离开总统府的。前者是个小老头，身穿礼服，头戴礼帽，模样很像儿童连环画里的老鼠；后者枯瘦干瘪，活脱儿一个刚刚出土的苦行僧。乐团鼓手那个蠢货着实吓了他们一跳。照他俩的意思，真该毫不客气地把那家伙送上绞架、打入地狱或者给以其他更为严厉的惩罚。可是，此刻两个人却在应该找家"大饭店"还是就到附近随便哪家小饭馆去喝一杯压压惊的问题上发生了争执，而且似乎都有着令人信服的理由。主张去"大饭店"的众议员的语气就像是在宣读人人必须遵行的法规，说什么到那些最考究的地方去消费既是享受也能增加国库收入，实属一举两得。而大法官却像审完案子之后宣读判决似的说道："金玉其外常常是败絮其中的标志，所以，亲爱的朋友，本法官主张去大众餐馆而舍弃豪华酒家。在大众餐馆里，亲朋好友可以开怀畅饮，而豪华酒家，终究不过是徒有其表罢了。"

　　一直到了总统府所在的街口，两人还没有争出个结果来，于是"天使脸"便离开他们独自走了（当官的发生冲突，还是不介入为妙）。他走进焚香街一带去找堂胡安·卡纳勒斯的住处，要这位先生尽快亲自去或派人去吐斯特普酒店领走他的侄女。"管他是亲自去还是派人去呢，跟我有什么相干！"他一路想着，"反正别让我再管她了。其实一直到昨天，我根本不知道世上有她，她也不是我的什么人……"有两三个过路人一面跟他打招呼，一面走下人行道给他让路。他只随口说声谢谢，连看也不看对方是谁。

将军有弟兄好几个。堂胡安住在焚香街，紧靠铸币楼（人们都这样称呼造币厂）。顺便说一句，这是一座像绞刑架一样阴森可怖的建筑。残破斑驳的扶垛试图加固布满泪痕状裂纹的围墙。透过围着铁栅栏的窗户，可以窥探到一间间兽笼似的厅堂。那是恶魔收藏他的百万金币的地方。

总统心腹刚敲了一下门，回应的却是狗叫。从那疯狂吠声可以推知，狗是被拴着的。

"天使脸"（他像魔王撒旦一样英俊而邪恶）把礼帽拿在手里，走进了大门，很庆幸终于为将军的女儿找到了去处，但又被狂吠的狗弄得不知所措。这时听到有人连声对他说"请进""请进"。说话的是一个面色红润、笑眯眯的大肚子男人。他不是别人，正是堂胡安·卡纳勒斯本人。

"请进，劳驾请进！从这儿走，先生，这儿，劳驾从这儿走！先生光临寒舍有何贵干啊？"堂胡安像背书一样一口气儿说着，语调里一点也不出面对总统红人该有的那种诚惶诚恐的情绪。

"天使脸"两眼扫了一下客厅。这只没教养的狗怎么这样冲着客人叫个没完！他很快发现，在卡纳勒斯家诸兄弟的照片中，刚刚摘去将军的那张。对面墙上的镜子恰恰映照着空出来的地方和一小部分像曾经的电报纸一样的黄色壁纸。

堂胡安在一边儿快把记得的客套话说尽了，"天使脸"却只顾在想：狗仍然像原始阶段一样，是家里的门卫、部落的守护者。就连总统先生本人也养了一大群进口家犬。

他突然从镜子里看到这家主人着急得两手乱晃。他嘴边的客套话都说完了，只好单刀直入。打个比方：管他水深水浅，一头扎进去再说。

"在这儿，在这个家里，"他说，"在下和内人都曾经义正词严地谴责过鄙兄长欧塞比奥的所作所为！怎么可以做这种事情！无论如何，杀人都是令人发指的罪行，更何况他杀的不是一般人，而是一个备受尊崇的无瑕君子，是我们军队的光荣，还有更重要的，您也知道，他是总统先生的亲密朋友之一。"

就像眼见有人快淹死了，自己却无力搭救，"天使脸"虽然绝望已极，却只能保持沉默。客人对主人的话难置可否的时候，总是采取这种沉默态度。

堂胡安发现自己简直是对着旷野说话，顿时紧张得失去常态，两只手在空中左右拍打，两只脚也不停地抬起放下，仿佛在试探水的深浅，脑袋里面也开了锅。他觉得自己被牵扯进大教堂谋杀案以及由此引起的无穷无尽的政治后果中。声明清白也没用处，毫无用处。他已经被牵连进去了，已经被牵连了。中彩了，朋友，中彩了！中彩了，朋友，中彩了！一句话概括了这个国家的一切，正像卖彩票的福勒亨西奥大叔大声叫卖时说的那样。那是一位沿街叫卖彩票的老好人，虔诚的基督徒，赎罪金的收税人。这时候，出现在卡纳勒斯眼前的已经不再是"天使脸"，而是福勒亨西奥大叔瘦骨嶙峋的身影，那全身的骨头、下巴颏，还有手指头，都像是用颤颤巍巍的铁丝拴起来的。福勒亨西奥大叔把黑皮包夹在骨节突出的胳膊底下，舒展开皱巴巴的面孔，隔着长长的裤子拍打自己的屁股，抬起下巴颏开始叫卖，声音同时从鼻孔和没牙的嘴里发出来："朋友，朋友，这个国家，唯一的逆条法律，就是彩票：有人冲彩哈大狱，有人冲彩挨庆毙，有人冲彩当逆员、当大使、当共和国总统、当将军、当部长！在这儿，用不着滑习，醒法儿冲彩就是了！买彩票啰，朋友，买彩票，买一张彩票吧！"这副皮包骨的骷髅、这条干瘪的葡萄藤突然嘴里发出一串笑声，浑身都为之颤抖起来，好像手中的每个号码都能中彩似的。

"天使脸"远远不是堂胡安想象的那样来者不善，他只是默默地看着对方，心里想：这个让人恶心的胆小鬼身上究竟还有多少卡米拉亲人的成分？

"听外头说，更确切地讲，人家告诉我妻子，有人想把我牵连进帕拉勒斯·松连特上校被杀一事里去！"卡纳勒斯接着刚才的话头说下去，费了好大劲才从口袋里掏出手绢，擦了擦脑门上滚动的大粒汗珠。

"我什么也不知道。""天使脸"猛不丁说了一句。

"太不公正了！我已经对您说过，我和内人从一开始就反对欧塞比奥的所作所为。还有，也许您还不知道，很长一段时间里，我们和家兄已经很少来往了，几乎不来往。真的，就是不来往了。偶然见面，也像过路人一样：早上好，早上好，晚上好，晚上好。如此而已。再见，再见。再没别的了。"

堂胡安的口气越来越不那么自信了。他妻子一直在屏风后面盯着客人，这时觉得该出面助自己丈夫一臂之力。

"胡安，给我介绍一下客人！"她走进客厅时说道，同时朝

"天使脸"点了点头，客气地微笑了一下。

"对，说的是！"她那手足无措的丈夫连忙对答，而且跟总统心腹一起站起来，"很荣幸，这是我的妻子！"

"胡蒂丝·德卡纳勒斯……"

"天使脸"只听见了胡安妻子的名字，但是不记得是否说了自己的名字。

这次已经毫无意义的拜访仍然无休止地拖延着。"天使脸"觉得心头涌起一股莫名其妙的力量，开始扭转他的生活道路。此时此刻，一切与卡米拉无关的话语只是从他耳边飘然而过，留不下任何痕迹。

"真怪！这些人怎么不跟我提起他们的侄女呢？"他想，"只要说起她，我一定会洗耳恭听；只要说起她，我就会告诉他们别担心，没人把堂胡安往什么谋杀案里牵扯；只要说起她……算了，我真傻！说起卡米拉，我是想让卡米拉摆脱目前的处境，跟他们待在一起，就用不着我再为她操心了。我、她、他们……算了，我真傻！她和他们，我算什么？毫不相干，远远离开，我和她没……"

堂娜胡蒂丝（她通常就用这个名字签字）在沙发上坐下来，用一块花边手绢揉搓着鼻子，似乎打着节拍在计算插话的恰当时机。

"二位正在说什么来着……我打断了你们的谈话，实在对不起……"

"没……！"

"是……！"

"刚……！"

三个人同时抢着说话，紧接着又互相连连推让："您先说"，"您先说"。那场面十分滑稽。最后不知怎么弄的，还是堂胡安接住了话头（"笨蛋！"他妻子的两眼几乎喊出声来）。

"我正在这儿跟这位朋友说，你我两人完全是通过私下途径才知道我哥哥欧塞比奥参与了谋杀帕拉勒斯·松连特上校的罪行。当时我们就非常气愤……"

"噢，是的，是的，是的……"堂娜胡蒂丝连连表示赞同，说话时还高高挺起她那对山丘似的乳房，"……就在这儿，我和胡安说起过这事儿。我们认为，我这位将军大伯居然如此胡作非为，玷污军人的荣誉，实在太不应该了。更糟糕的是，我们本来就够难过的了，可是又听说有人想把我丈夫也牵连进去！"

"是啊，我刚才还告诉堂米盖勒，很久以来，咱们就跟我哥哥疏远了，两家人早就视若仇敌，……真的，视若仇敌：他见不得我，我更见不得他！"

"说真的，其实也犯不着这样，可亲戚之间那些鸡毛蒜皮的事往往弄得翻脸不认人。"堂娜胡蒂丝连忙做解释，而且发出一声叹息，久久在四周飘荡。

"我也一直是这样想的，""天使脸"接过话头说，"不过，堂胡安不该忘记，兄弟之间总有一些割不断的联系……"

"什么？堂米盖勒，这是什么意思？……莫非我是帮凶？"

"听我说！"

"实话告诉您吧，"堂娜胡蒂丝急忙接过话茬，连眼皮也没抬起来，"只要一牵扯到钱上，什么联系都得割断，这当然很伤人心，可是这种事天天都有。钱这东西是六亲不认的！"

"听我说！……我是说兄弟之间总有某种割不断的联系。不管堂胡安和将军之间有多么深的隔阂，现在将军出了事，不得不离开我们国家，他本来还指望……"

"这个老滑头居然想把我也牵扯进他干的坏事里去！天哪，简直是血口喷人！"

"咳，根本不是这么回事！"

"胡安，胡安，让这位先生说下去！"

"将军指望二位别扔下他女儿不管，托付我跟二位谈谈，好在这儿，在贵府上……"

这回是"天使脸"感到自己面对旷野说话了，眼前的两个人似乎根本听不懂西班牙语。大腹便便的堂胡安，面颊刮得精光锃亮，堂娜胡蒂丝，夹在她那对小推车把手似的乳房之间，无动于衷地听着，任凭字字句句落进这会儿谁也没留意的镜子里头。

"眼下应该由你们二位想想如何处置这个姑娘了。"

"是的，当然啰！"这会儿堂胡安才明白"天使脸"并不是来抓他的，便立即恢复了他那副正派人不慌不忙的神态。"……说实话，我真不知道该怎么答复您。事情来得太突然！……很显然，我这里，连想也别想……您打算怎么着？随便玩火可不行！……在这儿，跟我们两口子在一起，不用说，对这可怜的倒霉丫头当然再好不过了。可是我妻子，还有我，不打算得罪一向你来我往的亲朋好友，他们肯定不赞成一个清白人家开门收留总统先生仇人的女儿……再说，人人都知道，我那位大名鼎鼎的哥哥答应……怎么说呢？……答应把女儿送给国家元首的一位朋友，好让这位先生去……"

"只要能逃脱法网，他什么都干得出来，就是这么回事！"堂娜胡蒂丝打断丈夫的话，说着，深深吐了口气，她那高耸的胸部顿时陷下去许多，"可不，就像胡安说的，他答应把女儿送给总统先生的朋友，再让这人送去孝敬总统本人。理所当然，总统没有接受这种下贱的交易。这时候，这个自从发表了那篇无人不知的演说以后就落下'军中王子'绰号的家伙，见自己走投无路了，才决定出逃，把他那宝贝女儿丢给我们。这简直……这人不光自己弄得名誉扫地，还把亲戚们都推进政治嫌疑犯堆里，洗都洗不清！您以为怎么着？我们可遭了大罪，可是这件事且没个完。不信您看，我们的头发都白了许多，上帝和圣母可以作证！"

"天使脸"那双深夜一般漆黑的眼睛里划过一道愤怒的闪光。

"好吧，那就没什么可说的了……"

"真对不起您，要您费神来找我们。要是早打个电话……"

"本来看在您的面上，"堂娜胡蒂丝接着丈夫的话说，"我们很乐意管这件事，可是实在不行啊！"

"天使脸"迈步向外走去，一言不发，也没回头再看那两人一眼。狗又发疯地叫起来，把铁链子在地上从一头拖到另一头。

"我去找您那几个兄弟。"他在门廊里说，算是告别。

"您就别白费时间了。"堂胡安急忙回答，"您看我，住在这个地区，是个有名的保守派，连我都不愿在家里收留她。那几个激进分子……瞧着吧，准以为您是疯了，要么干脆就是闹着玩……"

他说这些话的时候，已经快走出大门了。随后他慢慢关上大门，搓了搓两只胖乎乎的手，迟疑了一会儿，转身向屋里走去。

他突然感到一种难以抗拒的欲望：抚摸抚摸什么人，可绝不是他妻子，于是他就走到仍然狂叫的狗身边。

"我说，你不是要出门吗？就别招惹狗了。"堂娜胡蒂丝从院子里朝他喊道。她看太阳已经不太厉害了，就去修剪玫瑰了。

"好的，我这就走……"

"那你快点，待会儿该我做祈祷了。六点以后上街就不行了。"

十六、在新开大院

指针一跳就是早上八点钟了（还是使用滴漏的年代好，没有这种蚂蚱式的指针，不是蹦蹦跳跳地计算时间！）。费迪娜太太被关进牢房——一间吉他状的墓室般的小房间。在这之前，已经办好了收监登记，仔仔细细查看了她随身带的所有东西，把她从头到脚、从指甲到胳肢窝，浑身上下搜了个遍（实在不像话），而且越搜越不厌其烦，特别是在衬衣里发现了一封信——就是那封她在地上捡到的将军的亲笔信——之后。

牢房里连来回走两步的地方都没有。费迪娜太太实在站累了，只能坐下，不管怎么说，坐着总是舒服一些。可是过不了一会儿，她又站起来。地面的寒气钻进她的臀部、大腿、双手、耳朵（人的肉体最怕冷），于是她接着又站一会儿，然后再坐下，再站起来，坐下去，站起来……

被放出牢房去晒太阳的女犯们在院子里唱起歌来。歌声生硬冷峻，恰恰和她们五内俱焚的心情形成反差。这种往往是用懒洋洋的嗓音哼出来的歌声单调得让人受不了，一板一眼拖下去的旋律有时会被绝望的呼号打断……有人在诅天咒地……有人在破口大骂……有人在抱屈喊冤……

突然有人又失腔走调地唱起来，吓得费迪娜太太心惊肉跳。

那人直着嗓子，翻来覆去地唱着：

> 从这新开大院
> 到那窑子大院，
> 哎呀呀，我的心肝，
> 只差那么一步远。
> 你我难得能相会，
> 哎呀呀，我的心肝，
> 快把我搂进怀里边。

> 哎哟哟，哎哟哟！
> 快把我搂进怀里边。
> 从这新开大院
> 到那窑子大院，
> 哎呀呀，我的心肝，
> 只差那么一步远。

　　头两句词似乎不合板眼，可恰恰是这点小小的不和谐引人注目地点明了窑子大院和新开大院的亲缘关系。这两句歌词为了忠实于现实，不得不牺牲节奏，任其板眼散乱。然而，正因为如此，才更加突出地揭示出令人心悸的真相，使得尼娜·费迪娜太太全身震颤。她越担忧自己被恐惧压倒，就越是害怕得发抖。其实，不管那像从破唱片里发出来的声音多么使她毛骨悚然，她还远远没有领悟这声音秘而不宣的全部罪孽。只有在这以后，她才能真正体会到那难以名状、令人魂飞魄散的恐惧。一大清早就馈以她如此阴森的歌声，实在太过分了。歌声折磨得她在牢房里辗转呻吟，犹如被活活剥去一层皮，可是在别的女犯人听起来，不啻表达了她们的最大心愿，是一曲温煦的自由之歌。她们哪里知道妓女的卧榻比起阴暗的牢房还要寒气逼人。

直到想起自己的儿子，她的心情才平静了一些。想着想着，她慢慢觉得孩子似乎还怀在腹中。做母亲的永远也不会感到儿女完全脱胎而去。她出狱后要做的头一件事就是送孩子去受洗。洗礼式还没来得及举行。卡米拉小姐送给孩子的小斗篷和小帽子漂亮极了。费迪娜准备到了那天好好庆祝一番，早餐吃玉米粽子和可可茶，午餐吃瓦伦西亚式抓饭和杏仁腊肉，晚餐吃甜煎饼，配上桂皮冷饮和冰激凌。她早就委托那个装了一只玻璃眼珠的印刷所老板印一些小画片，准备赠送给亲朋好友。她还想去舒曼车行租两辆马车，驾辕的得是那种火车一样的高头大马，镀银的缰绳辚辚作响，驭座上是一个穿礼服戴礼帽的车夫。想到这儿，她又觉得最好还是丢开这些念头，别弄得像那个人尽皆知的小伙子一样倒霉：第二天就要结婚了，他美滋滋地心想："明天这时候，你瞧着吧，漂亮的小嘴！"结果到了第二天，婚礼眼看要举行了，不料他走在街上的时候飞来一块砖头，砸伤了他的嘴。

然而，她又情不自禁地想起自己的儿子，打心里觉得甜丝丝的。不知怎的，她的目光落在一片像蜘蛛网一样密密麻麻的下流图画上，顿时又惶惶然起来。那是一个个十字，《圣经》上的字句，男人的名字，莫名其妙的日期和数字，这一切又都横七竖八地缠绕在大大小小的性器官上。她还看到"上帝"两字紧靠着一根阳具，数字 13 写在一个吓人的睾丸上面，魔鬼的身躯扭得像螺形烛台，花瓣的形状像手指头，还有法官和检察长的漫画像、小船、铁锚、太阳、摇篮、瓶子、攥在一起的小手、眼睛、被匕首穿透的心、留胡子的太阳就像警察的脸、使人想起老处女面孔的月亮、三角星和五角星、钟表、美人鱼、长翅膀的吉他、箭头……

她吓得魂飞魄散，想尽快离开那块邪恶的疯狂世界，可是一下子又撞到别的墙壁上，同样涂满了猥亵的图画。她害怕得连声音也发不出来了，只好闭紧双眼。她这个可怜女人已经滑倒在地，而且顺势向前滚去，迎面而来的似乎不是一扇扇窗户，而是一个个深渊，星光闪烁的夜空像一只露出利齿的恶狼。

地面上，一大堆蚂蚁拖着一只死蟑螂。被墙上的图画惊吓得两眼昏花的费迪娜太太还以为自己看到的是一个男性生殖器，正被四周的阴毛拖拽着向淫乱的卧榻走去。

从这新开大院

到那窑子大院，

哎呀，我的心肝……

歌声又响起来了，字字句句都像碎玻璃碴在她遍体鳞伤的身上揉搓，似乎想锉去她那女性的羞涩。

城里头，庆祝共和国总统脱险一周年的活动还在继续。像每天晚上一样，中央广场上又竖起绞架似的电影银幕，开始放映一些模模糊糊的电影片断，黑压压的人群毕恭毕敬地欣赏着，像是在观看杀人示众。张灯结彩的高楼大厦衬托在夜空中，格外灿烂辉煌。圆形的街心公园四周围着顶端尖尖的铁栅栏，一圈熙熙攘攘的人群像缠头布一样绕着它来回徜徉。所有的社会名流都聚集在那儿欢度节日的夜晚，一遭又一遭地转悠着，而平民百姓却在星空下虔诚而肃穆地观赏电影。还有一大群老弱病残、如胶似漆的伉俪，沙丁鱼似的挤在公园的长凳或台阶上，早已经腻烦得一个哈欠接着一个哈欠，可是仍然目光盯着散步的人们。只见他们一遇到姑娘就涎着脸搭讪，一个也不放过；一遇熟人就连连招呼，一个也不亏待。时不时，阔佬也罢，穷鬼也罢，都一齐抬头望天，原来是在燃放焰火，顿时一片五颜六色，噼啪乱响，像绚丽的丝线绣出一道道彩虹。

头一次在牢房里过夜实在是件可怕的事。犯人如同一下子脱离了活人的世界，逐渐堕入一片黑暗，走进无穷无尽的梦魇当中。四壁不见了，屋顶消失了，地面没有了，然而奇怪的是，茕茕孤魂却丝毫体验不到终于解脱的自由感，倒更像是死去的感觉。

费迪娜太太急急忙忙开始祈祷："大慈大悲的圣母玛利亚在上，世人皆知，凡遭苦难，唯汝是求，汝庇孤弱，汝助危殆，汝卫忠良，古往今来，尚未知有见弃者。今笃信不移，谨告众圣母之母，容吾前来拜于汝足下，泪洗罪愆。圣母玛利亚，勿拒哀求，尚乞倾听，以神威相庇，阿门。"这时，似乎周围的一片黑暗扼住她的喉管，使她无法继续祈祷。她慢慢倒下去，觉得伸出的双臂变得很长很长，长到可以环绕冰冷的地面，环绕所有冰冷的地面，所有无辜落入法网的人们，所有命在旦夕的殉难者和所有步入囹圄的牺牲品……于是她又念念有词地祈祷起来……

ora pronobis...

ora pronobis...

ora pronobis...

ora pronobis...

ora pronobis...

ora pronobis...

ora pronobis...

ora pronobis...[①]

她又慢慢坐起来，她饿了。谁能给她儿子喂奶呢？她一点点爬到门口，敲了敲，毫无反响。

ora pronobis...

ora pronobis...

ora pronobis...

远处传来十二响钟声……

ora pronobis...

① 拉丁文："为吾等祈祷。"

ora pronobis...

那是她儿子的天地……

ora pronobis...

十二响钟声，她没数错……她强打起精神，竭力想象自己已经获得自由，还果真就觉得像是出了狱似的。她回到家里，周围都是她的东西，她的熟人。她对胡安尼塔说："再见，见到你真高兴！"她走出门去，拍了拍手，想把加布列丽塔喊来，还用眼梢盯着炉火，又恭恭敬敬地跟堂提摩泰奥打招呼。她的生意又红火起来，这是她的生意，也是大伙的生意……

外面还在过节，断头台支起的那块白布上还演着电影，人群依然像推磨的奴隶，不停地绕着公园转悠。

没想到牢房的门突然打开了。门栓一响，她连忙缩回双脚，似乎自己恰好站在悬崖边上。两个男人在摸着黑找她，然后一声不吭地把她推到狭窄的过道上，夜风飕飕地穿堂而过。他们走过一个个漆黑的房间，向唯一有灯光的大厅走去。她进去的时候，军事法官正在跟录事低声说话。

"这不是在卡门圣母像前弹风琴的那位先生嘛！"费迪娜太太心想，"抓我的时候，我就觉得他挺面熟。我确实在教堂里见过他。看样子不像个坏人！"

军事法官用两眼紧紧盯了她一会儿，然后便开始例行公事的审问姓名、年龄、婚否、职业、住址。罗达斯的妻子镇静自若地回答了所有的问题，而且趁录事记录最后一句话的工夫，她还提了一个问题。可是正好电话响了，对方没听清楚。这时候，听到静悄悄的隔壁房间里一个嗓音嘶哑的女人大声说道："是我，怎么样了？……那就对了！……今天上午我打发康杜恰去问了……你说衣服？……衣服挺好，对，挺合身……什么？……没有，没有，没弄脏……告诉你没弄脏！……好的，可要说定了……行，行……行……可一定得来……再见……今晚好好地玩吧……再见……"

在这同时，军事法官正阴阳怪气、半带嘲讽、半打官腔地回答费迪娜太太的问题：

"我看你大可不必担心。我们这些人就是干这个的，就是给你这样不知道自己为什么被捕的人说明情况的。"

然后调子一变，瞪着一双凸出眼眶的蛤蟆眼，接着慢吞吞地说：

"可现在你得告诉我，你今天上午在欧塞比奥·卡纳勒斯将军家里干什么来着。"

"我是……我是为一件事去找将军的……"

"一件什么事？能告诉我吗？"

"我本人的一件小事，先生！我的一个口信。是……好吧……我干脆全说了吧。我是去告诉他上面要抓他，就为在大教堂门廊杀死那位什么上校的事……"

"你居然还有脸问自己为什么被捕？你这个贼婆娘！你以为这事还小吗？还小吗？……贼婆娘！你以为这事还小吗？还小吗？"

每说一次"还小吗"，军事法官的火气就增加一分。

"先生，等一等，请听我说！请等一等，先生，您没听明白我的意思！请等一等，听我说，求求您啦。要知道我到将军家的时候，他已经不在那儿了。我根本就没见着他，我谁也没见着，全家子都走了，屋子整个空着，只有女佣人满处乱跑。"

"你以为是小事？你以为是小事？你几点钟到的？"

"正赶上梅尔塞德教堂的钟打响早上六点，先生。"

"你记得挺清楚嘛！你是怎么知道将军要被捕了？"

"您说我？"

"对了，就是你！"

"是我丈夫说的。"

"你丈夫……你丈夫叫什么名字？"

"赫纳罗·罗达斯。"

"又是谁告诉他的？他怎么知道的？谁告诉他的？"

"他的一个朋友，先生。那人叫卢西奥·瓦斯盖司，是个便衣警察。是他把这事告诉了我丈夫，我丈夫又……"

"然后你又去告诉将军本人！"军事法官抢先说了。

费迪娜太太摇摇头，像是在说：真够呛，我的天！

"将军往哪儿去了？"

"我圣明的上帝，我不是说了嘛，我没见着将军。现在我再说一遍！这回您听清楚了吗？我没见着他！我没见他！赖账对我能有什么好处呢？再说这位先生已经记下了我的供词，翻供不是更糟嘛！"她指了指录事，那人也抬头看着她。他那苍白的脸上布满了雀斑，像一张拓上一片删节号的白色吸墨纸。

"他写不写跟你有什么相干！要你回答问题，将军往哪儿去了？"

一阵长时间的沉默。然后军事法官的语调更加强硬了，一字一句如同用铁锤敲打：

"将军往哪儿去了？"

"我不知道！您想叫我说什么？我不知道，我没见着他，我没跟他说过话！……这是什么事呀！"

"你老这么抵赖可没什么好处。上头什么都知道，知道你跟将军谈过话！"

"太可笑了！"

"你好好听着，别忙着笑。上头什么都知道，全都知道！"他说一次"全都知道"，就把桌子弄得晃一晃，"你说没见着将军，那这封信是哪儿来的？……莫非是它自个儿飞起来落到你衬衣里了，是这样吗？"

"我见地上有封信，就顺手抄起来出了门。看样子说什么也白费，反正您不信，认定我在说瞎话。"

"顺手抄起来！……连话也不会说！"录事不屑地嘟哝了一句。

"听着，别再编瞎话了，从实招吧。再这么没边儿地胡说，非得皮肉受苦，叫你一辈子忘不了我！"

"我告诉您的都是实话，您还是不信，我也没法像对付不明事理的儿子一样，给您几棍子！"

"这么着，你可要吃大亏的！你就记住我这话吧！还有，你到底跟将军有什么勾当？你去找他干什么？你是他的什么人？是他妹妹？还是什么？……你得了什么好处？"

"我……是将军的……什么也不是。其实，我最多只见过他一两次。可是您瞧，说来也凑巧，我跟他女儿说好了，请她当我儿子的教母……"

"我没问你这个！"

"她已经答应当教母了，先生！"

坐在后面的录事这时候插嘴了。

"全是扯谎！"

"知道我当时为什么急得昏了头，撒腿就往那跑吗？都怪卢西奥那小子，他告诉我丈夫，说有人想抢走小姐，将军的……"

"收起你那些瞎话吧！你最好还是乖乖告诉我将军去哪儿了。我就不信你不知道，肯定只有你知道。你就在这儿说给我们听，说给我一个人听！……别哭了，说吧，我听着呢。"

接着他压低嗓音，摆出忏悔神甫的宽厚姿态说：

"告诉我将军在哪儿……听我的没错。我说你肯定知道，而且会告诉我。只要你告诉我将军藏在什么地方，我就不再追究。听我的没错，真的。我不再追究你了，下令放了你。你就可以安安稳稳从这儿直接回家去……想想吧……好好想想吧！"

"哎呀，我说先生，要是我真知道，早就说了！可我确实不知道嘛！真要命！我是不知道嘛！……圣明的上帝，我可怎么办呢！"

"你干吗非得跟我赖账？你难道不明白这样只能自己倒霉？"

军事法官说完这句话停顿了一下，录事趁机嗑了嗑牙花子。

"看来跟你来软的不行，你们这些人都是一帮贱胚。"说这句话的时候，军事法官声音很轻，可是看得出来，火山爆发之前岩浆正在一点点上升。"那只好动硬的来治服你了。你要明白自己犯了大罪，危害了国家安全，你现在落进了法网，因为你通风报信，放跑了一个叛徒，一个颠覆分子，一个想造反的人，一个杀人犯，一个反对总统先生的家伙……我已经说得很清楚了，说得很清楚了，说得很清楚了！"

罗达斯的妻子不知道怎么办才好。那个暴跳如雷的家伙说的话里预示着迫在眉睫的可怕的危险，简直就是死亡的危险。她的牙床、手指和两条腿都发起抖来……她手指头抖得就像抽去了骨头，所以两只手才像空手套似的乱摆。她说不出话来，上下牙床碰得咯噔咯噔直响，仿佛在拍发一封生命攸关的电报。她的双腿不停地打颤，让人觉得她似乎是站在两匹惊马拉的大车上，正在没命地逃窜。

"我的老爷！"她开始苦苦哀求了。

"该明白了吧？我不是说着玩的！那就快说，将军在哪儿？"

远处一扇门打开了，传来一阵小儿的哭声，是一种焦躁而凄厉的哭声……

"想想你的儿子吧！"

军事法官刚刚开口，费迪娜太太已经昂起头，四处张望，想知道哭声是从哪里传来的。

"他已经哭了两小时。你就是知道他在哪儿也白费……他是饿哭的，早晚会饿死，就看你愿意不愿意告诉我将军的下落！"

费迪娜一下子扑到门边，马上就冒出三个男人挡住她的去路。三个脑黑的野兽没费多大力气就降服了这个软弱的女子。她徒劳地挣扎了半天，头发散乱了，衬衫从腰里脱了出来，衬裙也松了。可是衣裙脱落对她已经无所谓了。她几乎光着身子，跪在地上蹭到军事法官身边，苦苦哀求允许她去给小宝宝喂奶。

"你愿意喂多少奶都行，不过得先告诉我将军在哪儿！"

"看在卡门圣母面上，先生，"她抓住法官的脚乞求道，"求求您，看在卡门圣母面上，让我去给小家伙喂奶吧，您听他已经哭得没力气了，您听，我的宝宝快死了。就求您这件事，往后，杀了我也认了！"

"在这儿，卡门圣母救不了你！你不告诉我将军躲在哪儿，咱们就这么待着。你儿子嘛，就叫他哭炸了肺！"

费迪娜发疯似的跪倒在把门的几个恶汉面前，跟他们厮打了一阵，然后又回去跪倒在军事法官面前，伸出嘴去亲吻他的脚。

"老爷，救救我儿子吧！"

"对了，救救你儿子。将军在哪儿？下跪也罢，撒泼也罢，都没用处。你不回答我的问题，就别想给儿子喂奶！"

说完这话，军事法官从椅子上站起来：他坐累了。录事嗑了嗑牙花子，举着笔准备录口供，可是那个可怜的母亲什么也没说。

"将军在哪儿？"

就像冬天夜晚在水沟里啜泣的流水，那孩子继续呜咽着，抽抽噎噎，有气无力。

"将军在哪儿？"

费迪娜太太仿佛一头受伤的母兽，毫无声息，紧咬着牙关，不知如何才好。

"将军在哪儿？"

这样过了五分钟、十分钟、一刻钟。最后，军事法官用一条黑边手帕揩了揩嘴唇，在没完没了重复同一个问题之后，又开始恫吓了：

"你要是再不说，我就叫你去磨生石灰，也许能帮你想起那家伙到底去哪儿了！"

"让我干什么都行，可是先让我……让我……让我给小家伙喂奶！老爷，您不能这样，您知道，总得讲点理！老爷，小娃娃又没什么错！对我怎么处置都行！"

一个守门人猛地一下把她推倒在地上，另一个上去就是一脚，把她踢趴下了。她气得头晕目眩，泪眼模糊，什么也看不见了，连铺砖的地面似乎都消失了，可是仍然清清楚楚听到孩子的哭声。

凌晨一点钟，她实在经不起打了，只好动手去磨生石灰。孩子还在哭。

军事法官时不时重复着同一个问题：

"将军在哪儿？将军在哪儿？"

一点……

两点……

快到三点了……孩子还在哭……

三点整了，她觉得简直该是五点……

好长时间了，还不到四点……孩子依然哭着……

四点了……孩子还在哭……

"将军在哪儿？将军在哪儿？"

她的双手布满了无数深深的裂口，每磨一下，就张得更大些，指肚上的皮破了，指缝间伤痕累累，指甲也鲜血淋漓。尼娜·费迪娜每次来回推一下碾石灰的石头，都要疼得嚎叫起来。有时候，她不得不停下来，倒不是因为怕疼，而是想为儿子求情，但是立即遭到一顿拳打脚踢。

"将军在哪儿？将军在哪儿？"

她其实早就听不见法官的声音了。她儿子的哭声，尽管越来越微弱，却一直充塞着她的耳朵。

五点差二十的时候，她失去了知觉，被丢在地上不管了。从她的双唇间流出一股黏稠的口水，比石灰还洁白的奶水也顺着体内的腺管从双乳中喷涌出来。两只红肿的眼睛里也时不时悄悄淌出几道泪水。

过了一段时间，天边开始涂上晨曦，她又被拖回牢房。醒过来后，发现儿子在身旁，已经奄奄一息，周身冰冷，毫无生气，像一个破布娃娃。可是一偎进母亲的怀里，孩子多少活过来一些，而且马上迫不及待地扑向乳头，放声哭起来。不管妈妈如何设法给他奶吃，都无济于事。费迪娜怀抱着孩子大喊起来，使劲踢打房门……小宝宝越来越凉了……小宝宝越来越凉了……小宝宝越来越凉了……孩子一点罪也没有，不能让他这样死去。她又大喊大叫地敲起门来……

"哎呀，我的儿子要死了！哎呀，我的儿子要死了！哎呀，我的宝贝，我的心肝，我的宝贝！上帝啊，快来人啊！开门，我的上帝！我的儿子要死了！我的圣母啊！慈悲的圣安东尼！救苦救难的耶稣啊！"

外面还在过节，已经是第二天了，跟第一天一样热闹。断头台支起的那块白布上演着电影，人们还像推磨的奴隶那样绕着公园转呀转呀。

十七、惹是生非的爱情

"……他大概会来的！他也许不来了！"

"话说他就到了！"

"他耽搁的时间也太长了，不过只要来就行，您说是吧？"

"您就放心吧，就像天黑了准要天亮一样，他准来。他要是不来，我就割掉一只耳朵。别胡思乱想了……"

"您觉得他能带来爸爸的消息吗？他答应了的……"

"那还用说……既然他答应了……"

"我的上帝啊，可千万别给我带来坏消息！……我真怕自己……我要发疯的……我真盼着他快来，省得我在这儿瞎想，可他要是带来坏消息，那还不如不来呢！"

玛萨夸塔一直待在临时支起小炉灶的角落里听着半躺在床上的卡米拉心神不定的说话声。齐金济拉圣母像前的地面上放着一支点燃的蜡烛。

"您刚才不是说了吗，他当然要来的，还会带来让人高兴的消息。信我的话没错……您该问了，说我是怎么知道的……我就自个儿琢磨呗。要说事先估摸个什么，我还真的八九不离十呢……再说，还看跟谁打交道：跟男人！……得，我可以告诉您……当然，一个指头成不了手，可是男人们都差不离儿：一闻见肉骨头

145

味儿，瞧吧，准保像狗一样跑过来……"

鼓风机的呼呼声使得酒店老板娘的话音听起来断断续续的。卡米拉只见她在炉边漫不经心地煽着火。

"姑娘，找相好的就像吃刨冰一样，曝头几口的时候，因为刚做出来，有的是糖汁，甜丝丝的挺来劲，你把碗转到哪边都是甜的。这时候，你就得紧着往嘴里吸，要不，马上就稀汤寡水了。到后尾儿，到后尾儿，就只剩下一块冰，色儿也没了，味儿也没了。"

从街上传来了脚步声。卡米拉的心一下子咚咚咚地跳起来，她连忙用手捂住胸口。脚步从门口走过，很快就远去了。

"我还当是他呢……"

"也快了……"

"说不定他是先去我叔叔那儿，再来这儿。没准我叔叔胡安跟他一块来……"

"嗨，猫！猫在偷喝您的牛奶呢。快把它轰走……"

卡米拉回头去看那只猫，已经被老板娘一声喊吓得不再喝了，正在舔沾满奶汁的胡子，可是还待在椅子上那杯半天没人管的牛奶旁边。

"这猫叫什么名字？"

"笨灰儿。"

"我有过一只，叫水滴儿，是母的……"

"有人过来了，说不定是……"

果然是他。

趁玛萨夸塔开门的工夫，卡米拉连忙用手拢了拢头发，只觉得一颗心在胸口里直撞。这一天总算到头了，有时候她简直以为要没完没了地永远这么熬下去。她浑身像块木头，没有力气，也提不起精神，眼圈乌黑，整个一副昏昏沉沉听别人小声嘀咕如何开刀动手术的病人模样。

"对了，小姐，有好消息！""天使脸"刚一进门就强作欢颜地说。

卡米拉站在床边等着，一只手扶着床头，两眼满含泪水，脸上冷冰冰的。总统心腹走上去抓住她的手。

"您爸爸的消息是您最关心的，我先……"说着，他看了一眼玛萨夸塔，然后，语气虽然没变，可是换了话题，"我是说，您父亲还不知道您躲在这儿……"

"他在哪儿……？"

"别着急！"

"我只要知道他没出事就行了。"

"请坐，堂……"老板娘赶紧插话并给"天使脸"挪过一张凳子。

"谢谢……"

"二位怕是有很多话要说，要是不用我干什么，那就失陪了。过会儿我再来。我去看看卢西奥是怎么回事，他一早就走了，现在还没回来。"

总统心腹差点脱口而出，求老板娘别让他一个人陪着卡米拉。

可是玛萨夸塔已经走进黑黑的小院子去换衣服。这时候卡米拉又说话了：

"听我说太太，上帝会报答您的……太过意不去了，她的心真好！……说起话来也那么有意思。她说您是个好人，又有钱，待人也好，还说早就认识您了……"

"可不，她太好了。不过，当着她的面说话确实不方便，她走了也好。说到您父亲，现在只知道他正往外逃呢。在他离开国境之前，没法得到什么准确消息。请告诉我：您没跟这个女人说起过您父亲的事吧？"

"没有，我还以为她都知道了呢……"

"我看她最好还是什么都别知道……"

"那我的几个叔叔呢？他们跟您说什么了？"

"我还没来得及去他们那儿，光忙着四处打听您父亲的消息了。不过我已经通知他们打算明天去。"

"请原谅我让您办这么多事，不过您知道，跟他们在一起，我会好受得多。特别是我叔叔胡安，他是我的教父，从来都跟我的亲爸爸一样……"

"您家跟他常来往吗……？"

"差不多天天见面……差不多……可不是嘛……就是，反正不是我们去他家，就是他来我们家，有时候带着太太，有时候自个儿来。在弟兄几个里，他跟我爸爸最好。我爸爸总是说：'我要是不在世了，就把你托付给胡安，到时候，你就去找他，像对亲爸爸一样，听他的话。'上个星期日我们还一块吃饭呢。"

"不管怎么说，我希望您能理解，我之所以带您躲到这儿，是为了不让警察欺负您，而且只有这儿离您家近。"

结了烛花的烛光有气无力地闪烁着，就像近视眼捉摸不定的目光。在这样的烛光里，"天使脸"突然感到自己是一个多么卑微无用的人，一副病歪歪的样子。他看着卡米拉，觉得她穿一身柠檬黄的漂亮衣裙，越发显得苍白，孤苦，楚楚动人。

"您在想什么？"

他的声音充满安详的亲切感。

"我在想，可怜的爸爸为了逃命得受多大的罪，人生地不熟，夜里还得走黑路，我也说不太清楚，又渴又饿又困，没人照顾。圣母保佑他吧！整整一天我都点着蜡烛为他祈祷……"

"别想这些事了，反而会招来不吉利。事情已经发生了，也是天意难违。在这以前，您根本不可能认识我，我也根本不可能帮您父亲的忙！"说着，他握着那双小手，而姑娘也听任他抚摸，两人的目光盯着圣母像。

总统心腹想起了一首小曲：

> 天国的钥匙眼细又小，
>
> 姑娘你穿过正可巧，
>
> 生你那天来了个老锁匠，
>
> 白雪刻小星，身段真苗条。

不知道为什么偏偏这个时候，这段歌词不停地在他脑海里盘旋，而且慢慢融进此时此刻激荡两颗心的搏动中。

"您是怎么想的？我爸爸已经走得很远很远了吗？大概什么时候有他的消息？"

"我也说不清楚，不过我想也就几天的事……"

"要好多天吗？"

"用不了……"

"我叔叔胡安说不定知道点什么……"

"很可能……"

"说起我的叔叔们，您就有点不对劲儿……"

"哪里！您说到哪儿去了！没那事！正好相反，我是想，要是没有他们，我的责任可就太大了。没有他们，我把您托付到哪儿去呢？"

丢下围绕着将军出逃而编造的瞎话，转而谈到那些叔叔的时候，"天使脸"的语调就大不一样了。说起将军，他最担心的就是看见他被五花大绑地押解回来或者像一只冷了的玉米粽子似的被裹在血糊糊的芦席里。

房门突然打开，玛萨夸塔气急败坏地闯进来，门栓都被撞落到了地上。一阵风吹得烛光乱晃。

"实在对不起，原谅我这么风风火火地跑回来打扰你们……卢西奥被人抓走了！……一个熟人刚告诉我的，我还收到了个纸条。他已经进监狱了……准是赫纳罗·罗达斯那小子咬的！亏他还是个男子汉！怪不得整个下午我都觉得不对劲儿！这心啊，扑通、扑通、扑通地跳个没完……那小子把您和卢西奥从将军家里弄走小姐的事招了……"

总统心腹没有办法阻挡临头的大难。短短几句话，如同一颗炸弹……一秒钟，还不到一秒钟，卡米拉，他本人，还有他们的爱情，就被炸得粉碎，灰飞烟灭了……"天使脸"慢慢回到现实里来，这才发现卡米拉扑倒在床上，泣不成声。可是老板娘还在一边絮絮叨叨讲着外面传的劫持姑娘的详细经过，一点也没觉察出她的话把别人推进了绝望的深渊。"天使脸"简直觉得自己眼睁睁被活埋了。

卡米拉哭了好一阵子，最后像梦游似的从床上下来，叫老板娘给她一件衣裳披在身上，她打算出门去。

"您真像自己说的那样，是个仗义的君子，"卡米拉接过老板娘给她的披巾，转身对"天使脸"说，"那就陪我去我叔叔胡安家吧。"

总统心腹多么想一下子说出不能说出的真相，说出那句难以冲出嘴唇却在目光中跳荡的话语。所有满怀根深蒂固的希望跟命运搏击的人都会陷入这种景况。

"我的帽子在哪儿？"面对这进退维谷的局面，他咽了一口吐沫，恶声恶气地说。

帽子拿在手里，他在出门之前又转身看了一眼小酒店的深处，他的梦幻就是刚刚在那里沉没的。

"不过……"都走出了门外，他还想试试，"是不是太晚了一些……"

"去别人家是晚了一些，可现在是回我家，您知道，随便哪个叔叔家都是我家……"

"天使脸"用一只胳膊轻轻拦住卡米拉，然后，忍着肝胆俱裂的痛苦，不顾一切地向她道出了真相：

"去您叔叔家？连想也别再想了。他们根本不愿意提起您，一点不想管将军的事，根本不认他这个大哥了。今天您叔叔胡安就是这么跟我说的……"

"可是您刚才还告诉我没见着他们，只是通知明天去看他们！……到底是怎么回事？要么是您忘了刚刚说过的话并给我叔叔栽赃，要么是怕丢掉我这个刚抢到手的宝贝、想把我扣留在这个小酒店里！居然说我几个叔叔不愿意提起我们，不想在他们家收留我！……我看，您这人是发疯了。走吧，跟我一块去，也好让您看看根本没有这回事！"

"我没有发疯，请您相信我，说什么我也不愿意让您去看人家的白眼。我刚才没说真话，是因为……我也说不清……我撒谎是出于好心，我是想拖延到最后一分钟，除非像现在万不得已，不让您受痛苦的打击……我刚才还想明天再去求他们，看看能不能打动他们的心，求他们别让您流落街头。可是现在已经不可能了，您还想去那儿，已经不可能了……"

被路灯照亮的街道显得更加凄凉。老板娘端着点在圣母像前的蜡烛走出来，想为他们照一段路。风吹灭了火光，烛光熄灭之前，摇摇晃晃地画了个十字。

十八、敲门声

咚咚咚！咚咚咚！

击打门环的咚咚声像点燃的"耗子屎"①似的满屋乱窜，被惊醒了的看门狗立刻朝着大街叫了起来。敲门声搅和了它的好梦。卡米拉回头看了看"天使脸"（到了她叔叔胡安家门口，她心里踏实多了），对他说：

"狗这么叫是还没认出我！鲁比！鲁比！"她说着就喊起狗的名字，可那狗仍然不停地汪汪着。"鲁比！鲁比！是我！你不认识我了？鲁比！快跑去叫他们来开门……"

她又回头对"天使脸"说：

"咱们等一会儿！"

"行，行，我不着急，咱们等着就是了！"

"天使脸"心不在焉地说着，像一个失去一切的人，对什么都觉得无所谓。

"也许没听见，我敲得再响点。"

她抓起门环，一连敲打了好几下。那是一个镀金的铜门环，做成手的样子。

_____

① 一种点燃后贴地乱窜的爆竹。

女佣人准是都睡着了，可是敲了这半天，她们也该出来看看了！怪不得常失眠的爸爸，每次彻夜不眠以后，总是说："要能像女佣人睡得那么死就好了！"

好像整幢房子里唯一的活物就是鲁比。它的叫声有时候在门道里，有时候在院子里，仿佛追着敲门声到处乱跑，以为那是扔进来打破寂静的石子。整座房舍依然无声无息，卡米拉觉得嗓子眼简直被一道门闩堵住了。

"真怪！"她说，一动不动站在门前，"他们肯定都睡熟了。我再敲得响一点，看他们来不来开门。"

咚咚咚咚……咚咚咚咚！

"这回准得来了！刚才可能没听见……"

"邻居们倒是都出来了！""天使脸"说。浓浓的雾气中看不清人影，但是听得见开门的声音。

"您不会介意吧，对不对？"

"我无所谓，敲吧，敲吧，别管他们！"

"咱们等一小会儿，说不定这会儿有人来了……"

卡米拉为了消磨时间，默默在心里数着数：一，二，三，四，五，六，七，八，九，十，十一，十二，十三，十四，十五，十六，十七，十八，十九，二十，二十一，二十二，二十三……二十四……二……十……五……

"没人来！"

……二十六，二十七，二十八，二十九，三……十……三十一，三十二，三十三，三十四……三十五（她很害怕要数到五十）……三十六……三十七，三十八……

突然，不知道为什么，她觉得"天使脸"说的关于她叔叔胡安的话果然是真的。她屏住呼吸，紧张地又敲起门，一遍又一遍。咚咚咚！她抓住门环不放……咚咚——咚，咚咚——咚！不可能啊！咚——咚——咚——咚——咚——咚——咚咚咚咚咚咚咚咚咚咚咚咚……

她得到的总是一样的答复：没完没了的狗叫声。她实在不知道自己做错了什么事，弄得人家连房门也不给她开了。她又敲了一遍门，每敲一下，希望就增长一分。如果真的被拒之门外，她该怎么办呢？一想到这一点，她浑身都麻木了。她敲了又敲，狠狠地敲打着，仿佛在用铁锤砸仇人的脑袋。她觉得双脚沉甸甸的，嘴里发苦，舌头干涩，惊慌失措得无法控制咯噔咯噔相撞的上下牙床。

一扇窗户咯吱响了一声，似乎还有人在说话。她顿时觉得一股热流传遍全身。感谢上帝，终于有人来了！她真希望早点离开身边的那个男人。他那对黑眼睛像猫一样射出让人打寒噤的鬼火。尽管他像天使一般英俊，可还是一个叫人讨厌的家伙。刹那间，被大门隔开的屋里屋外两个世界，如同两个不发光的天体相遇，开始肩摩踵接了。在家里，可以避开外人的窥视吃面包，避开外人的窥视，面包显得格外松软香甜，还能馈人以智慧；在家里，人们会觉得宁静安稳，而且逐渐学会温文尔雅地待人接物；在家里，人们说会像在全家福照片上常见的那样，爸爸仔仔细细地打好领带结，妈妈戴上她最漂亮的首饰，孩子们梳洗得整整齐齐，还喷上正宗花露水。街上就不一样了，那是一个充满动荡、危险、胡作非为的世界，虚枉得如同镜花水月，而且充当公共排污沟的角色，流溢着左邻右舍的秽行丑闻。

她儿时曾经在这扇大门里面一次又一次嬉耍！每当爸爸和叔叔临分手前还说个没完的时候，她就饶有兴味地站在那儿望着邻居家的房檐，总觉得那是衬在蓝天背景上的一条鳞甲片片的脊骨。

"您没听见有人从那扇窗户里探出身来吗？您确实听到了，不是吗？可是怎么还不开门呢？难道……咱们找错了门……那可太有意思了！"

她放下门环，从便道上下去，想看看房子的正面。没找错地方，就是她叔叔胡安的家。"胡安·卡纳勒斯，建筑师"，门前的铜牌上明明这么写着。像个小娃娃似的，她嘴一咧，就放声大哭起来。一道道奔流的泪水从她头脑最深处冲出来了一个念头：原来在离开吐斯特普酒店的时候，"天使脸"对她说的是真话。可她还是不肯相信，尽管已经得到证实。

夜雾慢慢笼罩了大街小巷，给它们涂上了龙舌兰酒的浓乳白色和马齿苋的湿润气息。

"陪我去别的叔叔家吧。咱们先去路易斯叔叔家看看，您说行吗？"

"随您的便，去哪儿都行……"

"那就走吧……"她说，泪珠像雨滴一样洒下来，"这儿不想给我开门……"

两人向前走去。卡米拉每迈一步都要回头看看，她总希望终于会有人出来开门。"天使脸"一路上都阴云满面。堂胡安·卡纳勒斯，你等着瞧吧，欺人太甚，甭想溜掉！他们越走越远，狗还在叫。很快，所有的希望都消失了。连狗的叫声也听不到了。在铸币楼前面，他们遇到一个醉醺醺的邮差。那人像睡着了似的，沿途把信件撒在马路中间。他几乎迈不动步了，时不时发出母鸡般的咯咯叫声并用手抹掉一直滴到制服纽扣上的一道道口水。卡米拉和"天使脸"不约而同地动手帮那人把信捡起来，装进他的背包里，还告诉他别再乱扔了。

"太……太谢……谢你……们了！我……是说……太……太谢……谢你……们了！"他一个字一个字往外蹦，说着便靠在铸币楼的墙角上。这样过了一会儿，见两人离开他了，才又拿起重新塞满了信件的背包，哼哼唧唧地走了：

> ……
> 上天很容易，
> 只要两架梯。
> 一架是大的，
> 一架是小的！

他唱不像唱，说不像说，接着又换了个调调：

> 上吧，上吧，上吧，
> 要去天堂的圣母，
> 上吧，上吧，上吧，
> 她终将抵达乐土！

"只要圣胡安手指一点，我，古普……古普……古……梅尔辛多·索拉勒斯，就不再当邮差啰，就不再当邮差啰，就不再当邮差啰！"

接着又唱起来：

> ……
> 等我两眼一闭，
> 谁来埋我入地？
> 全靠济贫院里，
> 善心的修女姐妹。

"哎呀咿，呼哟——呼哟——呼嗨，你这个废物点心，你这个废物点心，你这个废物点心！"

只见他跌跌撞撞在雾气弥漫中消失了。那人头大身子小，制服显得又肥又长，帽子却只有一点儿大。

此时此刻，堂胡安·卡纳勒斯正费尽气力设法跟他哥哥何塞·安东尼奥取得联系。电话总局一直没人答话，电话机摇柄的声音已经弄得他头晕恶心了。最后，终于有个似乎来自坟墓深处的声音说话了。他打到堂何塞·安东尼奥·卡纳勒斯的家，没想到立刻就听到他哥哥的声音。

"……对，对，我是胡安……我还以为你没听出我的声音……是啊，你想想看……她，还有那家伙，是啊……就是嘛，就是嘛……当然啰……是啊……是啊……你说什么？……没那事，我没给她开门……你想想看……嗯，没错儿，从这直接去找你了……什么？什么？……我早就想到有这么一着……我们俩吓得

直哆嗦！……你们也一样！你妻子可不能受惊吓。我妻子想开门
去看看，我没让！……当然啰！……当然啰，这种事只好顺其自
然！……是啊，你那儿的邻居们都跟你……可不是嘛……我这
儿的更糟。人家都火冒三丈了……从你家准是又去路易斯那儿
了……啊，不对？他们是从哪儿过去的？……"

天边出现了一小块淡淡的灰白色，慢慢地、小心翼翼地增加
着亮度，这会儿是柠檬黄了，橘黄了，又成了篝火初燃的血红色，
然后就是金光灿烂的第一道火焰。黎明的曙光看到他两人还在街
上游荡，他们刚刚去过堂何塞·安东尼奥家，依然是叩门不应、
一无所获。

卡米拉每走一步都要重复一遍：

"我会想到办法的！"

她浑身冰凉，牙关抖得像在敲响板。她双眼张得大大的，噙
着泪水，满含凄苦注视着晨曦如何渐渐涂亮了天穹。她黯然神伤，
受到无情命运的重创。她走起路来步履踉跄，举止飘忽，似乎已
经失去了自我。

在公园的树丛里，在家家户户的厅堂上，在庭院的花坛间，
无数小鸟欢快地迎接黎明，它们婉转的歌喉汇成一曲天国的乐声，
飘上清晨的蔚蓝天宇。这时候，玫瑰花醒来了，教堂的钟声也醒
来了，当当地向造物主道早安。在这一片响动中，又汇入肉铺砍
肉斧子闷闷的击打声，扑棱翅膀打拍子的公鸡吊嗓子的长音，面
包店的面包落进托盘发出软绵绵的扑扑声，熬夜的人们的话音和
脚步夹杂着去领圣餐的老太太或去为吃过早饭要赶火车的主人买
面包的女仆的开门声。

天亮了……

一群兀鹫争抢着啄食一只死猫。公狗追逐着母狗，跑得气喘吁吁，伸长了舌头，眼里燃烧着愁火。有一只公狗夹着尾巴，一瘸一拐地跑过来，只能胆怯而无奈地回头看看，龇龇牙而已。来往的野狗在所有的门板和墙壁上都画下尼亚加拉大瀑布。

天亮了……

整夜都在清扫市中心街道的一群群的印第安人现在正一个接一个朝他们那茅草屋的家里走去。他们看上去很像一群衣衫褴褛的幽灵，那嘻嘻哈哈的笑声和叽里呱啦的言谈，在清晨的一片宁静中，听起来就像蝉鸣一般。他们把扫帚像雨伞似的夹在腋下，古铜色的脸上露出一口黄牙，赤着脚，衣不蔽体。他们中不时地有人停在便道边上，用拇指和食指捏住鼻头弯下腰去擤鼻涕。走到教堂门前，他们全都毕恭毕敬地摘下帽子。

天亮了……

高耸入云的南洋杉伸出绿色的网去捕捉接连隐没的晨星。天空漂浮着轮廓清晰的白云。外国造的火车的汽笛发出呜呜的长鸣。

玛萨夸塔见他们俩一起回来，心里如同一块石头落了地。她担惊受怕一整夜，一直没能合眼，现在正准备出门去监狱给卢西奥·瓦斯盖司送早饭。

"天使脸"要走了，卡米拉又为自己的无尽灾难而泪流满面。

"再见！""天使脸"不明白自己为什么说这个。他在那儿已经没事可做了。

他走出门外，眼眶里充溢着泪水。从他母亲去世以来，这还是第一次。

十九、账清粥稠

　　军事法官三口两口就把碗里的可可大米粥喝得精光，接着用衬衣袖口擦了擦苍蝇翅膀色的小胡子，最后又凑到灯前张大眼睛看了看碗底上是否还留有没喝完的东西。每当这位闷声不响而又形容丑陋、眼睛近视而又嘴馋贪吃的法学硕士摘去衣服上的硬领蜷伏在一摞摞纸片和一本本油渍麻花的法典中间的时候，真是很难判定他是男是女。他仿佛就是一棵长在公文纸堆中的大树，用长长的根须从社会的各个阶层——甚至连最卑微、最贫贱的也不放过——中吸取着营养。可以肯定，亘古以来就未曾有过像他那种嗜公文纸如命的人物。他在用手指抹了抹碗边儿并确信一点儿也没有糟践之后，一抬头，恰好看见女佣人从书房唯一的一扇门里走了进来。那女佣如同幽灵一般，就好像鞋大得提不起来似的，两只脚一前一后、一前一后，慢腾腾地在地上往前蹭。

　　"喝完粥了，是吧？"

　　"喝完了，上帝会报答你的，好喝极了！特别是稠稠的羹底儿流过嗓子眼儿的时候，可真舒服啊！"

　　"你把碗放在哪儿了？"女佣人一边问，一边在被成堆的书遮得黑乎乎的桌面上来回翻腾。

　　"在那儿！没看见？"

"你说了，我当然看见啦。你瞧，抽屉全都塞满了公文。你要是同意的话，明天我出去看看能不能卖掉一些。"

"可你得机灵着点，别让人家知道了。这年头，心眼儿都坏得很。"

"你以为我没长脑子！可以卖两角伍的大概有四百张，五角的有二百张……今天下午我在热熨斗的时候都数好了。"

有人在敲大门的声音打断了女佣人的话。

"没这么敲门的，这些混蛋！"军事法官气冲冲地说。

"这些人总是这么敲门……我去看看是谁……多少次了，我待在厨房里都听得见……"

女佣人说着就朝门口走去，想看看叫门的是什么人。老太太长着小小的脑袋，穿一条褪了色的长裙，活像一把立着的雨伞。

"就说我不在！"军事法官喊了一声，"……我看你最好是扒着窗户瞅瞅……"

过了一会儿，老太太拿着一封信，踢里踏拉地走过来。

"等着回话呢……"

军事法官不耐烦地打开信封，掏出信来扫了一眼，顿时和和气气地对女佣人说：

"就说信收到了！"

老太太又踢里踏拉地走去给捎信的小伙子回话，然后把窗户关得严严实实。

等了半天也不见她转回来，八成是过一道门就祈祷一阵。盛可可粥的碗今生今世也收不走了。

这时候，军事法官舒舒服服靠在扶手椅上，又看了一遍那封刚收到的信，连句号、逗号也不放过。一个同行给他弄来一笔买卖。维塔利塔斯律师在信里说："总统先生的女友'大金牙'琼太太掌管着一家久负盛名的烟花场，今天上午她来事务所找我，说在新开大院见到一个年轻美貌的女子，很适合她经营的行业。她愿出一万比索的赎金。我知道这名女犯归你管辖，不揣冒昧请问你是否准备收下这点小意思，把该女子转交给我的主顾……"

"没什么事了吧？我去睡了。"

"没有，没事了，祝你晚安……"

"晚安……但愿炼狱里的冤魂也能安息！"

女佣人踢里踏拉地走了。军事法官还在那儿一次又一次计算眼前这笔生意的赚头，一位一位数着：一个一，一个零，又一个零，又一个零，又一个零……整整一万比索！"

老太太又回来了：

"我忘说了，神甫让我告诉你明天的弥撒提前了。"

"啊，可不是嘛，明天是星期六了！钟响的时候你赶紧叫醒我，听见了吗？晚上熬夜，说不定睡过头。"

"放心，叫醒你就是了……"

说着，踢里踏拉慢慢走了，可是不一会儿又转回来。她忘了把脏碗放进洗碗槽里。她想起这事的时候已经脱了衣服。"幸亏我想起来了，"她自言自语地说，"要不，那才，那才……"她费了半天劲才穿上鞋，"那才，那才……"最后说了一句"我的上帝啊！"接着长叹一声。脏碟脏碗不撤走，她真受不了，要不，她完全可以安安稳稳钻进被窝里。

老太太最后一次进进出出，军事法官一点也没觉察，他正全神贯注地复习自己的最新杰作：欧塞比奥·卡纳勒斯出逃案的卷宗。主犯总共四名：费迪娜·德罗达斯，赫纳罗·罗达斯，卢西奥·瓦斯盖司，还有……（他伸出舌头舔了舔嘴唇），还有一个他恨之入骨的"天使脸"米盖勒。

劫持将军的女儿不过是被困的乌贼放出的一片墨汁，是在施计转移警方的注意力，他心想。费迪娜·罗达斯的供词无可辩驳地证实了这一点。她清晨六点钟去找将军的时候，屋里已经空无一人。一开始我就认为她的供词是可信的。我之所以一直把弦绷得那么紧，只是为了更有把握。她的话足以构成"天使脸"的确凿罪证。清晨六时屋里已经空无一人，此外根据警方的报告，可以断定将军回府是在午夜十二时。由此可知，罪犯于清晨二时逃匿之际，其同伙正佯装劫持其女……

总统先生要大失所望了。他立即就会得知，他最凶残的仇敌之所以得以逃窜，完全是自己的亲信一手策划和组织的结果！……一旦得知帕拉勒斯·松连特上校的密友竟然协助杀害他的元凶之一出逃，总统又会作何感想呢！

他一遍又一遍查阅早已倒背如流的军事法典条文，尤其是有关窝主的章节。如同在品尝美味的辣酱，他痛快得两只蛤蟆眼和亚麻色的面孔都在熠熠发光。在那些冗长的法规当中，每隔两行就可以看到"死刑"二字，要么就是相差无几的"无期徒刑"。

我说堂米盖林米盖利托①，你到底落进我的手心了，而且永世

---

① "米盖林"和"米盖利托"均为"米盖勒"的蔑称，此处叠用带有讥讽的意味。

甭想逃脱！真没想到咱们这么快就脸对脸撞上了，昨天你还在总统府给我下不来台呢！我这人捏住仇人的脖子可就不会放手的，你等着瞧吧！

就这样，脑袋里翻腾着复仇的念头，胸中藏匿着险恶的用心，第二天上午十一点，他踏上了总统府的石阶。他带去了有关"天使脸"一案的卷宗和逮捕令。

"听着，军事法官先生，"听他讲完案件始末，总统说，"把这案子交给我。现在仔细听我说。罗达斯太太也好，米盖勒也好，都没什么过错。你快叫他们把那女人放了，这张逮捕令也给我当场撕掉。有过错的是你们这帮混蛋。本想派你们点用场……有什么用……一帮废物！一看到卡纳勒斯将军要逃走，警察就应该几梭子干掉他。这才是当初的命令！结果呢，警察一见屋门敞开，就贼性大发，手心痒痒！可你却自作聪明说什么是'天使脸'帮卡纳勒斯将军逃跑的。不是帮他逃跑，而是帮他去死！……总之，警察个个都是少有的混账东西……你可以走了……至于另外两个犯人，瓦斯盖司和罗达斯，给我狠狠地收拾，这两个无赖！特别是瓦斯盖司，他连不该知道的事情也知道了……你可以走了。"

二十、一丘之貉

　　赫纳罗·罗达斯无论怎么泪如泉涌，也不能冲刷出嵌入眼里的"软布人"的目光，他就这样被传讯出庭，来到军事法官面前。他耷拉着脑袋。家里接连遭难，弄得他心如死灰，如今又锒铛入狱，失去自由，再强的好汉也会一蹶不振，更何况他呢！军事法官叫人给他摘下手铐，然后像支使仆人一样，命令他走近一些。

　　军事法官半天不说话，这本身就是一种严厉的责备，最后才开口说：

　　"小伙子，我都知道了。之所以还提审你，是想从你嘴里听听大教堂门廊里的那个乞丐是怎么死的……"

　　"是这么回事……"赫纳罗急匆匆地迸出一句，立刻又闭上嘴，似乎被还没出口的话吓了一跳。

　　"对，是怎么回事？"

　　"求求您，老爷，看在上帝的份上，别把我牵连进去！求求您，老爷，求求您！我跟您说真话，可是得求求您，老爷，别把我牵连进去！"

　　"尽管放心，小伙子。法律对惯犯是毫不留情的，可是像你这样的年轻人！……放心吧！把实情告诉我！"

　　"求求您，别把我牵连进去，我真害怕极了！"

他身子扭来扭去哀求着，仿佛在躲避四面八方向他袭去的攻击。

"别担心，小伙子！"

"是这么回事……有天晚上，您知道是哪天晚上。那天晚上我和卢西奥·瓦斯盖司约好在大教堂边上，离中国人的商店不远的地方见面。老爷，我那几天正在找活干，卢西奥答应给我谋个便衣警察的差事。我刚才说，我们见面了。一见面，先随便聊了几句，你好，你好，怎么样，怎么样。卢西奥说要请我喝一杯，我们就去三军广场那边的一家酒店，叫什么'醒狮'。可是一到那儿，就喝个没完，两杯、三杯、四杯、五杯，我就不跟您啰嗦了……"

"很好，很好……"军事法官一边表示赞许，一边回头看了一眼正在记录犯人口供的满脸雀斑的录事。

"可是，您猜怎么着，结果他没给我弄到便衣的差事。我就对他说没关系。结果就……啊，我想起来了。他付了酒钱，我们又去大教堂门廊。卢西奥说他要在那儿值班，等一个被疯狗咬过的哑巴。过了一会儿，又说他奉命要把哑巴干掉。听了这话，我就说：'我可不愿沾边儿！'说着，我们就朝门廊走去。我跟在他后面，眼看就到了，他一步步穿过大街。可是刚到门廊口上，他突然拐了弯，飞跑起来。我也跟在他后面跑，还以为有人来抓我们了。可是，您猜怎么着……瓦斯盖司从墙根底下揪起一团黑乎乎的东西，原来正是哑巴。哑巴一看有人抓住他，就大喊大叫，简直就像有一堵墙倒在他身上了。这时候卢西奥掏出手枪，一句话没说，砰地就是一枪，接着又是一枪……我说老爷，我可什么也没干，千万别把我牵连进去，不是我杀的人！我只是想找个差事，老爷……您瞧我多倒霉……早知道，还不如老老实实干我的木匠……谁叫我想起来去当警察呢！"

"软布人"冷冰冰的目光又钻进罗达斯的眼睛。军事法官面不改色地悄悄按了一下电铃。一阵脚步声之后，从门口进来一个典狱长和几个看守。

"听着，典狱长，打这家伙二百大棒……"

军事法官下命令的时候，语调平平常常，就跟银行经理叫手下人付给客户二百比索一样。

罗达斯还没明白过来。他抬头看了看眼前几个赤脚的刑警。见他们个个不动声色，毫无表情，没有丝毫惊奇的表示，他就更糊涂了。录事那张满是雀斑的脸也探过来，用两只无神的眼睛看着他。典狱长跟军事法官说了几句话。军事法官也跟典狱长说了几句话。罗达斯却像聋了似的什么也没听见。罗达斯还是不明白。不过，听到典狱长大声叫他去隔壁房间（其实只是一个有拱形顶棚的过道），并且伸手抓住他狠狠一推的时候，他立刻感到一阵想撒尿的冲动。

卢西奥·瓦斯盖司已经进屋了，可是军事法官还在冲着罗达斯大吼大叫：

"不能对这些人太客气。对付这些人就得用大棒抢来抢去！"

尽管瓦斯盖司看到周围都是自家人，心里还是有些七上八下，听上司这样大吼，就更不踏实了。为了那点哥们儿义气，他糊里糊涂卷进卡纳勒斯将军逃跑的事，看来是闯下了大祸。

"姓名？"

"卢西奥·瓦斯盖司。"

“哪里生人？”

“就是这儿……”

“监狱？”

“不，不，怎么能是这儿。我是说首都！”

“已婚？未婚？”

“一辈子打光棍！”

“回答问题的时候要正经点！职业？干什么营生？”

“一辈子倒霉，当差混饭……”

“这是什么意思？”

“公职人员呗！”

“坐过牢吗？”

“坐过。”

“犯的什么罪？”

“合伙杀人。”

“年龄？”

“我没年龄。”

“怎么会没年龄？”

“我说不上自己多大岁数了。就算三十五吧，要是非有个年龄不可。”

“杀死‘软布人’的事你知道吗？”

军事法官是冷不丁儿提出这个问题来的，两只眼睛还紧紧盯着犯人的眼睛。出乎意料，他的话没有对瓦斯盖司的态度产生任何影响。只见他还是那么泰然自若，就差得意地搓搓手了。他坦然地说：

"说起杀死'软布人'的事，我很清楚，是我杀的，"他怕还不够明确，就用手指指自己的胸脯，又说了一遍，"是我！"

"你觉得这是一件好玩的事？"军事法官有些气愤，"难道你蠢得连这是一件要掉脑袋的事也不知道？"

"难说……"

"什么叫难说？"

军事法官一时不知道该怎么对付。看着瓦斯盖司那副若无其事的样子和狡黠的目光，听着那尖细的嗓音，他完全束手无策了。他只好设法拖延一下时间，回头对录事说。

"写上……"

然后用颤抖的声音接着说：

"你写：卢西奥·瓦斯盖司供认是他杀死了'软布人'，同谋犯是赫纳罗·罗达斯。"

"已经写上了。"录事回答，连嘴也懒得张开。

"看得出来，"卢西奥搭腔了，还是一副无所谓的样子，语调甚至有些挖苦的味道，弄得军事法官不自在地咬了咬嘴唇，"法官大人有所不知。干嘛非得叫我招供？不用说，我不会随便为一个傻蛋弄脏自己的手。"

"规矩点，这是法庭！小心我捶烂了你！"

"我在这儿说的都不是出格的话。我是说，我还没那么憨，靠杀那小子取乐。我这么干，是有总统先生的明文手谕的……"

"住口！你撒谎！哼……说得倒轻巧……"

没等他说完，几个看守架着罗达斯进来了。他浑身瘫软，两脚在地上拖着，使人想到那块拓有耶稣面容的圣维罗尼卡的白布单①。

"多少下？"军事法官问典狱长，而典狱长却冲着录事微笑，把跟猴子尾巴似的皮鞭缠在脖子上。

"二百下！"

"好吧……"

军事法官有点为难，这时候录事插嘴帮了他的忙：

"依我说，再抽他二百鞭子……"录事含含糊糊嘟哝了一句，仿佛生怕别人听清楚了。

可是军事法官还是采纳了他的建议：

"很好，典狱长，就再抽他二百鞭子，我好接着审这个混蛋。"

"你才是个混蛋，脸皮厚得像自行车坐垫！"瓦斯盖司心里骂道。

看守们又顺着老路把那个半死不活的身躯拖回去，典狱长也跟着出去了。走进行刑的屋角，他们把犯人脸朝下推倒在一张草席上，四个人按住手脚，其他人抡起鞭子就抽。典狱长在一边记数。挨头几鞭时，罗达斯还想缩成一团，不过已经没有多少力气了，不像刚开始挨打那会儿，来回翻滚，拼命喊疼。浸了水的皮鞭呈现出黄中带绿的颜色，十分柔韧，每抽一下，就沾上一层黏黏的血块，因为上回伤口的血开始凝固了。到最后，罗达斯的呻

---

① 根据基督教传说，耶稣受难之前，犹太妇女维罗尼卡用白麻布为之揩拭面部，留下拓印。

吟声越来越微弱，像一只垂死的野兽，已经感觉不到什么疼痛了，可还在低声哀嚎。他的脸死死贴在草席上，眉眼紧皱，头发散乱，嗓子嘶哑。他那令人心碎的呻吟和看守们粗重的喘息混成一片。典狱长拿着皮鞭在一旁监视，谁不卖力气就抽谁。

"卢西奥·瓦斯盖司，你说得倒轻巧，照这样下去，随便哪个混蛋干了坏事，只要说一声是总统先生下的命令，就可以逍遥法外了！证据在哪儿？总统先生又没疯，怎么会下这样的命令！拿出书面材料来，好证明你确实是奉命用如此下贱卑劣的手段去对付那个可怜虫的！"

瓦斯盖司的脸唰一下白了，一时不知回答什么，只是哆哆嗦嗦伸手到裤子口袋去掏。

"你应该知道，在法庭上无论说什么，都得证据确凿，不然还了得！你说的那道命令在哪儿？"

"您听我说，是这么回事，那道命令已经不在我这儿了，我把它退还了。总统先生想必知道是怎么回事。"

"怎么回事？你为什么退还？"

"因为命令末尾说，事一完就签上字退回去！我怎么能老留着它呢？您说说看！……我觉得……您想想……"

"别说了，别再说了！跟我玩花招！什么总统不总统的！你这个贼胚！我又不是小学生，那么容易信你这些鬼话！口说无凭，不足为据，除非法律规定的特殊情况，那也只限警察的口头证词有效。算了，我也不打算给你上刑法课了……够了……够了……我说够了……"

"那么，要是您不信我的话，就去问问总统本人，那您说不定就信了。那天叫花子们招供的时候，我不是跟您在一起吗？"

"住嘴，别自个儿招揽！……我当然要去问总统先生本人！……可你，瓦斯盖司，听我说，你知道的太多了，这可是要掉脑袋的！"

卢西奥一下子垂下头去，仿佛军事法官用这几句话砍断了他的脖子。窗子外面，风正在狂吼着。

二十一、周而复始

"天使脸"气急败坏地摘下硬领和领带。太蠢了，他想，谁都想对别人的所作所为品头论足。别人的所作所为……别人的！说长道短往往逐渐变成恶意中伤的流言蜚语。谁也不说别人的好处，可是对丑事却一味地夸大其词。好一摊五颜六色的粪便！像一把硬毛刷子，专门触别人的痛处。那种闪烁其词的议论是鬃毛更细的刷子，可以扎得很深，而且往往表面上显得那么亲切、友善、那么悲天悯人……连老妈子们都会这一套！真是见鬼，这些骨头做的劳什子！

他一把揪掉衬衫上所有的纽扣。只听见刺啦一声，好像整个胸脯裂成两半。女佣人们已经有鼻子有眼地把外面如何议论他男欢女爱的事说给他听了。有些男人不愿意结婚，就是怕家里有个跟想得头奖的用功女生一样絮絮叨叨背诵别人的议论（从来不会说什么好事）的女人，可结果呢，就像"天使脸"似的，就得从女佣人嘴里听到这一切。

没等脱下衬衫，他先把房间的窗帘拉上了。他要睡觉，至少让房间跟白天隔绝。这个倒霉日子，他气鼓鼓地想，怎么不早不晚，偏偏今天摊上这个倒霉日子。

"睡觉！"他站在床边一遍遍嘟哝，鞋也脱了，袜子也脱了，衬衣扯开了，正忙着解裤子，"咳，真蠢，还没脱外套呢！"

　　他把脚趾跷起来，用脚跟着地，避免整个脚板踩在冰凉的水泥地上。他就这样走过去把外套挂在椅子背上，然后像鹭鸶一样用一条腿跳着，冻得吸溜吸溜地赶紧回到床上，呼一声就钻进被窝里，终于摆脱了冰凉的地面。他顺势把裤子一甩，两条裤管像大钟的指针，在空中转了一圈。水泥地面简直比冰还凉！太可怕了！像是撒了盐的冰面，像是眼泪结成的冰面。他一上床，就觉得自己仿佛从一层薄冰上跳进了救生船。他竭力想把所发生的一切都甩开，静静躺在床上，如同躲进一个孤岛，一个白色的孤岛，四周是一片昏暗和支离破碎又凝滞不动的回忆。他是在寻求忘却、安眠和彻底的自我解脱。别再像拆卸机器零件那样反复推理和揣摩了！让贯通情理的各个枢纽见鬼去吧！最好是进入梦乡，舍弃理智，沉湎在那种甜丝丝的混沌之中。在人们入睡的过程中，这种昏昏沉沉的感觉一点点滴进机体里，使紧闭的双眼先是看到一片深蓝，接着是一片墨绿，最后是一片漆黑，整个身体便处于抑制状态了。他是多么渴望这种境界啊！可是人们渴望的东西，有得到的时候，也有得不到的时候。人们的渴求很像一只用十根手指笼罩起来的金夜莺。他多想睡个囫囵觉，不受那些穿透镜子而来、冲出鼻孔而去的梦魇的干扰，好好地养精蓄锐。他现在渴求的就是这个，就是他往常那种安详的睡眠。但是他很快就发现这个目标实在高不可攀，睡意似乎高悬在屋顶，飘荡在屋外的光天化日之下，这抹不掉的一天简直没个尽头。他脸朝下趴在床上，不行，他翻到左边，为的是不听心跳声，又翻到右边，都没用处。那些没有相思苦恼、倒头就睡的日子，对他来说已经十分遥远了。

他的本能责备他为什么没对卡米拉施加强暴，结果弄得自己如此坐卧不宁。人生的种种磨难有时会近在咫尺，摆脱它们的唯一途径似乎就是自杀。"我不愿再活下去了！"他心想。他的整个身心都在颤抖。他用一只脚搓了搓另一只，觉得自己已经被捆在十字架上，就差揳上钉子了。"东倒西歪的醉汉不知为什么让人想起吊在绞架上的人，"他心想，"吊在绞架上的人乱踢腾或者被风吹得来回摇摆的时候，又不知为什么让人想起醉汉。"他的本能在责备他。东倒西歪的醉汉也有勃起的刹那……吊上绞架的人也有阳举的瞬间……而你，"天使脸"只有火鸡鼻子上耷拉下来的那条肉赘儿……"在性欲这本账上，连牲口都算计得分毫不爽，"他继续思量着，"在墓地里，我们也在喷射子嗣，末日审判的大喇叭吹响了……谁知道，也许不是大喇叭。不过，彼时彼刻，会有一把金剪刀铰断子嗣绵延不绝的喷涌。咱们男人都是一根根猪肠子，专等魔鬼屠夫填满了肉末来做灌肠。我克制了自己的欲念，放过了卡米拉，结果使一部分机体不得充实，因此才觉得如此空虚、不安、焦躁、通身不自在，而且无端陷入一场是非。猪肠子需要用肉末填满，男人需要用女人充实，只有这样，他才能心满意足。见鬼！太下作了！"

床单像衣服的下摆，缠住了他，而且跟浸透汗水的下摆一样难以忍受。

也许哀悼之夜那棵老树 ① 的叶子也会感到疼痛！"哎哟，我的

---

① 1520年7月1日夜晚，征服墨西哥的西班牙将领埃尔南多·柯尔特斯曾在一棵老树下悼念自己的死难同伴，这棵树由此得名，并作为古迹保存下来。

头真疼！”套钟的一片嗡嗡轰鸣……该死的巫婆……他觉得脑后被一把柔韧的卡子卡住了……"从来没有……"没想到邻居中还有人有一架留声机。他怎么从来没听见过？一点也不知道。这可是一大新闻。后面那家有只狗，也许是两只。可这家有一架留声机，就一架。"一边是这家邻居的留声机喇叭，另一边是后面邻居听主人召唤的两只狗，夹在中间的是我的家，我的脑袋，我自己……当邻居就得可近可远，若即若离。当别人的邻居就这点不好。瞧这家邻居，什么事也没有，就知道玩什么留声机，还说别人的坏话。可以想得出他们说我些什么。这一对儿会灌黄汤的！他们说我什么都行，我才不管呢；可是说她……要让我打听出有谁说她半句坏话，我就叫他加入自由青年团①。从前我不过常常用这个吓唬人。可这会儿，这会儿我真打算说到做到，叫他们这辈子也倒倒霉！也许他们倒不了霉，这些家伙都精着呢。我到处都听人们传来传去：'半夜里抢走了那姑娘，拖进一个拉皮条的女人开的酒馆里把她强奸了。便衣警察守着房门，不让外人靠近！'这些畜性还会添油加醋地想：'姑娘的衣服被连扯带撕地扒光了，她吓得像只掉进罗网的小鸟，浑身的羽毛和肌肉都在发抖。'他们还会说：'那小子就这样占有了她，事先都不爱抚一下，而是两眼一闭，得！像是在喝泻药，或者简直是下狠心杀人的模样。'他们哪里知道，根本就没那回事，我还正为自己的君子风度懊悔呢。他们哪里想得到他们说的统统都是胡扯。其实他们想的更多的恐怕还是她。想她跟我如何如何，跟他们如何如何，他们如何扒她的衣服，

---

① 意为"让他们直接受控于暴君总统"。

跟她干那种他们认定我跟她干过的事。不过，就这一对儿宝贝邻居而言，光加入自由青年团还轻了一些，应该想个更厉害的法子，好好收拾他们。两人都是光棍。'对了，两人还真的都是光棍！'那就……那就找两个那种、那种女人。我还记得那么两个，总统先生正留着派这个用场呢。对，就是她俩，就是她俩了！可是，有一个怀孕了。不要紧，说不定更好。只要总统先生发话，谁还敢提肚子大不大的事……这俩小子哪敢抗上，只好结婚，只好结婚……"

他缩成一团，胳膊紧紧抱住蜷曲的双腿，脑袋使劲压了压枕头，想暂时驱散一下那些噼噼啪啪闪来闪去的念头。在他忙着避开想入非非的思绪的时候，床单上还保留着的冰冷角落会使他得到瞬间的慰藉和清醒，所以他开始在离开身体较远的部位寻找还残留着的那种凉飕飕的惬意感觉，他把双脚长长伸出床单外面，用它们去碰撞青铜床栏杆。他先是一点一点，末了突然一下睁开眼睛，仿佛只有这样，才能慢慢扯开上下睫毛之间的细缝。他觉得两只眼睛紧贴在顶棚上，成了两个拔火罐，而整个身体从那上边悬垂下来，轻飘飘地跟四周的昏暗融为一体，浑身骨架软绵绵的，根根肋条像软组织一样脆弱，头颅也不过是一团柔嫩的物质……似乎有一只棉花做的手在暗处敲门……一个梦游女人的棉花做的手……幢幢房屋成了棵棵挂着门环的树……整个城市成了挂满门环的树林……她敲门的时候，响声跟树叶簌簌落下一样……树叶落尽，树干依然矗立；响声过后，屋门照旧紧闭……她只能接着敲，别无他计，屋里的人只需开门，不过举手之劳……可是他们没开门。当时他真想把那扇门推倒；他真想捶了又捶，把那扇门推倒；可是捶了又捶，毫无反响，他真想把整幢房子都推倒……

"谁？……什么事？"

有人给他送来一份讣告。

"知道了，你就别送进去了，他像是在睡觉。就放在那儿吧，写字台上。"

"霍阿金·塞隆先生于昨夜临终忏悔之后与世长辞。遗孀孤嗣暨诸亲眷谨此沉痛讣告，尚望阁下祈祷我主保佑亡魂，并恭请今日午后四时陪同执引，行至中央公墓入口即可。丧宅：车匠胡同。"

他不由自主地听到一个女佣人在念堂霍阿金·塞隆的讣告。

他从床单上抽回一只胳膊，把它枕在头底下。堂胡安·卡纳勒斯穿一身羽饰服装，在他脑门上晃来晃去，还掏出四颗木头心和四颗鲜红的耶稣的心，当响板敲打着。他又觉得堂娜胡蒂丝站在他的后脑勺上，她那沾满沙粒的金属紧身衣被独眼巨人般的两只乳房撑得咯吱咯吱响，她那古庞贝妇女的发型上插着一把巨大的西班牙压发梳，使她显出一副恶龙模样。突然，"天使脸"枕在头下的胳膊抽筋了，他只好小心翼翼地伸直，如同抖开裹着一只蝎子的衣服……

小心翼翼地……

一群蚂蚁密密麻麻爬上他的肩部……一群蚂蚁像被磁石吸引慢慢往下爬到他的肘部……一阵痉挛沿着前臂的通道渐渐向四周的昏暗中流散……他的手是一簇喷出的水花，一簇无数手指组成的水花……千万个手指头一直延伸到地面……

"可怜的姑娘，捶了又捶，可是毫无反响！……这些畜牲，没有心肝的东西，要是他们现在来开门，我就冲他们脸上吐吐沫……三加二准是五……再加五准是十……再加九准是十九，我也准冲他们脸上吐吐沫。她一开始敲得清脆响亮，可后来简直像用镐头掘地……她不是在敲门，而是在掘自己的坟墓……她终于觉醒过来的时候，是多么万念俱灰啊！……明天我要去看她……我可以去……就说给她带去她父亲的消息……我可以去……再不……要是今天真能有什么消息就好了……我可以去……不过她也许不信我的话……"

"……我信您说的话！是真的，毫无疑问是真的，我的几个叔叔都拒绝了我父亲的要求，对他说他们根本不愿在他们家看到我！"卡米拉这时候正是这样想的。她躺在玛萨夸塔的床上，像疲惫的小兽，腰疼得直呻吟。一堵用破木板、麻布和草席拼起来的薄墙把她所在的房间跟酒店隔开。那边的顾客一面一杯一杯喝着酒，一面议论当天的大事：将军逃跑了，女儿被抢走了，总统心腹够精的……老板娘做出漫不经心的样子，其实别人说的每一句话她都仔细咀嚼着……

卡米拉突然头昏目眩起来，那帮恶心的家伙顿时远远离她而去，那是一种垂直坠落在寂静深渊里的感觉。她想喊，又怕招来麻烦，想不喊，又怕真的晕厥过去；她终于还是喊出声来了……她浑身似乎被死鸟冰冷的羽毛裹了起来。玛萨夸塔马上跑过来。"您怎么了？"卡米拉脸色发青，眼皮低垂，牙关紧闭，两只胳膊僵直得像木棍。她急忙跑去顺手抄起一瓶酒往嘴里灌了一口，又匆匆跑回来往姑娘脸上喷。她惊慌失措得连店里的客人什么时候走的都不知道，只顾一个劲儿乞求齐金济拉圣母和所有的圣徒，别让这个女孩儿死在她家里。

"今天早上我们分手的时候，她还为我告诉她的事哭呢！有什么办法呢！……一旦我们认为不可能的事居然成了真的，我们都会哭的，不是高兴得哭，就是伤心得哭……"

"天使脸"这时候正这样想着。他躺在自己的床上，似睡非睡，正品味着入梦前那种暖洋洋飘浮在青天之中的天使般的感受。慢慢地，他终于入睡了。他发觉自己脱离了躯体，无形无状，漂浮于万般思绪之间，像一股熏风，随着自身的呼吸荡漾……

他自己的躯体正在瓦解冰消，沉入虚空，可是卡米拉的如玉风姿却久久矗立在他的眼帘，身段修长，楚楚动人，但是却像墓地的十字架一样凛然不可冒犯……

凌驾于现实之上的梦神，划过幽深的虚幻之海，把他打捞起来，放入它掌管的无数轻舟中的一只。一连串往事汇成惊涛骇浪，正张开血盆大口凶狠地争相撕扯落难者的残骸，幸而一只只无形的手伸来相助，才使他免遭同样的命运。

"他是谁？"梦神问道。

"'天使脸'米盖勒……"那些隐身人回答说，他们的手臂如同从幽暗处喷出的白雾，虚无缥缈，难以捉摸。

"把他送上那只……"梦神犹豫了一下，"……装载痴情汉的小船，他们既然爱人无望，只好被人钟爱了。"

梦神的手下人遵照命令送"天使脸"去那只小船。他们脚下踩着一条虚幻之路，那不过是薄薄一层尘埃，下面覆盖着昔日的无尽往事。突然一声巨响，仿佛一只魔掌伸出，把他从那些人手中夺走了……

……他躺在床上……

……听着女佣人说话……

不是，这回不是讣告，不是……是个小男孩！"天使脸"伸手揉了揉眼睛，惊恐万状地抬起头。离床两步远，有个小男孩气喘吁吁得说不出话来，最后终于说话了：

"……我是……酒店……老……板娘……派……来的……叫……您快……去……那儿……说是……小姐……病很……重……"

即使总统先生下同样的命令，这位心腹也不至于一转眼就穿好了衣服。他从衣帽架上顺手抄起一顶帽子就蹦到大街上，鞋带没顾得系，领带也没扎好……

"这又是谁？"梦神问道。他手下的人刚从生活的污水中打捞起一朵快要枯萎的玫瑰。

"卡米拉·卡纳勒斯……"那些人回答说。

"好吧，只要还有地方，就把她放进装载不幸痴情女的船里……"

"医生，到底怎么样？""天使脸"说话的声音倒很像个慈父。卡米拉的病情很令人担忧。

"依我看，体温还要上升。肺炎就是这样……"

二十二、活坟墓

　　她的儿子已经不复存在了……人到了家破人亡、走投无路的境地，他的神志终归要消耗净尽，最后变成一个痴呆呆的木头人。费迪娜太太正是这样。这时，她慢慢举起那个干果壳一样轻的尸体，直到蹭上自己火烫的脸庞，又是亲吻，又是揉搓。紧接着，她又一下子跪倒在地上：她看到从下边门缝里透进一束淡黄色的光，便弯下身去靠拢那道贴着地面闪闪流淌的晨曦，最后几乎要挤进门缝里去了，就为的是好好看看小宝贝的残骸。

　　整个小脸像一块瘢痕似的布满褶皱，两眼被黑圈环绕着，双唇灰黄，好几个月的孩子，看去却像裹着尿布的胎儿。她连忙把孩子从光亮处移开，紧紧贴在自己乳汁充溢的胸前。她甚至诅咒起上帝，抽泣和含混不清的字句搅和在一起。有时候，她的心跳会突然停下来，或上气不接下气地打着噎嗝，可是仍然断断续续哀诉着："呃……儿！……呃……儿！……呃……儿！……呃……儿！"

　　泪水顺着毫无表情的脸滚滚而下。她已经哭得精疲力尽了，早把丈夫的事忘得干干净净，也不知道如果她不招供，丈夫就会在监狱里活活饿死。更顾不得自己浑身疼痛，两手和双乳伤痕累累，脊背给打得血肉模糊，眼睛也火辣辣的，至于买卖丢下无人过问，就更管不着了。就是说，一切都无所谓，她已经麻木不仁了。她泪干力竭，再也哭不出来了，只觉得自己变成了儿子的坟墓，又重新把他封闭在肚子里，和他一起做着最后一个、但却永无终止的梦。一阵突发的畅快居然用它的利刃使无穷无尽的苦难中断了瞬间。当自己儿子坟墓的念头像一剂清凉芬芳的软膏抚慰着她破碎的心。她体尝到随夫殉葬的神秘东方妇女的喜悦，不，她的喜悦还要强烈，因为她不是跟着儿子去殉葬，而是充当他的活坟墓，他在人间永恒的摇篮里，在她为母的怀抱里，母子二人紧紧相依，浮于云端，直到末日审判之时被召至约萨法特山谷①。她顾不得擦干泪水，连忙梳理一下头发，像是要去参加什么庆典，然后蜷缩在牢房的一角，把小小的尸体紧紧贴在胸前，用双臂和双腿团团围住。

坟墓是不会亲吻死人的，她当然也不应该亲吻，只是这样紧紧地、紧紧地抱住。所有的坟墓都是充满亲情的紧身衣，牢牢箍住死尸，迫使它们静静地、一动不动地承受蛆虫的吞噬和腐烂过程的煎熬。即使再过一千年，从门缝里透进来的亮光也很难引起她些许兴趣。午后的光照慢慢上升，逼迫暗影像蝎子一样一点点沿墙爬上去。四面墙壁犹如白骨垒成……布满猥亵花纹的白骨。费迪娜太太闭紧双眼：坟墓里面应当一团漆黑！她既不说话也不呻吟：坟墓外面应当一片寂静。

傍晚时分。雨水冲洗过的柏树林一阵阵清香。成群的燕子。一弯月牙。依然沐浴在圆圆落日余晖中的大街小巷里，到处都是吵吵嚷嚷的孩子。所有的学校都在向城市倾倒年轻生命的人流。小学生们离开学校，就互相追逐嬉戏，像一群苍蝇，令人头晕目

_____

① 在耶路撒冷附近，按基督教经典，末日审判时，亡灵聚集该处。

眩地东窜西跑。有的两个两个扭成一团，跟狂暴的公鸡一样大打出手，鲜血和鼻涕眼泪交汇在一起；有的跑前跑后乱敲路旁的屋门，还有的蜂拥而上，冲到卖甜食的柜台前面，唯恐买不到蜂蜜奶糖、椰子羹、杏仁糕、蛋卷酥；要么就像一群海盗似的扑向水果筐，洗劫一空，一哄而散，留下底朝天的大篮小筐，如同遭抢的货船，七零八落，空空如也。走在最后的是那些倒腾小玩意的、集邮的和偷偷抽烟的，个个都装出一本正经的大人样。

一辆马车停在新开大院门前，从上面下来三个年轻女人和一个足有两人宽的老年妇女。一看模样就知道她们是干什么营生的。年轻女人们穿着色彩鲜艳的棉布衣裳，大红长裤，黄色皮鞋的后跟高得出奇，短短的裙子连膝盖也遮不住，从下面露出镶在短裤上的又长又脏的花边，衬衣的领口几乎开到肚脐眼上。她们的头发都梳成所谓路易十五式卷发，就是一大堆油光锃亮的小卷由一根横贯头顶的黄色或绿色丝带两端扎起；她们面孔的色泽使人想起妓院门口的红色灯泡。老年妇女穿一身黑衣服，包着一块深紫色的大头巾。她下车的时候晃了一下，赶紧抓住挡泥板，胖乎乎的手上戴满了闪闪发亮的钻石戒指。

"是不是让马车等着，琼姐？"三个小维纳斯中最年轻的一个问道，还故意提高尖尖的嗓音，似乎想叫空荡荡街面上的铺路石听到她说的话。

"那当然，就在这儿等着。"老的回答说。

她们四个走进新开大院，看门女人喜气洋洋地迎上来。

有几个人在阴沉的前厅里等待着什么。

"我说钦塔，秘书在吗？"老的问看门女人。

"在，琼太太，他刚来。"

"劳驾请问他能不能见我。我给他捎来了上面的口信，很急。"

看门女人进去了，老太婆半晌没说话，凡是上了点岁数的人，都还能在这里感受到某种修道院的气氛。在变成关押犯人的牢狱之前，这里曾经是禁锢情欲的囹圄。过去是幽闭女人的，现在也是幽闭女人的。直到如今，特雷莎教派修女们甜甜的话音似乎还在绕着高高的围墙飘荡，如同飞鸽在扑棱羽翼。已经没有纯洁的百合花了，射进来的光线却还是那么皎洁、柔和且令人舒畅，只是修女们的斋戒和粗毛苦行带已经被琳琅满目摆在十字架和蜘蛛网下面的各种刑具所代替。

看门女人出来了，琼太太过去跟秘书交涉起来。她已经跟女监狱长说好了，军事法官命令把女犯人费迪娜·德罗达斯交给她，交换条件是一万比索（这一点她没有明说）。从此刻起，费迪娜就算是"销魂院"（"大金牙"琼太太妓院的名字）的人了。

牢房外面响起两声雷鸣般的敲门声。那个可怜的女人依旧抱着儿子蜷缩在一角，两眼紧闭，一动不动，几乎终止了呼吸。她心里明白，可是装作什么也没听见。门栓啜泣似的吱扭吱扭响起来，多年失修的陈旧门轴在一片寂静中发出一声长叹，有人打开门，连推带搡把女犯人押出牢房。她仍然闭着眼睛，不愿看见一丝光亮（坟墓里面应该是一片漆黑）。她就这样，像瞎子似的，把死去的小宝贝紧紧搂在胸口走出来。她是一头被卖掉的牲口，准备去干最下贱的营生。

"她是装哑巴！"

"也不睁开眼睛看看咱们！"

"没准是害臊吧！"

"她怕把儿子吵醒！"

一路上，"大金牙"和三个年轻的维纳斯就这样胡思乱想。马车在残缺不全的石铺路面上滚动，发出震耳欲聋的响声。赶车的西班牙人俨然一副堂吉诃德的神气，或许是他不停鞭打辱骂的结果，两匹马是那样瘦骨伶仃，可是说不定照样能在斗牛场派上用处，因为它们的主人是一名长矛手。费迪娜太太坐在车夫旁边，就像歌里唱的那样，走完了从新开大院到窑子大院的短短路程。她完全忘记了周围的世界，眼皮不眨，嘴唇不动，只用全身的力气紧紧抱住儿子。

琼太太待在那儿付车费，三个年轻女人帮着费迪娜下了车，亲切地伸出同行姐妹的手，轻轻把她推进"销魂院"。

在妓院前厅熬夜的几个嫖客几乎都是军人。

"啥钟点了？问你呢！"琼太太一进屋就冲酒吧侍者喊道。

一个军人搭了腔：

"六点二十，我的琼太太……"

"你也在这儿？你这个捅娄子的兵油子！我怎么没看见你？"

"按这个钟，是二十五……"酒吧侍者插嘴说。

所有的人都盯着新来的姑娘，都想跟她过夜。费迪娜依然故我，沉默得像座坟墓，用双臂护着儿子的尸体，连眼皮也不抬一下。她觉得自己是块石头，冰凉而沉重。

"听着，""大金牙"吩咐三个年轻的小维纳斯，"带她到厨房去，让曼努埃拉大婶给她点吃的，你们再给她换换衣服、梳梳头。"

一个蓝眼睛的炮兵上尉走过来拧新到姑娘的大腿。叫小维纳斯中的一个给挡开了。可是紧接着另一个军人又上来一把抱住新到的姑娘，仿佛在抱棕榈树干。只见他两眼翻白，龇出他那副印第安人整齐洁白的牙齿，整个是公狗爬到发情母狗身上的样子，又亲又啃，两片酒气冲天的嘴唇在冰冷的沾满泪痕咸味的脸颊上蹭来蹭去。来逛窑子比听军哨痛快多了！可以用抚摸窑姐儿热乎乎的身躯来取代冷冰冰的射击训练。

"嗨，你这个捅娄子的兵油子，给我老实点！"琼太太只好出面干涉，制止这种轻狂举动，"真是，这是怎么说的？看起来非把他捆上不行！"

费迪娜却听任轻薄，毫不反抗，她只是紧闭着两眼和双唇，竭力避免自己这个漆黑寂静的墓穴受到侵扰，用尽全力把儿子的尸骸搂在不见一丝光明不闻一点声响的怀抱里，而且仿佛对待一个困倦的孩子，哄他入睡。

她被带进一个小小的庭院。映照在水槽里的傍晚的余晖正在慢慢消失。时而听到几声女人的叹息，低低的只言片语，喊喊喳喳的交谈，发出这种声响的既像女病人，又像女学生，既像女囚犯，又像出家的修女。时而又听到咯咯假笑，尖厉的喊叫和穿袜子走在地上的脚步声。突然从一个房间扔出一副纸牌，像张开的扇子一样散落一地，也不知是谁干的。这时，一个女人披头散发从鸽子洞似的小门里探出头来，看了一眼散乱的纸牌，仿佛在窥探在劫难逃的命运，慢慢擦去挂在憔悴面颊上的泪珠。

一盏红色的灯泡映照着"销魂院"门前的街道，活像某种野兽布满血丝的眼睛。过路人和铺路石都涂上了一层凄凄惨惨的色彩，一种洗印暗室的神秘气氛。人们跑来把自己浸润在这片红光之下，仿佛得了天花的人想以此遮掩脸上的瘢痕。他们把面孔伸到这盏灯下的时候，个个都羞羞答答，像是在偷吮鲜血，生怕别人撞见。事后，他们一回到路灯下面，一走进市区照明系统的白光和自家亮堂堂的灯火之下，又都像不小心让一张照片曝了光似的不怎么自在。

费迪娜依然对周围发生的事情毫无知觉，她只感到儿子，别的什么也不存在，眼睛比任何时候都闭得更紧，嘴唇也是这样，而且始终把那具小尸体紧紧贴在奶汁充溢的双乳上。在去厨房的路上，陪伴她的几个姑娘百般劝解，终归是无济于事。

厨娘曼努埃拉·卡勒瓦里奥多年就在"销魂院"治理着从煤堆到垃圾堆之间的领土，简直成一位没有胡须、常穿浆洗长裙的万岁爷了。见到费迪娜，这位身材高大、令人敬畏的厨娘立即用某种气态物质填充了皮肉松软的两颊，接着便是一串话语冲口而出：

"又来了一个不要脸的！……她是哪儿冒出来的？……她拼命搂在怀里的是什么？"

不知道为什么，三个小维纳斯也不愿意张口说话，只是把两只手叠起来做出铁窗的样子，告诉厨娘来人刚刚出狱。

"破……要饭的！"那三个走了以后，厨娘说，"还想吃饭？我给你毒药！这就给你一口！给你……拿着……拿着！"

说着就抄起平底锅在费迪娜的背脊上接二连三地拍打起来。

费迪娜当即倒在地上，不睁眼也不说话，怀里始终抱着死孩子。抱了这么长时间，她已经不觉得怀里有什么东西了。卡勒瓦里奥大吵大嚷地走来走去，不停地画着十字。

这么来回转悠了一会儿，厨娘突然闻到厨房里有一股臭味，没顾得放下手里的盘子就离开洗碗槽，不问青红皂白抬脚踹了费迪娜几下，一边嚷嚷着。

"敢情臭烘烘的是这个烂娘儿们！来人呐，把她拖出去！快把她从这儿弄走！我这儿可不要她！"

她这一通大惊小怪的咋呼招来了琼太太。两人一齐下手，仿佛像从树上折下一根枝条似的，使劲掰开那个倒霉女人的两只胳膊。费迪娜觉得有人在抢她的儿子，这才睁开眼睛，嚎叫了一声，一头栽倒了。

"发臭的是这个孩子，他早就死了！我的天！……"曼努埃拉大婶喊了起来，可是"大金牙"一句话也说不出来，她趁窑姐儿们拥进厨房的工夫，跑去打电话报告当局。姑娘们个个都想看看那个孩子，亲亲他，没完没了地亲他。孩子就这样被一双双手和一张张嘴抢来抢去，发臭的尸首皱巴巴的小脸上挂上一层卖淫女人的口水。哭天抢地的守灵式就这样开场了。法尔范上校出面从警察局领来殡葬许可证。一间最宽敞的待客室很快腾出来了，还专门焚香驱散沾满壁毯的陈年精液味。曼努埃拉大婶在厨房燃起松香，然后把干瘪、蜡黄、收缩成中国豆芽菜似的孩子用麻布和鲜花盖好，放进一只黑漆匣里。

那天夜里，所有在场的女人都觉得是自己死了儿子。四根大蜡烛缓缓燃烧着，四处弥漫着玉米饼、烧酒、病体、烟头和尿骚味。一个喝得半醉的女人，听任一只乳房露在外面，嘴里叼着雪茄，吸一阵，嚼一阵，同时泪流满面反复唱着：

　　快睡吧，我的小娃娃，

脑袋长得像倭瓜，
要不赶紧闭上眼，
恶狼就来叼你啦！
快睡吧，我的小心肝，
妈有好多活计等着干，
先是来给你洗尿布，
然后再来做针线！

二十三、呈送总统先生的材料

一、布兰的遗孀阿莱杭德拉，家住本市，经营"鲸鱼"被褥店，据其报告：其店铺与吐斯特普酒馆仅一墙之隔，见该处常有生人相聚，且多系夜间，似均以慈悲之怀，前去探视一病女。呈报者仅向总统告知一事：甚疑欧塞比奥·卡纳勒斯将军匿于酒馆，因隔墙而闻之言谈颇有披露，聚会者似密谋策划危害国家安全及总统先生本人的宝贵生命。

二、据侨居首都之索莱达·贝勒玛尔称：其业已囊空如洗，断炊多时，加之身在异邦，举目无亲，无人接济。此时此刻唯有恳求总统先生释放其子曼努埃勒·贝勒玛尔·H及其姻亲费德里科·奥梅罗·P。其本国公使可证明上述二人并未过问政治，只是来此求职谋生。二人之所以受指控，仅因曾接受欧塞比奥·卡纳勒斯将军之保举，以图就业于火车站之便。

三、普鲁登西奥·佩尔费托·帕斯称：其日前赴边境巡视，考察地形、大小道路状况，以熟悉将展开行动地区之情况，且已制定详尽作战计划一份，俟革命爆发，立即占据有利战略地点付诸实行。又称：境外招募兵员准备入侵之消息属实，招兵负责人系胡安·莱昂·帕拉达及其他数人，其作战装备主要为手榴弹、机枪、小口径步枪及地雷炸药并其他辅助装备。革命分子之武装人员约 25 至 30 名，正不断袭击最高当局派出之部队。又称：卡纳勒斯是否此辈之首领，尚不得而知，倘若如此，则入侵指日可待，除非与邻国交涉防止暴乱分子集结。又说：他已准备随时率军击退预计下月发动之叛军入侵，唯狙击队缺乏武器，因仅拥有一批 43 口径步枪而已。又称：除少数接受妥善治疗之病号，部队状况良好，每上午 6 时至 8 时接受军事训练，每周伙食可分到肉牛一头。又称：已命边关重镇提供沙袋，以备设防之用。

四、胡安·安东尼奥·马莱斯向总统先生致意，感谢对其患病期间之关怀，从而使其得到医生及时治疗。鉴于此人目前已能再次为阁下效劳，特恳请准予进入首都，有关阿贝勒·卡尔瓦哈勒律师的政治活动，此人有数项要事禀报。

五、路易斯·拉维勒斯·M 称：他正在病中，且缺乏治疗条件，因此希望返回美国，并请求在驻该国之共和国某领事处任职，但不得重返新奥尔良，亦不得担任过去的职位，仅以总统先生诤友之身份出现。又说：一月底曾十分有幸被列入接见名单，然而正当步入前厅准备前去接见厅之际，感到参谋部方面对其产生某种怀疑，并在接见名单上后移其姓名，未料再次轮到时，一军官将其引入一斗室，并以对待恐怖分子之态度进行搜身，同时告诉他之所以如此行事，是因为有人反映，他受雇于阿贝勒·卡尔瓦哈勒律师前来谋杀总统先生。他说，再次回到前厅时，接见已终止。他说，事后他竭尽全力设法与总统先生联系，以便反映诸多不便形诸笔墨之情况，然终未如愿。

六、尼科梅德斯·阿塞图诺书面汇报称：因经商，时常出入首都。此次返回时，于途中发现书写于水塔上部之总统先生姓名几乎全部破损，被挖去字母六个，其余亦残缺不全。

七、根据军事法庭命令关押于中心监狱之囚犯卢西奥·瓦斯盖司请求阁下接见。

八、卡达里诺·莱希西奥呈文禀报：在其管理欧塞比奥·卡纳勒斯将军之"大地"庄园期间，去年八月某日，其主人曾接待四名来访友人，并趁酒醉之际，向来客宣布，一旦革命发动起来，他手下可拥有两个营的兵力，指挥官之一恰在宾客之中，言及此便转向少校法尔范氏，另一营则由一未透露姓名之中校指挥。鉴于有关爆发革命之谣言四起，呈报人特将此事告知总统先生。之所以采取书面形式，是因为亲自前往面谈实属无望：屡屡求见，均未获准。

九、麦加德奥·拉雍转来安东尼奥·布拉斯·库斯托迪奥长老写给他的信，信中言及其奉主教大人之命前往圣卢卡斯教区接替乌尔吉霍神甫而遭此人恶意中伤一事。此人尚依仗堂娜阿尔卡迪亚·德阿育索的支持，用种种谎言煽惑教民。鉴于乌尔吉霍神甫系阿贝勒·卡尔瓦哈勒之友，其所作所为或可引起严重后果，特此向总统先生禀报。

十、居住本市之阿勒弗列多·托莱达诺报告称：因患失眠症，经常深夜方得入睡，某夜突然听到总统先生之友"天使脸"米盖勒不顾搅扰四邻，敲打胡安·卡纳勒斯（同姓将军之胞弟）家门，且不断讥讽嘲笑政府当局。特此禀报总统，以供参考。

十一、商品推销人尼科梅德斯·阿塞图诺报告称：破坏水塔上所写总统先生姓名一事系会计师吉列摩·里萨索酒后所为。

十二、卡西米罗·列贝科·卢纳称警察局二处将其监禁将满两年半，然因其穷苦无告，无亲属为之说项，唯有求助于总统先生，乞望阁下开恩下令将其释放。又称：其受指控之唯一罪名系曾受政府敌对势力唆使，在任教堂司事期间，从门斗上摘去总统先生母亲大人的寿辰弥撒通告。此说与实情不符，当时其本意在于摘去另一通知，无奈因目不识丁而罹祸。

十三、路易斯·巴雷尼奥先生向总统先生告假，拟携夫人前往国外游学。

十四、本城妓院"销魂院"粉头阿黛莱达·佩尼亚勒呈文总统先生报告称：莫德斯托·法尔范少校曾在酒后向其表露，在所有军队将领中，唯有欧塞比奥·卡纳勒斯将军为名副其实之将军。其之所以落难，均系总统先生惧怕有教养的军事将领所致，然而，革命必将取胜。

十五、总医院圣拉法埃勒病房 14 号床的女病人莫尼卡·佩尔多米诺报告称：其病床与女病人费迪娜·德罗达斯毗邻，曾听到该病人在梦呓中提及卡纳勒斯将军。因其本人脑力不济，未能听清所言为何，似宜派专人看护以详录所言。特此向总统先生禀报，以表达其对政府当局的钦仰之情。

十六、托马斯·哈维利通告已与阿尔盖里娜·苏阿雷斯小姐永结百年之好，并借举行婚礼之机向共和国总统先生致以崇高敬意。

四月二十八日

二十四、坏女人宅门

"朋破兴鞋！"

"翁我？生是宁你，井贱洪货！"

"升甚蒙么？"

"青去青去青去！"

"青去青去青去！"①

"……嗯哼！"

"别吵吵了，我说，都别吵吵了！这是什么事啊！打从天一亮，就叽叽喳喳闹个没完，简直是群不通人性的牲口！""大金牙"忍不住大吼起来。

她穿着那件漂亮的黑衬衫和深紫色的裙子，坐在酒吧柜台后面的皮扶手椅里，正在慢慢咀嚼晚餐。

过了一会儿，她对一个面庞古铜色、梳着两条又粗又亮大辫子的女佣人说：

"庞恰，快去叫姑娘们都过来，这也太不像话了。眼看要来客人了，她们早就该乖乖聚在这儿！总是要人在屁股后头催她们，这帮骚货！"

---

① 妓女们在用切口说话。

两个姑娘只穿着长袜就跑了进来。

"安静点，你们俩！贡苏埃萝！瞧这个孩子多漂亮！圣母玛利亚，还挺淘气的！……听着，阿黛莱达，阿黛莱达，跟你说话呢！要是少校来了，你最好扣下他的佩剑当抵押。他欠柜上多少钱？问你呢，嘬嘬嘴！"

"整九百，再加上我昨天晚上给他的三十六。"酒吧侍者回答说。

"一把佩剑值不了这么多，嗯……就算是金子的也不行，可总比连个屁钱也捞不着好点。阿黛莱达！这是冲墙说话，不是冲你，对吧？"

"听见了，琼太太，我听见了……"阿黛莱达·佩尼亚勒一边笑一边说，还不停地跟伙伴们玩着，那姑娘紧紧抓住了她的鬈髻。

"销魂院"的所有姑娘都在旧沙发上坐下，一声不吭。有高的，有矮的，有胖的，有瘦的，有老的，有少的，还有稚气未脱的，有柔声下气的，也有横眉竖目的，金发的、红发的、黑发的，小眼睛的，大眼睛的，白净的，黝黑的，棕红的。看起来不一样，可又都一个样儿：身上的气味都一样。一股男人的气味，她们都散发着男人的气味，一股腐败海鲜的腥臭味。在廉价布料的汗衫下面，一对对乳房像水泡一样颤颤悠悠。她们一坐下来就叉开双腿，毫无顾忌地露出麻秆似的细腿、箍紧长袜的花花绿绿的松紧带、装饰大红三角裤的白色和粉红色花边，还有裤口的黑色镶边。

等着接客等得她们一个个心烦意乱。她们挤成一堆，坐在穿衣镜前面，等了又等，就像盼望入境的移民一样耐着性子，也像走向屠场的牲畜一样目光凄怆。实在太腻味难忍了，有几个干脆呼呼大睡，还有的没完没了地抽烟，也有起劲嗑薄荷棒棒糖的，剩下的就盯着挂在天花板上蓝白相间的纸练，想知道苍蝇到底在那儿拉了多少屎，有仇的吵个没完，相好的慢悠悠互相摩挲，毫无顾忌。

她们几乎人人都有绰号：大眼睛的叫大金鱼，要是个头小点就是小金鱼，肥大的半老婆子就叫老金鱼，鼻子扁平的叫塌鼻儿，皮肤黝黑的叫乌姐儿，脸庞棕红的叫黑妹，眼角上挑的叫中国妞儿，金发的叫黄毛，口吃的叫结巴。

除了这些常见的外号，还有什么壮姑娘、母猪、大脚婆、蜜掺油、媚眼儿、蚯蚓、鸽子、炸弹、无肠女、哑弹等等。

有几个男人前半夜里总是跟没有接到客的姑娘鬼混，卿卿我我，唧来唧去，摸上摸下的，都是一些嬉皮笑脸、满嘴脏话的角色。琼太太真想几个大嘴巴扇上去，这帮混混儿叫她呕心透了，可是她不能扇他们，而是听任他们待在屋里，因为她不想惹恼姑娘们。可怜的姑娘们！这些男人说是来保护她们的，其实是在盘剥，说是跟她们相好，其实是在吸血，可是姑娘们还是跟他们鬼混，因为她们太需要爱抚、太需要有人关注她们了。

头半夜光临的还有没尝过滋味的毛头小伙子。他们提心吊胆地走进来，笨手笨脚，连话也不会说，那副模样就像昏头昏脑的蛾子。只有重新回到大街上，他们才会觉得好受一些。他们都是些好对付的主儿：他们是来听人摆布的，不是来寻欢作乐的。刚满十五岁。"晚上好。""别忘了我。"他们离开窑子的时候，嘴里有种吃了蛆的感觉，不再摆出进门之前那股偷吃禁果的张狂劲了，身上还有一种甜丝丝的乏劲，很像大笑了好一阵或者撞了半天大钟以后那种感觉。嗨，走出那座臭烘烘的房子甭说有多自在了！

他们简直是在咀嚼空气，仿佛吞进一口口新鲜牧草似的。他们凝视着天上的繁星，觉得自己的肢体也延伸到了那里。

再往后，真格的顾客就开始出出进进了。有闻名遐迩的生意人，总是那样急不可耐，总是腆着大肚皮，堪用天文数字计算的腹腔脂肪使他们的躯干变得又粗又圆。还有商店的伙计，往怀里搂人的样子就像展开双臂量布料的长度，而在同样场合，医生却像在听诊。新闻记者在最后结账的时候，总是得把帽子留下作抵押。律师显得那么服服帖帖，可又狐疑满腹，俗不可耐，又像家养小猫和盆栽花木一样媚态十足。还有傻头傻脑的外乡佬，弓背弯腰、得不到女人欢心的机关职员，患恋母症的小市民，浑身羊皮味的匠人，时不时悄悄摸摸表链、怀表、皮包和戒指的阔佬，比理发师沉默寡言而不如牙医客气的药剂师……

半夜过后，客厅里的气氛就炽热起来。男男女女先是借助口腔互相煽动欲火，有的在接吻的时候还发出口水浸润肌肤的淫荡的卟叽声，有的亲着亲着嘴突然互相用牙咬起来，有的刚说着柔情蜜意的情话一下子就动手打起来，有的忽而吃吃嬉戏，忽而放声大笑，还有几个想玩命的干脆让子弹的砰砰声伴随香槟酒瓶的砰砰声。

"这才叫没白活着！"一个把胳膊肘支在桌子上的老头儿说，只见他两眼滴溜乱转，脚底下也不老实，脑门上暴起的一束青筋也因欲火中烧而不断搏动着。

他好像越来越上劲，就问身边的嫖友：

"我能去找那儿那个姑娘吗？"

"当然了，伙计，她们就是干这个的……"

"她旁边的那个怎么样？……我好像更喜欢一些！"

"找那个也行。"

这时候，有个黑妞儿成心卖弄风骚，光脚丫在客厅里穿行。

"这个走过来的怎么样？"

"哪个？那个混血妞儿吗？"

"她叫什么名字？"

"阿黛莱达，大伙也叫她'小母猪'。算了，你别盯着她了，人家归法尔范少校，简直是他的情妇了。"

"好一个'小母猪'，瞧她把少校摩挲得真带劲！"老头儿小声赞叹了一句。

那窑姐儿使出蛇精的本领弄得法尔范神魂颠倒。她那双眼睛由于服了颠茄而显得尤其漂亮，而且在逼近少校的时候，熠熠闪出令人痴迷的目光，两片肉乎乎的嘴唇懒洋洋地微张着，随时准备伸出舌头像贴邮票似的去亲吻，温热的乳房和圆鼓鼓的小肚子也知道怎么用劲。

"我看最好把这破玩意拿掉！""母猪"咬着法尔范的耳朵说，没等对方回答（不同意就不好办了），就从军服上摘下佩剑，当场交到酒吧伙计手里。

一阵长长的呼叫像一列奔驰的火车进入隧道似的钻进所有的耳朵，而且一直不中断。

一对对男女跳起舞来，犹如一群双头怪兽在晃动，有的踩着音乐的节拍，有的随心所欲地乱蹦。弹钢琴的是一个跟女人一样涂脂抹粉的男子。钢琴和他本人都是缺齿少牙的。"我就是臭美，特臭美，爱倒饬。"如果有人问他为什么涂脂抹粉，他总这么回答，接着又口气缓和下来说，"一般熟人叫我佩佩，街上的小伙子们叫我紫罗兰。我不是网球运动员，可喜欢穿袒胸露背的衬衫，好让别人看看我丰满的胸部，戴单目镜，是为了显得高雅，穿长礼服，是因为顺手抓起了这件。说到什么花儿粉儿呀地卖弄风骚（有些人说话就是难听！），其实是为了遮住我脸上的麻子。那次恶疾给撒下的这满脸坑坑，看样子得永生永世留在那儿了……我呀，才不管别人说什么呢，怎么自在就怎么来！"

一阵长长的呼叫像一列火车奔驰而来。在它那粉碎器似的轮子底下，在它活塞和连杆之间，有个女人躺在地上乱折腾，她醉成一团烂泥，脸色像米糠一样蜡黄蜡黄，两只手紧攥着大腿根儿，眼泪慢慢冲刷着两颊上的胭脂和双唇上的口红。

"哎哟，我的……肚子噢！哎哟，我的肚子！哎哟，我的……肚子噢！我的肚子！哎哟……我的肚子！哎哟……"

除了几个醉鬼，所有的人都跑过去想看看出了什么事。在一片混乱之中，那些有家室的忙着打听她是不是受伤了，打算在警察到来以前趁早溜走。其他人倒没有这么大惊小怪，他们只是从这头跑到那头，跟别人碰碰撞撞，觉得挺好玩。越来越多的人围到那女人身边，只见她翻着白眼，伸长了舌头，浑身上下抖个没完。就在她折腾得最凶的时候，满嘴假牙一下子掉了出来。看热闹的人更是发疯似的狂呼乱叫，一阵哄堂大笑伴着那副假牙在水泥地面上飞快滑过去。

最后还是琼太太出面平息了这场乱子。她当时正在里间，突然窜出来，像竖着毛的老母鸡，咯咯叫着去保护自己的小鸡。那个倒霉的女人还在一个劲儿嚷叫，琼太太过去一把拽起她的胳膊，一路拖着，穿过整幢房子，往厨房去了。最后跟厨娘卡勒瓦里奥一起把她塞进煤堆里，厨娘还用煎锅底狠狠在她身上拍打了一阵。

趁着乱哄哄的工夫，"母猪"的老相好把她从少校手里弄走了，因为这位已经醉得连眼也睁不开了。

"真不是个东西！您说是吧，法尔范少校？""大金牙"一从厨房转回来就大发议论，"整天傻吃憨睡，她肚子不疼。好比你们军人，眼看要打仗了，肚子一下就疼起来了！"

几个醉汉一阵哄堂大笑，淹没了她的话音。他们吐出的笑声像糖稀一样黏黏糊糊，叫人腻味。琼太太只好转过身去对酒吧伙计说：

"这个专门出丑的贱货，我早就不想要了。我昨天从新开大院带来的小媳妇本来倒可以替换她，该当我倒霉，一下子就出了毛病！"

"货色确实不错！"

"我跟律师说了，叫他想办法从军事法官手里把我的花销要回来……没那么便宜，不能让狗娘养的白赚我一万比索……不行，这龟孙子……"

"为您的健康干一杯！……那个什么'乏官'不是个东西，我可知道，坏透了！"

"这帮人就会装出一副人模狗样！"

"可不呗！……还偏偏是个什么'乏官'，您说说看！"

"就是你说的这话。你是知道的，谁也甭想跟我来这套蒙事行子！……瞧他们神气活现地充大头儿，其实屁也不是，娘的！"

她没顾得说完话，赶紧探出窗外看谁在敲门。

"我的圣母玛利亚，上天保佑！正念叨着呢，上帝就把您送上门了！"琼太太对待在门口的一位绅士大声说道。血红的灯光刚好铺洒在那几乎遮住双眼的围巾上。琼太太连来人的问候也没回答，忙着回身叫女佣人快去开门。

"去，潘恰，快把门打开，麻利点儿，开门呀，别磨蹭，快去，是米盖勒先生来了。"

鬼使神差似的，琼太太一下子从那双恶魔一般的眼睛上认出来人是谁。

"这可是百年不遇的喜事！"

"天使脸"一边用目光扫视整个客厅，一边打着招呼，这才慢慢定下神来：他一进门就撞上一堆肉，后来看出是法尔范少校。只见那人歪斜的嘴角上挂着一道黏黏的口水。

"这真是老天开眼。您这种身份，可是难得来小户人家看看！"

"哪里，琼太太，您这是说哪儿去了！"

"您来得可正是节骨眼儿！我正遇上麻烦事，不知道求哪位圣贤呢，可巧儿您就到了！"

"您知道我可以随时为您效劳……"

"太谢谢了。我这就告诉您我遇到的麻烦事，可这会儿先得请您喝一杯。"

"不必费神了……"

"这费什么神！喝一小杯，随便喝点什么，您说吧，您喜欢什么！……我说，别不是瞧不起我们！喝一杯威士忌，歇歇脚。到里面去，我陪您喝。请从这儿走。"

琼太太的专用房间跟整幢屋子的其他部分完全隔开，简直是另一个世界。所有的桌子、衣橱、大理石条案上都摆满了宗教画片、雕像和圣徒遗物匣。一幅"神圣家族"①画像又大又精美，十分醒目。那座圣婴雕像，有一株百合那么高，就差开口说话了。圣婴两边的圣约瑟和衣裙上满是星星的圣母也都光彩夺目：圣母浑身珠宝，圣约瑟手捧的小碗是用两颗珍珠做的，每颗都价值连城。放在一个高高的玻璃瓶里的是肤色黝黑的耶稣，奄奄一息地倒在血泊中。一个宽大的螺钿橱里，是描摹穆里略②画的圣母升天雕像，不过最值钱的还是那条缠绕在脚上的翡翠蛇。在各式各样的宗教艺术品之间，时不时看到几张琼太太自己的照片（琼是她的小名，她的正式名字叫贡塞森），都是二十几岁照的。当初拜倒在她脚下的有一名带她去法国巴黎的共和国总统，两名最高法院院长。还有三个肉铺老板，为她争风吃醋，干脆在市场上动起刀子。那场械斗的幸存者有张照片放在一点不引人注目的角落里。那是一个满头浓发的汉子，最后成了她的丈夫。

"请坐在沙发上，堂米盖勒先生，坐在沙发上舒服多了！"

"琼太太，您过得不错嘛！"

"想着少受点罪就是了……"

"简直像进了天堂！"

"别价，您可别学那些邪门歪道的，别笑话我们这些圣徒！"

"请问能为您效什么劳？"

"别忙，先喝你的'威士忌'……"

---

① 指耶稣及其父约瑟和其母玛利亚。

② 穆里略（1617—1682），西班牙画家。

"那就祝您健康！"

"祝您健康！堂米盖勒先生。请原谅我不能陪您喝，我有点发炎，不太舒服。请把小酒……盅儿放在这儿，就放在这张桌子上，劳驾，给我吧……"

"谢谢……"

"那好，堂米盖勒先生，我刚才跟您说，我遇到了大麻烦，想听听您的主意。像您这样的人，能替别人出好主意。都怪我这买卖上雇的一个姑娘，一下子就不中用了。我只好四处寻觅，想另找一个。后来听一个熟人讲，军事法官下命令把一个俊俏媳妇关进了新开大院。我这人脑筋就是转得快，立马就跑去找我的律师堂胡安·维达利塔。以前好多次都是他给我物色姑娘的。我请他替我好好给军事法官写封信，就说我愿出一万比索买下那个女人。"

"一万比索？"

"对了，就这个数。法官当下就答应了，立马回信说事情成了。我亲自数好了一摞五百比索的票子放在法官的写字台上。他收了钱，就给我开了证明，叫新开大院把那女人交到我手里。这时候我才知道是为了政治上的事抓她的。听说她是在卡纳勒斯将军家里'勒网'的……"

"是吗？"

"天使脸"心不在焉地听"大金牙"讲事情的原委，耳朵早伸到门外边去了。他怕法尔范少校从手心里溜掉，岂不是白找了好几个钟头。一听卡纳勒斯将军的名字也搅进了这场乱子，他深有如芒在背的感觉。那个倒霉的女人想必是女仆"老鼠胆"，卡米拉发高烧说胡话的时候老是提到她。

"请原谅，我打断一下……这女人眼下在哪儿？"

"您这就知道了，还是听我接着说下去。我带着军事法官的证明亲自去新开大院找她，陪我一块去的还有我们这儿的两个姑娘。我可不愿意别人给我来个调包的把戏。我们是坐马车去的，气派大点。您听着，我们就这样到了地方，我拿出证明信，那儿的人仔细看了，又问了上司，就把姑娘带出来给了我。一句话，我怕您听烦了，我们把姑娘领回家来。这儿有好些客人等着呢，见了没有不喜欢的……就这样，她那副小模样，堂米盖勒，还真吊胃口！"

"这会儿她在哪儿？"

"天使脸"打定主意就在当天晚上把那女人从这地方带走。对他来说，每分钟都像整整一年似的难熬，可那该死的老太婆还絮絮叨叨个没完。

"瞧您，也想尝尝鲜儿了不是！……公子哥儿们都这样。可您让我讲下去。自打我们离开了新开大院，我就发现那女人死也不肯睁开眼睛，一句话也不说，跟她说话就像冲墙说一样。我想，不定在耍什么花招呢。我还发现，她怀里搂着个小包袱，有个孩子那么大。"

在总统心腹的脑海里，卡米拉的身影一点点拉长，最后从腰部断开了，就像一个从当中分离的阿拉伯数字 8，而且变化速度之快不亚于一枪击破一个肥皂泡。

"一个小孩？"

"可不是吗！给我做饭的曼努埃拉·卡勒瓦里奥·克里斯塔勒斯一眼看出来，那倒霉女人搂在怀里的小东西早就断气了，发出一股臭味。我听见她叫我，就赶紧跑进厨房。我们俩硬是夺下了死孩子。您可不知道费了多大劲才掰开那女人的胳膊，曼努埃拉差点给她弄折了才把孩子抢过来。这下她才睁开眼。世界末日的时候，所有的死鬼兴许就是这么睁眼的。那一声嚎叫，怕是在外面市场上也能听见，接着就咕咚倒在地上了。"

"死了？"

"那会儿我们也以为她死了，赶紧叫来几个人，七手八脚用床单一裹，送到圣胡安·德迪奥斯那儿去了。我看也不想看，太吓人了。说是两眼闭上了，可是眼泪一个劲儿往外流。可那会儿再挤猫尿也白搭了。"

琼太太停下来喘了口气，又接着嘟哝起来：

"今天早上有几个姑娘去医院打听了，说是病还重着呢。这不，我的麻烦就来了。您该知道，我可一点也不打算让军事法官白赚我一万比索，正在想法从他手里讨还回来。他凭什么白白拿走我的钱？凭什么！与其这样，我还不如赏给济贫院和街上的穷人呢！"

"那就叫您的律师去交涉吧。说到那个可怜的女人……"

"光今天就整整跑了两次，请原谅我打断您的话，我是说维达利塔律师，他去了法官家里一次，又去了办公室一次，每次的回话都一样：连钱毛也不还我。您瞧这人多不要脸，还说什么买的牛死了，吃亏的是买主不是卖主……买头牲口是这样，买个人就更甭说了……这就是他的话……我的天，您瞧，我恨不得……"

"天使脸"在一旁始终一言不发。那个被卖掉的女人是谁呢？那个死了的孩子又是怎么回事呢？

琼太太呲着金牙，恶狠狠地说：

"瞧着吧，老娘可不是好欺负的。我得好好教训一下这小子，谁叫他亲妈不好好管来着！……有本事把我抓起来！谁不知道挣口饭吃不容易，倒让他随随便便白捞！骗子手，瞧他那副嘴脸，杀千刀的！今天早上我让人往他家大门上甩了几把坟土，我倒想听他说他的那把老骨头还在不……"

"孩子呢？埋了吗？"

"我们还在这儿给他守了灵呢。姑娘们都是热心人，做了玉米粽子……"

"过节呢……"

"您真该亲眼瞧瞧！"

"警察干什么来着？"

"花了点钱才发给我们掩埋证。第二天就送到岛上埋了。小棺材很漂亮，还有白缎子衬里。"

"您不怕有什么亲属来要回尸体吗？至少也该通知……"

"这就够折腾我的了，再说谁会提这个呢？孩子的父亲犯了政治上的事，关在监狱里，说是姓什么罗达斯，母亲呢，您已经知道了，在医院里。"

"天使脸"暗自笑起来，放下一个大包袱。原来和卡米拉家里没关系……

"堂米盖勒先生，给我出出主意吧。您见多识广，告诉我该怎么办，别让那个烂眼猴昧了我的钱。一万比索，知道吗！……又不是一把干豆子！"

"依我说，您该去找总统先生，向他申诉。您先求他接见，就放心去吧，他会帮您解决的，权力在他手里。"

"我也想到这一点了，正打算这么做呢。明天我就发个双加急电报求他接见。我们的老交情总还管点用吧。当初他只不过是个部长，疯了似的迷上我。这都是好久以前的事了，那时我还年轻漂亮，像画上的一样，就是那张照片，您瞧……我还记得，那时候，我和我的奶娘（愿她在天国安息）住在'小天堂'。您说说看，真是祸从天降，有只鹦鹉一嘴就把奶娘一只眼睛叨瞎了。不用说您也知道，我把鹦鹉放在火里烤了，对了，是两只来着，然后喂了狗，那狗吃得挺香，可吃完就疯了。我记得那时候叫我最高兴的就是三天两头有送葬的从家门口过去，今天抬过去一个死人，明天又抬过去一个死人……可正是这种丧气事弄得我们跟总统先生永远断了来往。他最怕见人家办丧事，可这能怪我？他那人呀，听风就是雨，不管谁说点吓唬他的话，他都当真，还特别喜欢人家夸他有本事。起头儿，我跟他还热乎着呢，知道他见不得五颜六色的棺材装着死人没完没了地从眼前走过，就搂着他亲了又亲，好给他压惊呀。后来我也烦了，就随他去了。让他最自在的就是别人舔他的耳朵，说实在的，有那么股死人味儿。我现在好像还看着他，就坐在您那儿：白丝绢系在脖子上，打个小结，戴一顶礼帽，靴子上的扣襻是粉红色的，一身蓝衣服……"

　　"是啊，真想不到，以后他成了总统，想必他还当过你们的证婚人吧……"

　　"得了吧……我那过世的丈夫（愿他在天国安息）可不喜欢这一套，说什么：'公狗母狗才要什么证婚人哩，好盯着它们成好事。'还说：'还有一大串野狗跟在后面，个个都伸着舌头，流着口水……'"

二十五、死刑犯的下落

神甫风风火火地赶到了。许多人为比这还不起眼的事就火急火燎呢。"世上还有什么比拯救灵魂更要紧的呢？"他心里想……有的人为比这还不起眼的事抬腿就离开了饭桌，顾不得饥肠辘辘……耶稣基督！……三个完全不同的人和一个真正的上帝！……肚子里咕咕叫，在那儿，不会的在这儿，在我这儿，我这儿，我这儿，我这儿，在我的肚子里，我的肚子里，肚子里……从你的肚子里，耶稣……在那儿饭菜摆上了桌，白白净净的台布，清清爽爽的瓷器餐具，干干瘪瘪的女佣人……

神甫走进来，后面跟着一帮女人，都是些向来喜欢参与临终仪式的邻居们。"天使脸"立刻从卡米拉的床头走开，咚咚的脚步活像有人在连根伐树。老板娘给神甫拖过来一把椅子，然后就随着其他人走了出去。

"……吾等罪愆之辈，谨向天主忏悔……"他们出门的时候一起低声念颂着，"In Nomne pater, et Filiset……① 孩子，你有多长时间没忏悔了？"

"两个月……"

_____

① 拉丁语，意为"以圣父，圣子及……之名……"。

"你处罚自己了吗？"

"是的，神甫……"

"讲出你的过错吧……"

"神甫，我承认说过谎……"

"是在重大的事情上吗？"

"不是……我违抗了父亲，还有……"

（嘀嘀嗒嗒，嘀嘀嗒嗒，嘀嘀嗒嗒）

"……我承认，神甫……"

（……嘀嗒）

"……我没去做弥撒……"

病人和忏悔神甫就像在地下墓穴里交谈。魔鬼、守护天使和死神都在场听忏悔。死神正在抠去卡米拉那双黯然无神的眼睛，给她换上自己那双空眼眶，魔鬼坐在床头不停地往外喷吐蜘蛛，而天使却坐在角落里哭天抹泪。

"我承认，神甫，我上床前和起床后从没有祈祷过。神甫，我还承认……"

（嘀嗒，嘀嗒）

"……我还和女伴们吵过嘴！"

"是为了维护尊严吗？"

"不是……"

"孩子，你确实深深地触怒了上帝。"

"神甫，我承认，我还像男人那样劈开双腿骑马……"

"当时是不是有人在场？是不是引起人们议论纷纷。"

"没别人在场，只有几个印第安人。"

"这么说，你认为自己可以跟男人一样？这可是严重的罪过。既然吾主上帝把女人造成了女人，她们就应该恪守妇道，岂能生出非分之念转成男身。万不能效仿魔鬼，因觊觎上帝之尊而遭万世不复之劫。"

"天使脸"、玛萨夸塔和四邻的女人都守候在小酒店铺面中间，一声不吭地站在供奉着五颜六色酒瓶的货架面前，通过目光，互相表露着各自的忧虑和希望。"死神就在身边"这个念头压抑得她们不能大声喘气，只能以缓缓的呼吸组成一片慢节奏的乐曲。通过半掩的房门，可以看到灯火通明的街道、梅尔塞德教堂的建筑物、一部分沿街骑楼和房屋，还有偶尔走过的稀少行人。最叫"天使脸"受不了的就是这些过往路人，他们才不管卡米拉已经是命在旦夕了。这些趁势浮上的无用沉渣，这些只知冷暖饥渴的行尸走肉，这些东游西荡的造粪机器……

忏悔神甫的声音在一片寂静中掀起一阵阵语句的涟漪。病人咳嗽了几声，空气像敲鼓一样捶打着她的肺叶。

"神甫，我承认我所犯的一切罪过，不管是轻微的，还是严重的，还包括那些我一下想不起来的。"

神甫用拉丁语赦免了忏悔者，于是魔鬼便匆匆逃走，同时也就听到天使的脚步。他正扑动洁白、温馨的双翅，像一束光芒似的再次靠近卡米拉。这一切都平息了总统心腹对街上行人的气恼，平息了因别人不与他分担痛苦而产生的无名怒火，一种孩子气的带有几分柔情的怒火，而且似乎受到冥冥之中神的启示，突然产生了一个念头，要去挽救一个处境十分危险、面临死亡威胁的可怜人。唯其如此，上帝也许会再一次把生命赋予被科学宣判无救的卡米拉。

神甫静悄悄离去了。走到门口时他停下来点了一支玉米叶卷烟，顺便整理了一下教士长袍，因为按规定，在街上，长袍必须为披风全部遮盖。他看上去像个脾性和善的幽灵。街上都知道他刚刚听完一个垂死女病人的忏悔。那几个装模作样的女邻居紧跟着他离开了，"天使脸"也跑去实施自己的计划。

耶稣胡同、金马胡同、骑兵营胡同。总统心腹向卫兵打听法尔范少校。卫兵请他稍候就转身进去了，一路喊着：

"法尔范少校！……法尔范少校！"

这喊声慢慢消失在空旷的大院子里，始终无人回应。唯一的答复是回荡在四邻屋篱上的颤音……少校校！少校校！

总统心腹在离门口几步远的地方等着，毫不在意四周发生的事情。一群野狗和兀鹫正在马路中间争夺一只死猫。这场你死我活的争斗使站在铁栅栏窗里面的司令官先生十分开心，只见他称心如意地捻着胡子尖。在一家苍蝇嗡嗡的小店里，两位太太一口口呃吸着樱桃酒。隔一个门洞，从邻近的房子里走出五个身穿水手服的孩子，后面跟着一个面带菜色的男人和一个身怀六甲的女人——爸爸和妈妈。一个屠夫从孩子们中间挤过去，同时点起一支香烟，一身血迹斑斑的衣服，衬衫袖子高高卷起，胸前捧着一把利斧。军营门前，士兵们出出进进，湿漉漉的赤脚在门厅的石板地上留下一条蜿蜒的长蛇，一直延伸到庭院里。军营的大小钥匙在站岗卫兵的腰间碰得枪筒叮铃叮铃直响，离他不远是值班的军官，坐在一把铁椅子上，四周是一圈痰迹。

一个女人迈着鹿一般的轻巧步伐走到军官身边，炽热的阳光晒黑了她的皮肤，岁月的流逝染白了她的头发，也弄皱了她的脸庞。她好像是出于对交谈者的尊重，把麻布披肩提起来包住脑袋，然后恳求道：

"老爷，实在对不住，求您行行好，让我跟儿子说句话，圣母玛利亚会替我报答您的。"

军官先是从满是酒味和烂牙齿臭味的嘴里吐出一大口吐沫，然后才问道：

"这位太太，您儿子叫什么名字？"

"依斯玛埃勒，老爷……"

"姓什么？"

"依斯玛埃勒·米霍①，老爷。"

军官又吐了一口稀稀的吐沫：

"知道是你儿子，我问他姓什么？"

"他姓米霍，老爷。"

"我说，您最好改天再来。今天我们很忙。"

老太太转过身，没从头上摘下披肩就慢慢往外走，像是一步步追忆着自己为什么如此不走运。她在人行道上停了一会儿，又回头再次走到还坐在那儿的军官身边。

"麻烦您了，老爷。你瞧，我不是城里人，我是从老远的地方来的，有五十多里地。您说说，我要是今天见不着他，就不知道哪个年月才能见他了。您行个好去叫叫他吧……"

"不是告诉您我们很忙吗？快走吧，别啰嗦了！"

———————————

① 在西班牙语中，"米霍"的发音和"我儿子"相同。

"天使脸"在一边看着这个场面，又闪出了做好事的念头，目的还是希望上帝让卡米拉恢复健康，于是就低声对军官说：

"请您去找一下这个小伙子，中尉先生。这个就拿去买烟抽吧。"

军官收了钱，却没有抬头看一眼那陌生人。他让卫兵去叫依斯玛埃勒·米霍。老太太呆呆盯着她的大恩人，觉得简直是天使下凡了。

法尔范少校不在军营。一个文官，耳朵上夹着鹅毛笔，从阳台上探出身来对总统心腹说，晚上这时候只能在"销魂院"找到少校。这位战神的子弟很懂得如何分配时间来兼顾公务和爱情。当然也不妨去他家看看，"天使脸"叫了一辆马车。法尔范简直是在天涯海角租了一个圆圆的房间。没上漆的松木门板由于受潮只能歪歪扭扭地装在门框里，所以从外面就可以看见漆黑的房间。"天使脸"叫了两三次门，里面没人答应。他只好转身走了。可是在去"销魂院"之前，他想顺路去看看卡米拉的情况。车轮的响声突然不一样了，他才知道已经离开了泥土路，走上石铺路面，于是不停地听到马蹄声和车轮声，车轮声和马蹄声。

听完"大金牙"和总统先生相好的故事，总统心腹又回到客厅。他必须紧紧盯住法尔范少校，关于那个在卡纳勒斯将军家里被捕又让军事法官那个混蛋以一万比索出卖的女人，他也想多知道一些情况。

舞会开得正热闹。舞伴们随着一支流行华尔兹的节奏跳得正起劲，喝得烂醉如泥的法尔范扯着嗓子伴唱，听起来七分像鬼嚎，三分像人喊：

你知道为什么，

窑姐儿都爱我？

就因为我会唱，

咖啡花这支歌，

……

他突然站起来，发现"母猪"不在身边，就不再唱了，一边打嗝，一边断断续续地喊：

"'母猪'不在这儿，是吗？你们这些混蛋……她有主了，是吗？你们这些混蛋……那我可就走了……我想我得走了，就呃……我想我得走了……我走了……你说我干嘛不走？……我想我得走了……"

他本来是躺在桌子脚下的，这时候扶着桌腿好容易站起来，然后又扶着桌子，扶着墙，一步步朝门外走去。女佣人赶紧跑去给他开门。

"我呃……想我得走走……了！那窑姐儿早晚还得过来，是吧，琼太太？可我要走了！妈来个巴子……我们这些军校出来的真没办法，到死也得喝酒，到时候，不是送去火化，就是送去蒸馏，猪肠炖萝卜万岁！酒鬼嫖客万岁！……娘的！"

"天使脸"连忙追上他，只见他在大街上像走钢丝一样东倒西歪，一会儿右脚悬空，一会儿左脚悬空，一会儿左，一会儿右，一会儿两脚都踏空……眼看再迈一步就跌倒了，可是嘴里还不闲着："真来劲……母骡子对缰绳说！"

另一家妓院全敞四开的窗户照亮了街道，一个长发披肩的乐师在钢琴上弹奏贝多芬的《月光曲》。在空荡荡的客厅里，只有一把把椅子听他的演奏，它们像听众似的围在跟约拿①的鲸鱼一样大小的三角钢琴四周。总统心腹被琴声打动，他停下脚步，把像木偶一样任人摆布的少校摁在墙脚，他自己也靠拢过去，让那颗破碎的心掺和进一串串的音符里。他似乎从死人堆里苏醒过来，可还是一个目光热切的死尸，只觉得浮在半空，远离地面。这时候，路灯像一只只眼睛闭拢了。夜半的湿气凝成小钉子状的水滴从屋檐坠下，准备把醉鬼钉上十字架，或者去加固盖好的棺材。接连受到捶打的钢琴，犹如一只磁石匣子，吸附着细沙粒一般的音符，先把它们聚拢，再让它们沿着跳荡的手指关节发出"1……3……5……1"一连串滑音。他正是用这些手指去敲打永远关闭的爱情之门的。现在，手指头还是这些手指头，手掌还是这只手掌。月亮正从天空布满云团的一边滑向可以静静入睡的一边，像是在悄悄溜走。它留在身后的一片空旷，不仅威慑着成群的鸟儿，而且也使无数的心灵为之惊恐万状。对他们来说，只有爱情萌发之时，世界才是广阔而神奇的，而爱情一旦殒灭，世界就变得狭小不堪了。

法尔范在一家小酒店的柜台上清醒过来，发现有个陌生人正双手抓住他不停摇晃，仿佛摇落树上熟透了的果实。

"不认识我了，少校先生？"

"这……不……一下子……这会儿……"

"再想想。"

"啊……噢！"直挺挺躺在柜台上的法尔范连连打着哈欠溜下

---

① 《圣经》中的先知之一，相传被巨鲸吞下三天之后，又安然返回人世。

来，如同跨下一匹碎步奔跑的牲口，浑身都被颠得散了架子。

"'天使脸'米盖勒，您有什么吩咐？"

少校说着便来了个立正。

"实在对不起，您瞧，我居然没认出来。对了，您就是常在总统先生身边的那位。"

"正是！请别见怪，少校，我冒昧地喊醒了您，而且是冷不丁地……"

"没关系。"

"您也许要赶回军营，不过我想跟您单独谈谈。现在正好这地方……这酒店老板娘不在。昨天我找了您一整天，像海里捞针一样，又跑军营，又跑府上……我现在要说的话，您可千万别告诉别人。"

"君子一言……"

总统心腹满意地握了握少校的手，然后两眼盯着门外，低声说道：

"我得到确切消息，上面下命令干掉您。军医院接到指示，一见您喝得烂醉，就给您一服干脆利落的镇静剂。您在'销魂院'常光顾的那个卖笑女，给总统先生报告说您在鼓动革命。"

听了总统心腹的一席话，法尔范顿时像被插进地里，一动不动，过了一会儿，才举起握紧的拳头。

"好啊，这个恶娘儿们！"

他刚摆好抡拳头的姿势，就又无精打采地低下头去。

"我怎么办呢？上帝啊！"

"眼下要紧的是别再喝酒了，这样也许能暂时避开眼前的危险，也别……"

"我也正想这么做呢，可是不行，太难了。您想说什么来着？"

"我还想告诉您，千万别在军营用餐。"

"我真不知道怎么报答您！"

"免开尊口就是了……"

"那是，可这远远不够。不过总会有机会的。不用说，您既然救了我的命，我会随时听您吩咐的。"

"我还想作为朋友给您一个忠告：想法求得总统先生欢心。"

"是啊。可是行吗？"

"费不了您什么事。"

两人几乎同时心里想：犯罪也不怕，以及类似的话，因为他们知道取得头头欢心的最有效途径或者是"公开蹂躏手无寸铁的老百姓"，或者是"用强权压倒国内的公众舆论"，或者是"损公肥私，为富不仁"，或者是……

不过最理想的办法还是犯下一桩血案：一个公民只有杀了人之后才能全心全意效忠总统先生。为了掩人耳目，大不了坐两月牢，然后手到擒来捞到一个可靠分子的好职位，这种殊荣只给予前科未了的效忠者，一旦不老实，又可以方方便便地再次送进班房。

"不会费您什么事的……"

"您真是个大好人……"

"别这么说，少校先生，一点用不着感谢我。我向上帝许愿救您一命，是希望我身边的一个女病人能因此恢复健康。她的病太、太重了。救您一命就能救她一命。"

"是您的太太，我想……"

这个《雅歌》中的最甜美的字眼，像一块精美诱人的刺绣，伴着可爱的天使和芬芳的橙花，在树丛中飘舞起来。

　　少校离去之后，"天使脸"拍打了自己几下，想知道究竟还是不是那同一个把那么多人推向死路的自己，而现在那同一个自己，在清晨一片深邃蓝光笼罩下，居然把一个人推上了生路。

二十六、天旋地转

他关上门，踮起脚尖走到昏暗的酒店里间。肉鼓囊囊的少校像一只黄色圆球慢慢远去了。他觉得是在梦中。现实和梦境之间的差别只不过是个生理状态问题。睡着？醒着？他怎么在这儿？在一片模糊之中他觉得地面在移动……挂钟和苍蝇陪伴着垂死的卡米拉。挂钟在不断的搏动中撒下引路的米粒，这样，一旦她离开人世，他自己就不至于迷失返回的路。苍蝇在墙上爬来爬去，忙着清理冰冷的死亡之翼。还有些苍蝇嗡嗡地疾速飞窜，永无休止。他一声不响走近床边。病人还在说胡话……

梦魇变幻莫测……樟脑油阵阵扑鼻……星辰款款低语……无影无形、毫无遮拦的虚空步步进逼、凛冽刺骨……手掌扭动如同双向合页……一双手攥住另一双失去生气的手……名牌香皂……书中的花园……猛虎出没的地方……鹦鹉在远远的地方……

……在上帝的牢笼里，一只冠子上闪着一团月光的公鸡在做圣诞午夜弥撒……啄食圣饼……燃烧起来又熄灭，燃烧起来又熄灭……燃烧起来又熄灭……那是一次唱经弥撒……那不是一只公鸡，那是一只瓶口的塑料盖在闪光，周围有一圈玩具锡兵……那是圣罗莎大街的白玫瑰糕饼店里的火光……那是名牌公鸡啤酒的泡沫……名牌……名牌……

咱们把她变成尸首一具，

砍杀啊，砍杀，噢！

她可是不会喜欢那种把戏，

砍杀啊，砍杀，噢！

……不是擤鼻涕的声音，随风传来的是新手在练习敲鼓……有人在敲鼓……等一等，不像是敲鼓，是敲门，是手形铜门环捏着手绢给房门擤鼻涕！捶击声像钻头似的穿透整幢房子静悄悄的腹地……咚……咚……咚……房子像面鼓……每幢房屋都有它们的门鼓，为的是叫里面的活人，一旦遇上那些深居简出的，就跟叫活死人一样……咚……咚……敲门……咚……咚……敲门……喷泉水听到门鼓响，便睁大眼睛，唱小曲一样对女佣人说："哎嗨，敲门啰！"于是一连串回声沿着所有的墙面没完没了地弹来弹去。"哎嗨，敲门啰，快去开门噢！""哎嗨，敲门啰，快去开门噢！"连灶底的灰渣也忙活起来，可不知道怎么对付哨兵似的盯着它的老猫，只好在铁笸子牢笼里软弱无力地抖个不停。玫瑰花丛也大气不喘地听着，可是平白无故长满扎人的刺，自知派不上用场。墙上的几面镜子，尽管只是专心致志地收罗阴灵，也不得不高声替无半点生息的像具尸体的灵魂喊道："哎嗨，敲门啰，快去开门噢！"

整幢房子上下抖动着，想赶快跑到门外，就跟遇上地震一样。它也想去看看谁在敲门，敲门，敲门鼓。锅碗瓢盆叮叮当当扭来扭去。东摇西晃的花瓶发出闷闷的低响。大小脸盆砰砰梆、砰砰梆闹个不停。大盘小碟茶杯酒盅发出瓷器碰撞的嘎巴声。刀叉调羹撒满一地，接着是一阵德国银器的清脆笑声。在尽头的房间里放着一溜空瓶子，前面还有一溜缀满烛泪的旧瓶子，显然是当烛台用过，现在用不着了。祈祷书和沾过圣水的枝条，听见有人敲门，都警觉起来，准备保佑这所家室不受暴风雨袭击。另外还有剪刀、卷发卡、照片、脱落的头发、食用油罐、硬纸盒、火柴、铁钉……

所有无生命的物件都惊醒了，只有她的叔叔婶子们还假装睡觉，躺在孤岛一般的双人床上，躲进厚厚的被褥盔甲里，散发出不洁口腔的臭味。门鼓徒劳无功地一阵阵打破深沉的寂静。"还在敲门！"悄悄说这话的是她的一个叔叔的妻子，也是最老脸厚皮的一个。"听见了，可谁也甭想去开门！"在一片漆黑之中，她丈夫回答道。"几点了？""瞧你问的，我睡得那么死！……还敲着呢！""听见了，可谁也甭想去开门！""左邻右舍要说闲话的！""知道，可谁也甭想去开门！""为咱们自个儿想想，还是去开好，省得别人说闲话，你说呢？……还在敲！""听见了，可谁也甭想去开门！""这也太过分了！简直没见过！太不管不顾了，太不像话了！""就是，谁也甭想去开门！"

她叔叔粗哑的嗓音换成了女仆们细声细气的话语，一群浑身牛圈味的幽灵跑进主人的卧室去喊喊喳喳："老爷！太太！门敲得真响……"说完又回到她们的折叠床上，重新委身于跳蚤和睡梦，嘴里没完没了念叨着："啊……谁也甭想去开门！啊……谁也甭想去开门！"

咚、咚，整幢房子像鼓在响……街上一片漆黑……狗吠声覆盖了天宇，苍穹上缀着点点星辰，乌黑的爬虫和涤荡污泥的洗衣女，她们湿漉漉的臂膀上闪烁着银色电光的泡沫……

"爸爸……好爸爸……爸爸!"

昏迷中,她呼叫着爸爸和早已在医院亡故的乳娘,也呼叫着她的叔叔们,而他们却不愿在家里收留命在旦夕的侄女。

"天使脸"把手放在她的额头上。"除非出现奇迹,她是没救了,"他一边抚摸,一边思忖,"能用我温热的手除去她的病痛就好了!"目睹一片幼芽枯萎,他茫然无措,痛心疾首。他的缕缕柔情只能勾起一阵阵不知来自何方的无名烦躁,听任它在肌肤间蠕动。他不知道自己还能做些什么。在万端思绪之中,他不由自主地祈祷起来:"让我进入她的眼睑,去搅动她的泪水吧……仁慈的诸圣,吾辈被驱至此……她那灰色的眸子里希望之翼还在颤动……我们的希望,愿上帝佑汝,吾辈无家可归,唯有求汝……"

"生即罪……每日之……相爱之时……今赐予吾辈,主啊……"

他想到了自己的家,可是似乎那已经是别人的家了。他的家在这儿,在卡米拉身边,这儿不是他的家,可是卡米拉在这儿。一旦卡米拉去了呢?……一阵隐隐蠕动的痛苦刺蜇了他周身。一旦卡米拉去了呢?

一辆马车走过,使一切都摇晃起来。小酒店货架上的酒瓶叮当乱响。谁家的门环都敲打起来,连四邻的房屋都在抖动……突然的惊吓使"天使脸"发觉自己站在那儿睡着了。最好还是坐下来。放药的桌旁有一张椅子,不到一秒钟就移到他身体下面。挂钟轻轻的嘀嗒声,樟脑油的气味,供奉在施恩耶稣和全能的圣浴耶稣像前的烛光、桌子、毛巾、药瓶以及邻居太太送来驱鬼的圣方济各教士的束腰草绳,周围的一切都在悄悄地、一点一点地剥落，一切都在此时此刻分解，发出令人昏昏欲睡的音阶，引起甜丝丝的不适，像一团多孔的水母，难以捉摸，触之即遁，又隐约可见，几可盈握，恍恍惚惚在杂乱梦境的蓝色阴影间穿游。

　　……是谁在拨弄吉他？……敲骨枭进入含意模糊的语汇……敲骨枭钻进阴暗的地窖，在那儿唱起农业技师的歌曲……尖利的寒热症渗入腐草败叶之中……穿透地球的所有毛孔，从四面八方爆发出一声永无止息、走火入魔的狂笑……他们又是大笑，又是啐口水，这是在干什么？……尽管不是夜晚，可是一片漆黑把他跟卡米拉分开，是油煎骷髅的狂笑造成的黑暗……笑声从黝黑凶残的牙齿间喷涌而出，一遇到空气就跟水蒸气混合，升上天变成乌云……人肠做的栅栏分割着大地……人眼拼的远景分割着天空……一只马的肋骨充当呼啸狂风的提琴……他看见卡米拉的送葬队列走过来……黑色马车队汇成的长河上面，笼头的羽毛饰物像泡沫一样翻滚着，他的目光也就随之漂流而去……两眼迟早会变成一片死海！……她那双灰绿色的眼睛……为什么驭手的白手套在一片漆黑中挥动？……送葬队列过后，一块布满小儿骨盆的坟场唱起童谣："月奶奶，快来尝，无花果，真是香。果子吃完了，皮儿丢水塘！"……每一块白骨都这么唱……"月奶奶，快来尝，无花果，真是香。果子吃完了，皮儿丢水塘！"……一架架骨盆都睁圆了眼睛……"月奶奶，快来尝，无花果，真是香。果子吃完了，皮儿丢水塘！"……为什么人们还照样过日子？……为什么电车还开动？……为什么不都一块死去？……埋葬卡米拉之后，什么都是空的，所有的一切都是多余的，虚假的，不复存在了……他最好能笑得前仰后合……比萨斜塔弯腰笑煞……他在衣服口袋里搜寻着往日的遗迹……跟卡米拉相处的几天里积下的灰尘……一点污垢……一根线头……卡米拉这会儿想必是在……一根线头……一张不十分干净的明信片……对了，是一个外交官寄来的，此人免税弄进葡萄酒和罐头食品，然后在一个意大利人的杂货铺里零售……全城同唱颂歌……航船沉没……白色花圈，救生圈……全城同唱颂歌……卡米拉一动不动地偎在他怀里……他们相遇了……敲钟人的双手……他们在街上拐来拐去……过分激动太伤神……她面无血色，沉默不语，轻柔如风……为什么不把胳膊伸给她？……他沿着触觉的网络一直滑下去，想抓住她的胳膊，但却什么也没碰着，只是一个空荡荡的袖子……望着头上的根根电线……就在他出神地看电线的一会儿工夫，从犹太胡同一所破旧的房子里走出五个毛玻璃做的男子，挡住他的去路。五个人太阳穴上都挂着一丝血迹……他拼命挣扎，想靠近等待他的卡米拉，不知怎么闻到她身上一股邮票胶水的味道……远处可以看到卡门山……在梦中，"天使脸"连推带搡为自己开路……都急疯了……干脆哭起来……他想用牙咬碎密实的夜幕，好穿过去走到前方熙熙攘攘的人群里。小山坡上搭起一排排席棚，有的卖玩具，有的卖水果，有的卖蜜糖……他连指甲也用上了……浑身绷得直挺挺的……最后总算沿着一道干沟渠走过去，飞奔着靠近了卡米拉，可是那五个毛玻璃男子又一次挡住他的去路……"求求你们，那帮人把她剁成碎块了！"他大声喊着，"让我过去，他们要把她全剁碎了！""她斗不过他们，她已经死了！""你们看不见吗？"……"求求你们！""看看吧，每个鬼影都拿着一个水果，每个水果上都穿着卡米拉的一块肉！""简直不敢相信自己的眼睛。我明明看见把她埋了，可我又觉得那不是她。她就在那帮人里，在这块散发着木瓜、芒果、香梨和蜜桃气味的墓地里。那些人用她的身体做出一只只白色的鸽子，几十只，几百只，像棉团似的鸽子又都被五颜六色的丝带勒死，丝带上写满了种种甜言蜜语：'记住我''永恒的爱''真想你''永远爱我吧''莫相忘'"……他的声音被淹没在一片嘈杂之中：小喇叭尖叫着，用灾年的肠胃和干硬的面包做的小鼓鸣响着，人群吵吵嚷嚷，爹妈们像两轮轿车似的拖着双脚爬上山去，孩子们紧追慢赶跟在后面，大钟的轰鸣和铃铛的叮铃随风飘荡，骄阳抛下炙人的火光，正午时黯然无色的弥撒蜡烛蒸腾着热气，圣体匣闪着炫目的反光……五个毛玻璃男子紧紧靠拢起来，合为一体……一堆燃尽的纸团……从远处看去，那五个人似乎在融解……可还一口口喝着汽水……一只只手中挥动着雾蒙蒙的旗帜，仿佛在呼喊什么……来回滑动的人群……卡米拉在这群隐而不见的溜冰者中间跌跌撞撞，而且反映在一面美丑兼纳、善恶并蓄的大镜子里。她那甜丝丝的嗓音越来越矫揉造作："不行，这儿不行！""就在这儿，为什么不行？""……因为我已经死了！""……这又怎么样？""……""这当然……""什么？说呀，什么？"……从天上吹下一股经久不息的寒气从两人中间穿过，原来是一队飞跑的红裤人……卡米拉跟在他们后面走了……他迈开还有感觉的一只脚跟在她后面走了……突然一阵叮铃咚隆的鼓声，那队人马戛然止步……总统先生迎面而来……一片金光灿灿……嗒嗒嘀！……人群一点点往后退，浑身哆嗦着……红裤人都摘下各自的脑袋摆弄起来……好样的！好样的！再来一次！跟刚才一样！真有两下子！……红裤人没听头头的话，他们只听看客们的话，又摆弄起各自的脑袋……表演了三次……一！摘下脑袋……二！高高丢上天，到星星里去梳头……三！两手一接再安上去……好样的！好样的！再来一次！跟刚才一样！……就这样！跟刚才一样！……浑身都是鸡皮疙瘩……慢慢人声消失了……鼓声又响起来……大家都在看自己不想看的东西……红裤人摘下脑袋，抛到天上，这次掉下来的时候可没接住……在两排纹丝不动、双手捆在背后的躯体前面，一个个头颅掉在地上，摔碎了。

有人重重地敲了两下门，把"天使脸"吵醒了。多可怕的一场噩梦！幸好眼前是另一番景象。送葬回来的人和噩梦方醒的人有同样轻松舒适的感觉。他大步流星跑去看谁在敲门。不是有关将军的消息，就是总统的紧急召见。

"早上好……"

"早上好！"总统心腹回答说。来人比他高，有一张红扑扑的小脸，听他说话了，连忙低下头，想透过近视眼镜看清他在哪儿……

"对不起，请问住在这儿的是不是一位给乐队做饭的太太？她穿一身黑孝服……"

"天使脸"没好气地砰一声关上门。近视眼又找了好一阵，最后见他不在了，又走过去叫隔壁的门。"再见，托玛西塔姑娘，走好啊！""我到小广场去遛遛弯儿！"两人的声音同时传进来。走到门口，玛萨夸塔又说："勾魂儿去……"

"瞧您说的……"

"小心别叫人把您劫走！"

"哪儿的话，谁愿意弄个家口养活！"

"天使脸"走过去开门。

"怎么样？"他问刚探监回来的玛萨夸塔。

"还那样。"

"说什么来着？"

"什么也没说。"

"见到瓦斯盖司了？"

"你想得倒便当！告诉您说吧！人家把早饭送进去，一会儿又把满满的篮子还给我了。"

"莫非已经不在监狱了……"

"我见篮子原封未动拿出来，腿都软了。那儿有位先生告诉我，他被送去做苦工了。"

"是监狱长吗？"

"不是，那牲口叫我一把给打发一边儿去了。小子想动手动脚拧我的脸。"

"您看卡米拉怎么样？"

"也就一两天的事了，可怜见的，也就是一两天的事了！"

"不、不行了，是吗？"

"算她有福啊！还没吃什么苦呢，就去了，人生在世还求什么？我倒是为您难过。我看该去求求施恩耶稣。谁说他就不能显灵呢？……今天早上我去探监以前，还给他点了蜡烛，求他说：'我说，宝贝，我来求你，你不能白当大伙儿的主心骨。你听我说："这姑娘的死活就看你了。"'起床以前，我就这样冲圣母念叨了，这会儿我还要为这事麻烦你。现在我为这专门给你点一支蜡烛，我知道你办得到，不过待会儿我还要来提醒你别忘了我求你的事！'"

昏昏欲睡的"天使脸"又想起方才的噩梦。在那群红裤人中间，军事法官昂着夜猫子脸，挥动着一封匿名信，又是亲，又是舐，最后干脆吞下那张纸，不一会儿就拉了出来，又赶紧吃下去……

二十七、逃亡路上

在落日的余晖里，卡纳勒斯将军的坐骑已经疲惫得东倒西歪、昏昏欲睡了，一路慢腾腾向前蹭着，背上的主人也成了一堆瘫软的肉体，不过依然紧紧抓住鞍头。飞鸟越过树丛，云团飘过山冈，忽而上浮，忽而下沉，在这儿下沉，又在那儿上浮。骑在马背上的人，还没完全为劳顿和睡意征服，也是这样上下摇晃着，爬上一个又一个人迹罕至的山坡，涉过一条又一条宽阔的河流（坐骑只能踩着漩涡下面的石块匆匆迈步），一次又一次躲开泥泞的峭壁边缘，眼看塌陷的沙石泥块轰隆隆滚下斧砍刀削似的悬崖，一回又一回钻进荆棘刺人的浓密森林，一趟又一趟踏上记载着巫婆鬼怪、杀人越货故事的羊肠小道。

黑夜慢慢伸长了舌头。前面是一片湿漉漉的田野。一个黑影扶下坐骑上的人，领他走进一所废弃的房屋，又一声不吭地走了，可是很快就转回来。他一定是去了那边不远有知了叫的地方：知了！知了！知了！……他在小屋里待了一会，又一溜烟儿走了，一眨眼又转回来……出出进进，来来回回，出去像是到哪儿报告发现了情况，回来像是看看那人还在不在。星光笼罩下的大自然尾随着他像蜥蜴般地奔波，酷似一只忠顺的狗，还拖着一条带响的尾巴。知了！知了！知了！

他最后待在小屋不走了。晚风在树丛的枝条上蹦来蹦去，教授识别星辰的青蛙学校却已经开始了早课。正是餍足的万物消化饭食的甜蜜时辰。微光中，要眼耳口鼻手并用。那人蹲在门口，两眼逐渐看清了周围的事物。眼观黎明的临近，耳听骑马人睡梦中均匀的呼吸，他显得那么毕恭毕敬、小心翼翼、手足无措。昨天夜里还只是一个黑影，今天清晨却已变成一个活人，就是他把屋里的人扶下马的。天大亮了，他忙着点火：先交叉垒起两块烟熏火燎的石头，再用松枝扒开死灰，最后用干柴和嫩枝搭起篝火。嫩枝不能安安静静地烧起来，而是像八哥一样吱喳乱叫，还浑身冒汗，扭来扭去，又是哭，又是笑……骑马人一觉醒来，见到眼前的一切，不由得打了个寒噤，简直不知道皮囊里装的还是不是自己。他一步跨到门口，手里端着枪，豁出去玩命了。见枪口对着胸口，门外那人不动声色，只是绷着脸指了指火上滚开的咖啡罐。可是骑马人没理睬他，而是一步步探身到门外（小茅屋肯定被军队围起来了），但是只看到广漠的原野正在玫瑰色的曙光中蒸腾。远处是一片雾蒙蒙的蓝色。树木，云团，撩人心怀的鸟啼声。他的骡子在一株野生无花果树下打盹。他连眼皮也不眨一下，仔细谛听了一阵，最后终于明白眼前的一切都是真的，周围没有半点声响，只有鸟儿悦耳的鸣啭，还有一条大河缓缓地流淌，在处子一般的朝霞中发出哗哗的声音，像是在往热咖啡罐里轻轻撒砂糖。

"你别是什么官儿吧！"把他扶下坐骑的那人嘀咕了一声，一边忙着在背后藏起四五十根玉米棒子。

骑骡人抬起眼睛看了看跟他作伴的人，左右摇了一下头，嘴唇始终贴在咖啡罐上。

"老爷！"那人低低叫了一声，竭力掩饰自己的轻松心情，他那双丧家犬似的眼睛扫视了一下小屋里面。

"我是逃出来的……"

那人不再盖玉米了。他走到骑骡人身边，给他添了点咖啡。卡纳勒斯羞愧得不知说什么好。

"先生，俺也一个样儿，俺四处里乱跑，俺来这疙瘩偷点玉米。俺可不是贼，这块田土原本是俺的，叫他们硬是抢走了，还有骡子……"

卡纳勒斯对印第安人的话很感兴趣，想听他讲讲究竟为什么偷东西不是贼。

"这么说吧，老爷，俺是偷东西来着，可俺不是生来的贼胚。先前俺，别看俺这模样，原本有一块田土，就在这近处，还有八头骡子。俺原本也有房子、女人和娃娃，俺原本跟你一样，也是清白人……"

"那以后呢……"

"有三年光景了吧，来了政府专员，说是总统先生过命名日，叫俺备骡子给他送柴，俺就送去了。俺也没别的法儿！……他一见俺的骡子，就叫人把俺下了大狱，还不让家里来看。他跟镇长那坏行子把俺的牲口分了。俺想要回俺的东西，那是俺干活挣下的，专员就骂俺畜牲，说俺要再不闭上狗嘴，就给俺上枷。好说，专员老爷，俺对他说，你怎么处置俺都行，可骡子是俺的。俺再没说别的，老爷，他上来就是一皮带抡到俺头上，险些儿把俺打死……"

一丝苦笑在落难老军人的花白胡子底下时现时隐。印第安人只管讲下去，语调轻柔而平稳。

"打医院出来，俺就听村里来人说几个娃娃都下了大狱，说是得花三千比索才能赎出来。娃娃都还嫩着呢，俺风风火火跑去找专员，求他先让娃娃待在牢里，千万别送进军营，俺想法把田土先押出去，弄来三千比索。俺上了京城，律师跟一个外国人商量好写了文书，说是先给俺三千比索押金。谁承想他们是这么念的，可没这么写。过后法院来人，叫俺从俺地里搬走，说不是俺的了，说俺收了三千比索卖给外国老爷了。俺指天发誓，说不是这么回事，可人家不听俺的，人家听律师的。没法儿，俺从家里搬走了。几个娃娃呢？俺白花了三千比索，还是给弄进军营了。一个娃娃去守边关，死了，还有一个病倒了，就跟死了一样。娃娃他娘，俺女人，也打摆子死了……就这么着，老爷你看，俺是偷东西来着，可俺不是贼，上枷也罢，乱棍打死也罢，俺也不承认。"

"……原来我们军人就是为这效命的！"

"你说啥？老爷！"

如此伤天害理、不能不在正直人心里激起义愤的风暴，老军人卡纳勒斯的灵魂深处也同样掀起一阵勃然怒火。他为这样的国家感到痛心疾首，觉得连自己的躯体都已经腐烂发臭。一股阵痛穿透他身体内外，深入脊椎骨髓、毛孔发根、指甲缝间、口腔牙关。真实情况究竟怎么样？他从来没用头脑思索过。他一贯只用军帽思考。把一帮扒手、吸血鬼和卖国贼捧在台上，奉若神明，原来这就是军人的职责！真是下贱得可悲！与其如此，还不如流亡在外、饥渴而死。他们凭什么名义要求我们军人效忠于背叛理想、祖国和民族的历届政府？

印第安人紧紧盯着将军，仿佛那是一尊稀奇古怪的偶像，他一点也听不懂那人吐出的只言片语。

"咱们走吧，老爷……骑兵队要来了！"

卡纳勒斯建议印第安人随他一起去另一个国家。印第安人同意了。失去了土地，他就成了一棵无根的树。他会得到丰厚的酬金。

他们没有熄灭篝火就离开了小茅屋。边走边用砍刀在原始森林中开路，时而见到消失在前方的老虎足印。幽幽晦暗，灿灿阳光；幽幽晦暗，灿灿阳光。细针密线、纵横交错的枝叶。他们转身看到小茅屋像一块坠落的陨石在燃烧。正午时分，云团纹丝不动，树木纹丝不动。走投无路。白茫茫一片。岩石接着岩石。蚊蝇成群。光洁、滚烫的白骨，犹如刚刚熨平的内衣。败叶腐肉。受惊鸟群的骚动，连水都感到干渴。火辣辣的热带。景迁时不移，始终如一的炎热，几乎永无变化，永无变化……

将军在脑后盖了一块手绢，聊以遮阳。印第安人跟着骡子的步伐，走在旁边。

"我想一夜走下来，咱们明天说什么也能到边境了。冒点风险，偶尔走一段公路怕也未尝不可，因为我打算到阿尔德阿斯镇走一趟，去我认识的几个朋友家看看……"

"老爷，走公路！那咋行？会碰上骑兵队的！"

"放开胆跟我走！舍不得孩子套不了狼。那几个朋友能帮咱们大忙！"

"俺说呀，不行！老爷！"

印第安人突然吓了一跳，慌忙接着说：

"你听！听见了吗？老爷？"

一溜马蹄声越来越近，可是不一会儿，风停了，好像马队转了回去，声音慢慢远了。

"大惊小怪！"

"一准是骑兵队，老爷，俺没弄错。眼下咱们只能走这条道
儿。弯儿是绕得大了点，也一样能到阿尔德阿斯！"

将军跟着印第安人折进一条岔道儿。他不得不从骡背上下来，
牵着牲口步行。一道曲折的峡谷渐渐把他们吞了进去。他们越来
越觉得自己钻入蜗牛壳里，不过却远远避开时刻威胁他们的灾祸。
天很快就黑了，一团团黑影在沉睡的谷底慢慢堆积起来。晚风款
款吹拂，在峡谷间不停来回穿梭，送过来天启神谕似的松涛鸟鸣。
一阵红尘扬起，几乎遮蔽了一线天上的星星。他们这才知道，奔
驰的骑兵队已经到了他们刚刚离开的地方。

他们走了整整一晚上。

"爬上那疙瘩的岗子，咱们就瞅得见阿尔德阿斯了，掌柜
的……"

印第安人牵着牲口先去给卡纳勒斯认识的朋友打招呼。那是
三个未婚姐妹，她们整天在三圣颂和喉头炎、九日斋和耳朵疼、
脑门疼和腰腿酸之间打发日子。正是早餐光景，冷不丁听说客人
已到门前，差点一块晕过去。她们把将军让到卧室里，在客厅里
谈话她们不放心。倒不是她们疑神疑鬼，因为在乡下，串门的人
一路喊着"圣母赐福！""圣母赐福！"就可以推门进来，一直走
到厨房。老军人慢吞吞、时断时续地给三姐妹叙述了自己的不幸
遭遇，说到女儿的时候，还擦了一把眼泪。三姐妹也伤心地哭起
来。她们为将军难过得甚至暂时忘了自己的不幸：她们的母亲刚
去世，三人正热孝在身。

"好吧，我们来安排您逃走，至少是最后一站。我这就去邻居家打听一下……这会儿该用得上那些走私贩了……对了，我想起一件事！所有能蹚水过河的渡！都有军队把守。"

说这话的是大姐。她看了一眼两个妹妹，算是征求意见。

"没错儿，您出逃的事就交给我们，照我大姐说的办，将军先生。我想，带点干粮没什么不方便吧，我这就去置备。"

二姐的话刚完（她的牙疼也早吓没了），三妹又接上话茬：

"看来二位得在我们这儿待一整天，我就在这儿陪您说说话儿，也省得您太难受了。"

将军不胜感激地看了看三姐妹。她们为他做的事是用什么也报答不了的。他小声道了歉，请三位原谅他招来的这些麻烦。

"将军，这可就见外了！"

"别，将军，千万别这么说！"

"我的好姐妹们，我明白你们的一片好意，可我总觉得，待在你们家会连累你们……"

"哪里，我们也多亏朋友们……您想，眼下我们……妈妈刚过世……"

"我正想问呢，老太太得的什么病？"

"我妹妹会告诉您的。现在我们姐儿俩得去办事了……"

老大说完，叹了口气。她把胸衣卷起包在外套里，赶紧跑进厨房去穿好。老二正在几辆马车和一群家禽中间忙着准备干粮。

"没办法送她去京城，这儿没查出她得的什么病。将军，您是见过这些事的。一直就这么病着，病着……真可怜！临死的时候哭个没完，说是把我们丢下没人管了。要说难处嘛……您想不出我们是怎么过来的，我们连给医生的钱也拿不出来。他出诊十五次，要收我们一大笔钱，简直抵得上我们的房产了，可我爸爸就给我们留下这点东西。对不起，我离开一会儿。我去看看陪您来的人要什么不。"

三妹出去以后，卡纳勒斯坐着入睡了。他闭上双眼，只觉得浑身轻飘飘像一团羽毛……

"你需要什么吗？大哥！"

"求求你告诉俺，该去哪儿方便方便……"

"就那儿，看见了吗？……那些马车旁边……"

乡间的宁静编织着入睡老军人的梦境。播过种的田野感激地敞开了胸怀，布满野花闲草、绿盈盈的田野散发着柔情蜜意。上午就这样过去了，只有猎人雨点般的霰弹惊动了一群群石鸡。打破平静的还有一支黑色的送葬队伍，神甫一路上泼洒着圣水。一头在路上蹦蹦跳跳的小公牛引起一场虚惊。在三姐妹的庭院里只有鸽子窝出了点大事：死了一只挑逗异性的雄鸽，有一对一见钟情，再就是光天化日之下进行的三十次交尾……可是个个都一副若无其事的样子。

"没什么了不起！"一只只鸽子从木巢的小洞口探出头来说，"没什么了不起！"

十二点的时候，将军被叫醒吃午饭。摆上桌子的是豆饭、牛肉汤、热杂烩、煎鸡肉、嫩扁豆、香蕉、咖啡。

"圣母赐福！"

大家正吃着饭，突然听到政府特派员的声音。三姐妹吓得面色灰白，不知所措。将军只得连忙藏到门背后。

"别吓成这样，姑娘们，我又不是千角鬼怪！嗨，真糟糕，干嘛那么怕我，其实我还真打心眼里喜欢你们！"

三姐妹半晌一个字也说不出来。

"我说……就算是假模假事说一声请进，您坐……哪怕是坐在地上也好！"

三妹连忙给镇里的头号人物搬过一张椅子。

"……多谢了。哎，我说，谁在跟你们一起吃饭？你们三位一人一份，这第四份呢？"

三人的眼睛同时盯上将军的餐碟。

"是这么回事……怎么说呢？"大姐结结巴巴地说，一边为难地揉搓着手指头。

老二只好帮她一把。

"真不知道怎么跟您说……是这样，尽管妈妈死了，我们还总是放上她的碟子，我们就不觉得那么孤单单的了……"

"我简直以为你们学会传神术了。"

"您还没吃过吧，专员先生？"

"愿上帝报答三位的盛情，可我太太刚刚，刚刚把我喂饱，还没来得及睡午觉，就收到内务部的电报，命令我向你们提出起诉，要是再不给医生……"

"可是，专员先生，这太不公平了，您知道这太不公平……"

"公平也罢，不公平也罢，反正上帝说了算，魔鬼干瞪眼……"

"那是啊……"三姐妹异口同声说道，眼里充满泪花。

"我也不情愿来跟你们为难。直说吧，你们也知道该怎么着，是拿出九千比索，还是交出房子，还是……"

说完就转身、迈步、气势汹汹地把像木棉树干一样宽大的脊背甩到三姐妹眼前。他已经把医生的可恶要求传达得清清楚楚了。

将军听到三姐妹在哭。她们关紧了大门，还搭上门栓，顶上门杠，唯恐政府专员再回来。伤心的泪水一颗颗溅进盛鸡肉的盘子。

"这日子真苦啊，将军！您多有福气啊！马上就要离开这个国家再也不回来了！"

"他怎么威胁你们？"卡纳勒斯将军打断大姐的话。她顾不上擦干泪水，就对两个妹妹说：

"你们谁说吧……"

"把妈妈从坟里挖出来……"三妹小声说。

卡纳勒斯将军盯着三姐妹，停止了咀嚼。

"怎么回事？"

"就是我刚说的，将军，把妈妈从坟里挖出来……"

"这简直欺人太甚！"

"你接着说……"

"好的。将军，您也许知道，我们镇里这个医生是个出名的无赖，别人早就提醒我们了，可是不吃苦头，哪来心眼。我们叫他给捉弄了。您说有什么办法！真想不到有这么坏的人……"

"再添点萝卜，将军……"

二姐把菜碟递过去，将军又拨了几块萝卜。三妹又接着讲下去：

"可把我们坑苦了……他尽是鬼点子。一见病人不行了，就赶紧找人去挖个坟坑。家里人一时半会儿且想不到造坟的事呢……时候一到，都叫我们赶上了，我们总不能让妈妈待在野地里，只好送到他选好的坟地去，没想到上了大当……"

"他见我们仨孤单单的好欺负!"大姐插上一句,说着就泣不成声了。

"将军,他派人送账单来要钱的那天,我们仨差点一块晕过去,十五次出诊要九千比索,九千比索!要么就交出房子。听说他快结婚了。还说……"

"还说……要是不拿出钱,他对我大姐说,简直没法听!他说:就把那臭婆娘从坟里挖出来!"

卡纳勒斯将军一拳捶在桌子上。

"这个狗大夫!"

接着又是一拳,震得杯盘碗盏叮当乱响。他的手指头张开又合拢,仿佛不仅要掐死那个有学衔的坏蛋,也要摧毁早已使他羞愧难忍的整个社会制度。他想:怪不得说什么受苦人可以进天国,基督乱弹琴!说穿了,是让大伙逆来顺受,听那帮混蛋摆布。没那么容易!叫比骆驼钻针眼还难进的天国见鬼去吧!我要自下而上、自上而下来一场完全彻底的革命,人民必须起来反抗这些寄生虫、有学衔的骗子手和最好还是回家种地的一群懒汉。每个人都必须砸碎点什么,砸碎,砸碎……上帝也罢,长脑袋的傀儡也罢,统统除去……

三姐妹跟一个干走私的熟人商量好,决定夜里十点钟帮将军出逃。将军一连写了几封信,给女儿的是封加急信。印第安人扮成脚夫从公路上走。他们连告别也没来得及,牲口的蹄子用破布包住,出发了。三姐妹贴墙站在漆黑一片的胡同里,默默啜泣着。刚一上大街,一只手抓住将军的马。近处听到一阵嚓嚓的脚步声。

"真把我吓坏了,"走私贩低声说,"半天连气儿也喘不上来!

不过没什么，这些人是去找医生的。那人八成正在给相好的唱小夜曲呢。"

街道尽头点着一枝松明，亮晃晃的火舌映照着忽隐忽现的一幢幢房屋、一棵棵树木和五六个聚集在一扇窗户底下的男子。

"他们当中谁是医生？"将军端着手枪问道。

走私贩勒紧马缰，抬起一只胳膊，用手指点着一个拿吉他的人。一声枪击划过夜空，那人便像脱离枝条的香蕉一样倒下去了。

"哎呀呀！……瞧您干的好事？……开溜吧，咱们快跑！别让逮住咱们……快跑……快上马！"

"大……伙儿……都……该……这……么……干……这……个……国……家……才……有……治！"将军的这句话被狂奔的马蹄声切割得断断续续。

急促的马蹄声惊动了狗群，狂吠的狗群惊动了一窝窝母鸡，咯咯叫的母鸡惊动了四邻的公鸡，喔喔啼的公鸡惊动了各家各户的人们，人们心烦意乱地醒过来，打着哈欠，伸着懒腰，一个个心惊胆战……

医生的伙伴们跑去抬走了尸体。左邻右舍都提着灯笼探出门外。受用小夜曲的女主人完全吓呆了，哭都哭不出来，只是半裸着身子，毫无血色的手里提着一盏中国灯笼，茫然注视着眼前这个杀人夜晚的一片黑暗。

"咱们就要过河了，将军。不过咱们过河的地方，不是有种的好汉，就甭想去试。我可不是随便说的……哈，反正谁也不能长命百岁！"

"谁说害怕了！"将军回答道，他骑着一匹深褐色的马走在后面。

"好嘞！狗急了还跳墙呢，更何况人给逼得没法了！您可千万千万紧跟着我，可别把您给丢了！"

周围的景色溶进一片黑暗里，温和的晚风时而变得像玻璃一样冰冷刺人，河水的轰鸣震弯了河边的芦苇。

他们沿着一道深谷徒步跑下河边。走私贩把牲口拴在他的老地方，准备回去的时候牵走。一块块河面不时从一团团阴影之间闪出，映照着布满星斗的夜空。奇形怪状的树丛缓缓摇晃着。构成树丛的只是一片片深绿的斑点，一个个莹莹闪烁的小孔和一条条雪白利齿似的缝隙。他们身边的河水懒洋洋地滚动着，滑腻而黏稠，散发出青蛙的气味……

走私贩和将军从河心的一块石头蹦上另一块石头，两人手里都端着枪，一言不发。身后的阴影像鳄鱼一样紧追不舍，鳄鱼也确实像他们的身影尾随在后。雾团般的蚊虫不断叮咬他们，简直是迎风展翅的毒液。他们恍如置身大海之中，是被热带森林网罗起来的大海，连同它所有的鱼虾、海星、珊瑚、暗礁、深渊、环流……黏糊糊的章鱼触角在他们头顶挥动着海藻，宣告他们大限已近。连猛兽也不敢涉足他们经过的地方。卡纳勒斯不停地回头张望，自知陷入灭顶之灾，周围危机四伏的大自然像他们民族的心灵一样不可降服、嗜血成性。一只显然曾尝过人肉味的鳄鱼向走私贩猛扑过去，可那人连忙向前跳去。可惜将军没这样做，他往后退缩着保护自己。就那么闪电般的一秒钟迟疑，另一只鳄鱼又张起大口等着他。千钧一发的时刻。脊背上一阵麻木很快传遍全身，整块头皮似乎都滑落到脸部，舌头也僵硬了。他攥紧了手指。一连三声枪响触发了阵阵回音,挡住他去路的鳄鱼受伤逃走,他趁机安然无恙地跳了过去。走私贩也打了几枪。惊魂甫定的将军跑过去紧紧握住他的手,不小心竟被那人手里的枪筒烫了指头。

　　一抹朝霞露出天际时,两人在边境上分手了。在碧绿的田野上面,在被百鸟齐鸣激荡的浓密树丛覆盖的群山上面,在热带森林上面,浮动着一团团云朵,看上去就像脊部缀满璀璨珠宝的鳄鱼。

第三部
几星期，几个月，几年……

二十八、黑暗中的对话

一个人的声音：

"今天星期几？"

另一个人的声音：

"哎，真的，今天星期几了？"

第三个人的声音：

"等等……抓我的那天是星期五。星期五……星期六……星期天……星期一……可是我到这儿几天了？哎，真的，今天星期几了？"

第一个人的声音：

"不知道你们怎么样，反正我觉得咱们好像是远远离开了人世，远远……"

第二个人的声音：

"这是块旧墓地，咱们被永远埋进坟里，再不会有人想起咱们了……"

第三个人的声音：

"别这么说！"

头两个人的声音：

"别这么……"

"说话……"

第三个人的声音：

"你们接着说啊。一静下来我就怕，我太害怕了。黑洞洞的，总觉得有一只手伸长了来抓我的脖子，想掐死我。"

第二个人的声音：

"接着说下去，见鬼？讲讲城里怎么样了，您是最晚离开那儿的。人们过得怎么样，一切的一切都怎么样……有时候，我简直觉得城里也整个是一片漆黑，就像咱们这儿一样：四周高高的城墙围着，大街小巷都埋在一个又一个冬天积下的烂泥底下。我不知道你们怎么样，我呢，反正每年冬天快过去的时候，一想到满街的泥浆迟早得干了，心里就不受用。一说起城里的事，我就上来一股要命的馋劲，想吃东西。啊，真想啃几口加利福尼亚苹果……"

第一个人的声音：

"酸橙子也甭想噢！我呀，这会儿能来上一杯热咖啡就心满意足啰！"

第二个人的声音：

"想想真不是滋味：这会儿城里一切照旧，就像什么事也没有，就像咱们没被关在这里。这会儿电车准还在开着。算了！到底是几点了？"

第一个人的声音：

"大概有……"

第二个人的声音：

"我可一点也说不上……"

第一个人的声音：

"我估摸大概有……"

第三个人的声音：

"说啊，接着说下去，千万别停下来。我求你们行行好！一静下来我就怕，我太害怕了。黑洞洞的，我总觉得有只手伸过来抓我的脖子，想掐死我！"

他吃力地接着说：

"我本来不想跟你们说这个，可我怕人家真的打咱们……"

第一个人的声音：

"他的嘴都歪了！想必是比挨鞭子还难受！"

第二个人的声音：

"谁要是挨过鞭子，连他儿子的孙子都会觉得丢人！"

第一个人的声音：

"您净说冒犯神明的话。最好别再讲了！"

第二个人的声音：

"在教堂司事眼里，什么都冒犯神明……"

第一个人的声音：

"没的事！亏您想得出来！"

第二个人的声音：

"我是说，在教堂司事看来，别人干什么都冒犯神明！"

第三个声音：

"说啊，接着说下去。别停下，我求求你们行行好！一静下来我就怕，我太害怕了。黑洞洞的，我总觉得有只手伸过来抓我的脖子，想掐死我！"

那天晚上押乞丐用过的牢房里还关着大学生和教堂司事，现在律师阿贝勒·卡尔瓦哈勒也来跟他们作伴了。

"他们抓我的时候，"卡尔瓦哈勒开始讲起来，"把我弄了个措手不及。早上出去买面包的女佣人回来说房子被军队包围了。她先进屋告诉了我女人，我女人又告诉了我。我根本没当回事，还以为是在抓哪个烧酒走私贩。我刮了脸，洗了澡，吃了早饭，穿好衣服就去拜访总统。我还特别换了一身衣服！'您好，老同事，真少见啊！'说话的是军事法官，我一出门就见他穿一身礼服站在那儿。'我是为您来的，'他说，'快点吧，时间不早了！'我跟他走了几步，他就问我知不知道为什么在我家周围有那么多军人，我说不知道。'那好，我来告诉您。装得倒挺像！'他口气一下硬起来，'是来抓您的。'我盯着他的脸看了好一阵，终于明白他不是在闹着玩。这时候过来一个军官，一把抓住我的胳膊。就这样，我穿着礼服，戴着礼帽，让一队人马押着，一把推进这个牢房。"

他停了会儿，又说：

"现在你们讲吧。一静下来，我就怕，我太害怕了！"

"哎哟！这是怎么了？"大学生突然喊起来，"教堂司事的脑袋冰凉冰凉的，像块石头！"

"您在说什么呀！"

"我一下就摸着了他，已经僵了，我看……"

"那不是我，您听听声音……"

"那是谁？……是律师您吗？"

"不是……"

"这么说……咱们中间有个死人！"

"不对，不是死人，是我……"

"您是谁……？"大学生打断他的话，"您这会儿冰凉冰凉的！"

一个十分微弱的声音说：

"我也是你们中间的一个……"

原先三个人的声音一齐喊道。

"啊！"

教堂司事对卡尔瓦哈勒律师讲述了自己的不幸遭遇：

"我走出圣器室，"他回想起自己是如何离开那儿。圣器室里打扫得干干净净，各种气味混杂在一起：刚熄灭的香烛，年代久远的木器，金银装饰器以及死人头发。"我穿过教堂，"他又回想起自己如何穿过教堂，局促不安地看着耶稣基督，默默矗立的烛台和嗡嗡乱飞的苍蝇。"我是去摘门斗上拉奥圣母节的通告，那是一个教友委托我们贴上的，已经过时了。可是，该着我倒霉，就因为不识字，没把那张通告摘掉，偏偏摘掉了总统先生母亲大人寿辰弥撒通告，说是到了那天还要供上我主耶稣像呢。得！就这样！把我抓住送进牢房，说我是革命党！"

只有大学生没讲他为什么坐牢。说自己国家的坏话太叫他痛心了，他宁可谈论自己衰弱的肺部。他甚至很欣喜自己要受肉体病痛的折磨，这样他就可以忘记一切，忘记他如何在一只沉船上来到世间，如何在一堆尸体之中来到世间。他睁开眼睛首先看到的是一所没有门窗的学校，刚走进去，信念之光就被扑灭了。除此之外，他什么也没得到，他拥有的只是黑暗、混乱、惶惑和绝望者的无尽悲哀。他一字一句轻轻读起作了牺牲品的一代代前辈的诗篇：

我们停泊在虚无的海港，

无灯的桅杆是高举的臂膀，

全身都被苦涩的泪水浸透，

犹如归航水手带来大海的赐赏。

你的双唇贴近我的面颊一吻吧！

我的手紧握你的手——昨日依旧——

啊，莫说，莫说，往日时光已蹉跎。

一股寒流穿透我们的心扉！

蜂房已摧折，蜜浆已流尽，

蜂群流星一般四散纷纷。

八方飘零无家可归……莫伤悲——

连一个花瓣也不剩了的玫瑰①，

你我终能冲决险阻紧相随。

辚辚辚，车轮滚滚永无止息，

黑夜无月色，紫骝奔驰急，

芬芳的玫瑰花瓣沾满马蹄。

飘然归来仿佛从天而降，

徜徉前行却是来自墓地！

---

① 此句为文字游戏，意指"罗盘"，因为在西班牙语中"罗盘"一语的字面意思是"风中玫瑰"，故有"花瓣"的说法。

辚辚辚，车轮滚滚永无止息；

辚辚辚，两道乌眉紧紧皱起；

辚辚辚，两串泪珠缓缓流滴……

群星还在眨眼，朝霞悄然闪烁。

纵然屡屡受挫，希望永不弃我；

不该离世而去，正当青春似火。

无涯的泪海之中掀起汹涌波涛，

要冲出眼睫之外泼洒内心的喧嚣。

"讲啊，接着讲啊！"卡尔瓦哈勒沉默了一阵之后说，"接着讲下去！"

"咱们谈谈什么是自由吧！"大学生悄悄说了一句。

"真想得出来！"教堂司事插进来说，"蹲在监狱里谈自由！"

"怎么？病人不是也在医院里谈健康问题吗？"

第四个人发表意见了，他的声音像一把无情的利剑：

"别梦想得到自由了，我的朋友们。咱们注定要永生永世这样活下去，除非上帝开恩。那些为祖国谋求利益的斗士都在远离我们的地方。有的流落他乡，乞讨度日，有的早就在公共墓穴中化为腐臭的泥土。早晚有一天，大街小巷都会惊恐万状地自行封闭，树木也不再像以前一样开花结果，玉米不再滋补身体，睡梦不再调养精神，清水不再消暑解渴，空气将污浊不堪，虫灾接着瘟疫，瘟疫接着虫灾，然后就是一场摧毁一切的大地震。这一切我都用眼睛看到了，就因为我们是一个不容于天地的民族！每当雷电轰鸣的时候，上天的声音总是对我们喊道：'你们这伙下贱胚，肮脏的猪猡，为虎作伥的帮凶！'牢狱的高墙上已经溅满千百个遭枪击者的脑浆，宫室楼堂的大理石地面上覆盖着无辜者湿漉漉的血污。睁开眼睛四处看看吧，自由在哪里？"

教堂司事说：

"在全能全知的上帝那里！"

大学生说：

"管什么用处？有求无应！"

教堂司事：

"这正是至高无上的神意……"

大学生：

"真遗憾！"

第三个声音：

"讲啊，接着讲下去，别停下，求你们行行好！一静下来我就怕，我太害怕了，黑洞洞的，我总觉得有只手伸过来抓我的脖子，想掐死我！"

"最好还是祈祷……"

教堂司事的话使牢房里顿时弥漫着一种听天由命的宗教氛围。连在左邻右舍之中一贯以奚落神甫、思想开明自居的卡尔瓦哈勒也禁不住嘴里念念有词：

"我们祈祷吧……"

可是大学生打断了他：

"祈祷个什么劲儿！咱们用不着祈祷！还是想法儿冲破牢门，

出去干革命！"

黑暗中他看不出是谁用双臂紧紧搂住他，同时觉着一把被泪水浸湿的毛茸茸的胡子贴近他的面颊：

"圣何塞步兵学校的老教师，你可以安心死去了，只要年轻人能说这种话，这个国家就还有指望！"

第三个声音：

"讲哪，接着讲下去，接着讲下去！"

二十九、军事法庭

　　有关卡纳勒斯和卡尔瓦哈勒反对当局、策划暴动、密谋叛国、知法犯法案的卷宗已经堆积如山，休想一口气批阅这么多材料。十四个证人接连宣誓做证，异口同声宣称他们个个穷得叮当响，一向都在大教堂门廊投宿，于四月二十日夜里在该处目睹欧塞比奥·卡纳勒斯将军和阿贝勒·卡尔瓦哈勒律师如何一起扑向一名军人（经查为何塞·帕拉勒斯·松连特上校），又如何把他掐死，任凭受害者如何拼死反抗、勇猛如狮地与他们肉搏也无济于事，因为他无法用武器自卫，而攻击者却以多胜少，有恃无恐。此外，证人们还说，谋杀得逞之后，卡尔瓦哈勒律师对卡纳勒斯将军讲了几句话，大致内容是："既然咱们已经除掉了这个骑骡子的，部队军官就会毫无顾忌地把队伍交到您手里，推举将军您当最高统帅。现在咱们快走，说话就天亮了。咱们把消息告诉已经在我家集会的人，尽快把共和国总统抓起来处死，然后成立一个新政府。"

　　卡尔瓦哈勒简直惊呆了。每一页的内容都使他意想不到，不，更确切地说，都使他哑然失笑。然而，这么严重的罪名可不是能一笑了之的。他又接着往下读，借着窗口射进来的光线。窗外是一个不甚开阔的院子。他所在的房间是专门关押死刑犯的，桌椅全无。今晚，由几名将军组成的军事法庭要开庭裁决这个案子，先叫他独自待在那儿看材料，准备为自己辩护。事到临头了，上面才做出这个决定。他浑身都在发抖。他不停地读着，可是什么也不明白，只是心慌意乱地眼看一团阴影吞没了手中的文件，觉得那不过是一堆湿漉漉的灰烬，正一点点从手里飘落出去。他根本没来得及看完多少页。太阳落下去了，光线越来越暗，沉沦的天体连同它的哀伤使他的双眼模糊了。最后一行，两个字，一块红印，年月日，一页完了……最后他连页码也没看清。夜晚像一片黑色的墨迹在纸面上弥漫开来。他精疲力尽地把脑袋垂向那厚厚的一摞纸上，仿佛不是在阅读，而是牢牢拴在脖子上，准备被一块儿抛入深渊。刑事犯的镣铐沿着似乎远在天边的院廊当啷作响，再远处，隐隐传来城市街道上车辆行驶的轰鸣。

"我的主啊，我可怜的肉体已经冻僵，我眼前没有一丝光明，现在即将被太阳照耀的另一半球的所有居民加起来，也不比我更需要温暖和日光。如果他们这会儿知道我的痛苦，我的主啊，肯定会比你更体恤怜悯，把太阳还给我，让我看完……"

他用手一遍遍数着还有多少页没看完。九十一页。他用指肚一次又一次触摸粗糙的纸面，因为实在无计可施，甚至想学盲人那样阅读。

开庭前一天，他离开警察局二处，被转移到中央监狱。当时已经夜深人静，他坐在严密封闭的马车里，四周戒备森严。尽管如此，他也止不住内心的喜悦：他又来到大街上，谛听着大街上的响动，感受着大街上的气氛。有好一阵，他甚至以为是在送他回家。他周身躁动，泪流满面，很想说点什么，可是话语刚涌上苦涩的口腔，就化为乌有了。

卫兵见他正在品味街上甜丝丝的湿润空气，而且还抱着一摞案件卷宗，就一把夺过去，然后一言不发地把他推进大厅。军事法庭成员已经就座了。

"我说，庭长先生！"卡尔瓦哈勒紧忙对主持审讯的将军说，"我怎么为自己辩护？我连看材料的时间都没有！"

"我们管不了这事，"那人回答说，"审理时间很短，日子一天天过去了，这个案子很急。今天招我们来是盖棺定论的。"

接着发生的一系列事情，卡尔瓦哈勒都觉得是在做梦，既有礼仪的庄严，也有闹剧的戏谑。主角就是他自己，站在死神门前来回荡动的秋千上看着在场的人们。周围充满敌意的寂静像无底深渊一样令人心惊肉跳。可是他并不感到害怕，他什么感觉也没有，他的一切忧虑都在麻木的皮肉下面消散了。他可以很便当地充个好汉。根据规定，法官席的桌面上铺着一面国旗。制服笔挺的法官们。宣读材料的声音。材料一份接着一份。开庭前的宣誓。军事法典像一块石头压在桌面上，压在国旗上。乞丐们占据了证人席。"空裤腿"还是那副嬉皮笑脸的醉鬼模样，可是腰板挺起，满头卷发也梳理了一番，张着豁牙的嘴，一字不漏地在听宣读材料，目不转睛地盯着庭长的一举一动。"救星虎"像大猩猩似的，一本正经地关注着法庭上的一切，时不时抠抠塌陷的鼻子，再不就掏掏细碎的牙齿，张着一直咧到耳根的大嘴。"寡妇"，高挑身材，瘦骨伶仃，神色阴沉，龇牙咧嘴地摆出死尸的怪相，冲着法官傻笑。"辘轳"，五短身材，膀大腰圆，皱皱巴巴，说笑就笑，说恼就恼，一会儿和气，一会儿翻脸。这会儿他闭拢双眼，捂紧耳朵，好让别人明白他一点也不想看也不想听那儿发生的一切。"单袖礼服唐璜"，严严裹在那件须臾不得离开的燕尾服里，小巧玲珑，谨小慎微，活像一个穿着半旧衣服的小老板：布满千百个红点的宽领带，后跟歪斜的漆皮鞋，系着活动领子和袖口的衬衫，不过那顶草编礼帽和聋子特有的持重还真给他添了几分上等人的风度。"唐璜"什么也听不见，只好计算大厅里沿四壁每隔两步设下的卫兵有多少。他旁边是"大头巾"里卡尔多，此人的脑袋和一部分面孔都包在一块花手帕里，一只通红的鼻子和一把沾满食品渣的扫帚一般的胡子。"大头巾"里卡尔多一边自言自语，一边死死盯着聋哑姑娘鼓起的大肚子。那姑娘正忙着抓挠左腋下面的虱子，任凭口水流到板凳上。聋哑姑娘旁边是"碎嘴子"，那是个只有一个耳朵的黑人，脑袋活像一把夜壶。"碎嘴子"边上是骨瘦如柴、只有一只眼睛、长有黑胡子、一身烂棉絮味道的尿床丫头。

检察官是一个短发竖立的军人，小小的脑袋从比它大两倍的军服领口钻出来。他读完起诉书，就站起来要求砍下罪犯的脑袋。卡尔瓦哈勒又看了法官席一眼，想设法弄明白他们是不是都很清醒。他的目光碰到的第一个法官显然已经醉得不能再醉了。那双映照在国旗上的棕黑的手，分明是一双在乡村市集上玩画片彩票的农民的手。紧挨着他的是一个肤色黢黑的军人，也颇有几分醉意了。不过，地地道道的酒鬼还是庭长本人，他早就糊涂得东倒西歪了。

为自己辩护压根就行不通。他试着说了几句话，可是立即心灰意懒地觉察到根本没人听，实际上，的确没人听。后面的话还没说出，就像泡软的面包在嘴里消失了。

事先拟就抄好的判决书还真有那么点天网恢恢的味道。相比之下，那些只能执行成命的法官，那些被招来盖棺定论的将军，统统不过是金装裹着臭皮囊的傀儡，此时此刻正沐浴在煤油灯泻下的光晕里；那些瞪着蛤蟆眼的乞丐，只能是一群毒蛇的幽灵，此时此刻正用他们阴暗的身影玷污着橘黄色的地面；而那些小兵只能站在那儿嗫自己的帽带，那些死寂的家具只能充当犯罪现场的道具。

"我要求上诉！"

卡尔瓦哈勒从喉管深处发出的声音，如同来自坟墓。

"开什么玩笑，"军事法官气鼓鼓地说，"这儿没什么上诉下诉。你当是小孩玩呢！"

汪洋大海装进杯子，他居然能接住，因为他的手掌也变得广阔无垠了。一杯水下肚，他终于抑制住要从体内喷涌而出的念头：他正在受难，死亡不过是物质状态的变化，子弹撞击骨骼，鲜血涌上温热的皮肤，两眼黯然无光，衣物上残留着体温，一头倒在地上。他提心吊胆地递过杯子，胳膊伸得长长的，直到他的动作得到反应。他拒绝了一支送过来的香烟，用颤巍巍的手指掐了掐自己的脖子，失去空间感的目光从灰白色水泥似的面孔上脱落下来，沿着大厅粉白的四壁来回滚动。

顺着一道穿堂风呼呼响的走廊，他被带走了。他已经奄奄一息，嘴里一股生黄瓜味，每只眼眶都含着一颗巨大的泪珠，双腿蜷缩着。

"律师，喝一口吧……"说这话的是一个长着苍鹭眼的中尉。

他举起似乎硕大无比的酒瓶，送到嘴边喝了一口。

"中尉，"黑暗中有个声音说，"明天可要关您的禁闭了。上头的命令说绝不允许对政治犯有一点可怜。"

再往前走了几步，他就被推进一间三米长两米宽的牢房，里面已经关押了十二个判死刑的人。由于地方太窄，他们一个紧靠一个像沙丁鱼一样挤在一起，大小便也就这么站着解决，所以脚下总不断踩着自己的排泄物。卡尔瓦哈勒是13号。士兵离开以后，死寂的地牢里只听到这群临刑者的一片粗重的喘息声，远处传来单人牢房里一个死囚的呼叫。

有那么两三回，卡尔瓦哈勒不由自主地数起那个被判渴死的倒霉鬼呼救的次数："六十二！……六十三！六十四……"

被踩成一团泥的粪便发出恶臭，牢房里空气又不流通，他觉得一阵阵头晕目眩。他觉得自己已经脱离了那群生灵，独自一个人数着单人死囚牢里的呼叫，向阴森可怖的绝望深渊滚去。

卢西奥·瓦斯盖司在牢房外面踱来踱去，像得了黄疸病，周身蜡黄，连指甲和眼睛都呈现出橡树叶背面的黄绿色。灾难接踵而至，他精神上唯一的支撑就是有一天要报复赫纳罗·罗达斯的念头。他的不幸显然是这家伙一手造成的。他活着就是在遥远的未来实现这个心愿，虽说是阴暗，却甜丝丝的，就像加蜜糖浆一样。只要能报仇，他可以一辈子等下去。他是一只不见天日的蛆虫，胸臆间充塞着永无尽头的长夜。只有想到一把利刃如何剖开肚腹，留下一道张着大嘴的刀口，才会有些许光亮穿透他那充满仇恨的心灵。即使冷得两手痉挛，即使被迫像蚯蚓一样蛰伏地下，瓦斯盖司也会一小时接一小时地咂摸复仇的滋味。杀了他！杀了他！他甚至觉得仇人已经到了眼前，便在黑暗中把手慢慢挪过去，似乎还触到冰凉的刀柄头，接着想象自己如何扑向罗达斯，如同蹒跚学步的鬼影，真的扭动几下。

单人死囚牢里的呼叫惊醒了他。

"Per Dio, per favori^①……水！水！水啊！水，Tenente^②，水，水啊！Per Dio, per favori……水……水……水……！"

死囚浑身用力撞着牢门（其实外面早就被一面砖墙堵死了），撞着地面，撞着四壁。

"水，Tenente！水，Tenente！水！per Dio，水，per favori，Tenente！"

他的泪水枯了，唾液干了，任何湿润、清凉的成分都没有了，喉咙里似乎长满热辣辣的尖刺，眼前只有一片光点和白斑不断旋转，可是他的呼叫依旧不停地震撼着所有的牢房。

"水，Tenente！水，Tenente！水，Tenente！"

一个麻脸中国人照看犯人的日常生活，可是要等他魂影子似地过来一趟，半个世纪都快结束了。这奇怪的、神出鬼没的生灵确有其人吗？别不是大伙得了幻觉吧！踩得稀巴烂的粪便和单间死囚的喊叫弄得人们头昏眼花，没准，说不定那个慈祥的天使真是大伙发癔症看到的。

"水，Tenente！水，Tenente！Per Dio，per favori，水，水，水，水！"

不断有士兵来来回回忙活，发出一阵阵草鞋踩砖地的嚓嚓声。

---

① 意大利文，意为"上帝啊，求求你们"。

② 意大利文，意为"中尉"。

他们之中有人时不时大笑起来，对单间死囚说：

"外国佬，我说……你 per① 什么把那个 parla② 像 Chente③ 似的绿母鸡给曝了啊？"

"水，Per Dio, per favore，水，signore④，水，per favori！"

瓦斯盖司还在琢磨如何报仇。意大利人的喊叫使空气中也弥漫了难耐的干渴感。突然一阵枪响使瓦斯盖司屏住了呼吸。又枪毙人了。大概是凌晨三点钟。

_____

① 意大利文，意为"为"。

② 意大利文，意为"讲话"。

③ 按意大利语发音的法语词，意为"女歌星"。

④ 意大利文，意为"先生"。

三十、弥留之际的结合

"隔壁有个姑娘不行了！"

每家门口都出来一个老处女。

"隔壁有个姑娘不行了！"

从姐妹会的房子走出的老处女有一张脚夫面孔，却摆出一副外交家神态。她名叫佩特罗尼拉，自知风韵欠佳，本想起个稍微好听一点的名字叫贝尔塔。那个穿着像出土文物，长脸的，是姐妹会的常客，名叫西勒维亚。另一个把胸衣紧紧箍进肉里，简直可以说披着盔甲，鞋袜挤压着脚掌上的老茧，金表链像断头台的套索一样绕在脖子上，她叫恩格拉西亚，是西勒维亚的老相识。还有一个，长着酷似毒蛇头的心形脑袋，声音嘶哑，竹竿似的身材，一副男人相，她是恩格拉西亚的表妹，也可以说是恩格拉西亚的一条腿，她十分热衷于兜售年鉴上记载的大灾小难，还是个预言家，什么彗星逼近了，反基督降世了，还有什么先知宣布的那个时代要来临了，到时候，男人们不得不爬上树去逃避性欲高涨的女人们，而女人们也会爬上去把他们拉下来。

隔壁有个姑娘不行了，真让人高兴！她们不想说出来，但还是差点就脱口而出，庆贺的话已经沿着牙齿冲到嘴边，几乎可以听见她们凑热闹的欢呼声了。遇到这种事，不论怎么七嘴八舌地叽叽喳喳，结果还是挂一漏万，终是说不周全，所以且够她们个个称心如意地絮叨一阵子呢！

玛萨夸塔忙着招呼来客。

"我们姐儿几个都准备好了。"姐妹会的主事人一到就点明来意，可是没说准备好干什么。

"衣服嘛，要做的话，就包给我了。"西勒维亚也表了态。

恩格拉西亚，小恩格拉西亚，不是散发头油味，就是喷冒牛肉汤味，这会儿也紧跟着说话了，可是胸衣把她箍得只能挤出一个一个含混不清的字：

"我呢，每天自己祈祷完了，就为她念圣母经超度亡魂。这可是万万少不得的！"

她们聚集在酒馆里间小声说着话，尽量不扰乱跟药味混在一起笼罩着病床的寂静，也不打搅日夜看护病人的那位先生，一个正经人，一本正经的。她们踮起脚尖走到床边，其实她们更想知道的是那位先生什么模样，而不是卡米拉怎么样。这时候她不过是一个有长长睫毛的幽灵，脖子细长细长的，头发蓬乱地披散着。她们都琢磨着这两人之间有那么点儿说不上来的劲头儿。要不，他干吗那么上心呀？她们没完没了地套着话，终于让老板娘说出了实情。他是她的男朋友。是男朋友！男朋友！男朋友！原来是这么回事。啊？原来是她的男朋友！她们每个人都一遍遍念叨着这个金贵的字眼，只有西勒维亚例外。她刚一听说卡米拉是卡纳勒斯将军的女儿，就悄悄溜走，再也不来了。千万不能跟反政府的人搅和在一起。那人是她的男朋友也罢，是总统的红人也罢（西勒维亚心想），我可还是我哥哥的妹妹，我哥哥可是议员，我不能连累他。"上帝保佑！"

都到了街上，她还一个劲念叨："上帝保佑！"

"天使脸"的心思根本不在那帮老处女身上，尽管她们出于善心，不光来看望病人，还凑上来劝解他这个当男朋友的。他自然是道了谢，可一点也没听见她们说的那些废话，只是一门心思听着卡米拉身不由己发出奄奄一息的痛苦呻吟，连女士们热情地伸出手跟他告别，他都木木地毫无反应。他难过得心灰意懒，似乎身躯也在慢慢冷却，只觉得四肢如被雨水浇透了似的冰凉麻木。近处有无数看不见的鬼怪在纠缠他，周围的空间仿佛属于幽界地府，只有空气，只有光亮，只有阴影，只有物件。

医生的话音打断了他任意飘荡的思绪。

"大夫，您是说……"

"除非出现奇迹！"

"您还要来的，是吗？"

老板娘一刻也不闲着，就这样时间还是不够用。她揽下给邻居洗衣服的活儿，一大清早就把衣服泡上。然后去监狱给瓦斯盖司送早饭（可关于他的情况，什么也没打听出来），一回来，就打肥皂、拧干、晾起来，趁晒衣服的工夫跑回家去干屋里的活儿：给病人换衣服，给圣像点蜡烛，推醒"天使脸"去吃点东西，招待医生，上药房，听"女祭司们"（她这样称呼那帮老处女）唠叨，跟褥子店老板娘吵架。"破烂被褥卖给猪！"她站在门口大喊，还假装用一块抹布轰苍蝇，"破烂被褥卖给猪！"

"除非出现奇迹！"

"天使脸"不断重复医生的话。所谓奇迹就是让有限事物偶然地随意延续，就是改变微如草芥转瞬即逝的人生命数。他真想高声向上帝呼叫，要求他创造奇迹，然而，他的那块天地依然一点点从他的怀抱中滑落，显得那么荒凉贫瘠，危机四伏，摇摇欲坠，毫无价值。

大家都知道最后的结局等不了多久了。听到每声狗吠，每阵重重的门环响，梅尔塞德教堂的每次钟鸣，邻居们都急忙画起十字，长吁短叹地感慨一番："她总算安息了！……唉，也到时候了！她那男朋友真可怜！……可他有什么办法呢！听天由命吧！到头来，咱们都一样！"

佩特罗尼拉向一个长着娃娃脸的老人说起这些事情。此人是英语教师，还有许多其他不同凡响的经历和特长。熟人们总是叫他"提彻尔"①。佩特罗尼拉想知道能不能用超自然的手段救活卡米拉，"提彻尔"想必懂得这种事，因为他不光教英语，还在空闲时间研究通神论、传术术、魔术、星相术、催眠术和其他种种巫术魔法。他甚至还发明了一种仪器，叫作"凶宅探宝法力罐"。"提彻尔"永远也说不清自己为什么那么喜欢装神弄鬼。年轻的时候，他一身想投身宗教界，可是还没来得及去颂经传道，半路上杀出来一个学问和魄力都比他强的太太。他只好高高挂起教士长袍，但保持了教士"衣钵"，最后落了个孤家寡人潦倒一生。他离开神学院，进了商业专科学校。他本来完全可以顺利结束学业，没想到一个教簿记学的教员发疯似的爱上他，于是他只好逃走。这时候，机修行业向他伸开了煤烟熏黑的双臂，其实就是一家破破

---

① 英语"教师"一词的读音。

烂烂的铁匠铺。这样，他进了一个离家不远的作坊拉风箱。可是他不习惯于体力劳动，身体也不那么壮，没多久，就丢下这行当。何必呢！他是一位阔太太唯一的外甥。他姨妈一心要他当教士。一提起这个职业，这位女士就不厌其烦地唠叨："还是进教会吧！"她说："省得你成天待着那么腻味。进教会吧！很清楚，你不喜欢世俗生活。你性格有点古怪，身子骨又弱，像奶油捏的小羊。你什么都试过了，都不称心。当兵、拉琴、斗牛！……要么这样，你实在不愿当神甫，就干脆当老师吧，去教英语。当然，我只是随便举个例子。既然天主不来找你，你就去找孩子吧。再说，英语比拉丁语容易，用处也多。教英语大不了是叫学生们觉得老师会说英语，即使他们一点也听不懂。说实在的，一点不懂更好。"

佩特罗尼拉压低了嗓音。她跟别人说知心话儿的时候总是这样。

"那个男朋友还真爱她，当神似的供着。'提彻尔'。别看那人是把她劫出来的，可还真敬重她，一心盼着在教堂里成百年之好。这种事现在可是少见……"

"这年头确实少见，傻丫头！"说这话的是姐妹会里个头最高的，高得像爬上了梯子顶。这时候，她正拿着一束玫瑰走进客厅。

"'提彻尔'，那个男朋友把她照看得甭说多么周全了。您还真甭说，叫他陪着一块死都行……唉！"

"佩特罗尼拉，""提彻尔"慢条斯理地说，"您是说那些医学博士先生们已经自认无能为力，没法把病人从死神手里夺回来了？"

"是的，先生，无能为力。他们三番五次地说她没救了。"

"您是说，尼拉，除非出现奇迹，病人是没救了？"

"您想想……男朋友的心都碎了……"

"我还真有个办法：咱们可以招来个奇迹。能对付死亡的只有爱情，两者一样强大，《雅歌》①上就是这么说的。如果真是听您说的那样，这位小姐的男朋友那么爱她，我是说，披肝沥胆地喜欢她，我是说，整个身心，我是说，有心跟她结婚，那么还有可能救她一命，只要由教会把他们庄严结合就行了。按照我的枯树嫁接法，就应该这么办。"

佩特罗尼拉险些晕倒在"提彻尔"怀里。屋里屋外顿时忙作一团，连邻居家也波及了。玛萨夸塔很快也听说了，人家还托她去跟神甫谈谈。当天，卡米拉和"天使脸"就面对未卜的前途结成了伉俪。一只修长、细嫩、如同象牙裁纸刀一样冰凉的手紧紧握在总统心腹滚烫的右手里，此时此刻，神甫正在颂读拉丁文祝词。在场的还有姐妹会的众成员，恩格拉西亚和穿一身黑的"提彻尔"。仪式结束之后，"提彻尔"禁不住说了句：

"Make thee another self, for love of me!" ②

---

① 《希伯来圣经》圣文集，第一卷，共八章，诗体，以情侣对话形式赞美纯真的爱情。

② 英语，意为"因吾爱汝，乞汝脱胎换骨"。

三十一、冰冷的哨兵

　　监狱的前厅里闪烁着刺刀的寒光，卫兵面对面分成两排坐着，仿佛在一节阴暗的车厢里旅行。在来往的车流之中，一辆马车突然停住。车夫上身往后一仰，想把缰绳拉得更紧一些，却不禁左右摇晃了几下，活像一只肮脏的布娃娃，还嘟嘟哝哝吐出几句骂人话。他差点摔下来！车轮受到闸瓦挤压发出的尖叫声沿着吞噬生命的建筑物高大平滑的墙面上下回荡。一个大腹便便的男子费力地想用一双短腿够着地面，终于慢慢下了车。车夫觉得，一摆脱军事法官的重量，整个车身顿时轻巧了许多，连忙用干裂的双唇紧紧噙住已经熄灭的烟头：只剩下他和马，真自在！他当即抖了抖缰绳，驱车到街对面去等候。他把车停在一个花园旁边。花园里面一片荒芜空旷，如同趁人之危者的心灵。这时候，只见一位夫人跪在军事法官脚下，大声哀求他接见。

　　"请起来，夫人！这样我不能接见您。不行，不行，起来吧，请您起来……再说，我还不知道您的尊姓大名……"

　　"我是卡尔瓦哈勒律师的妻子……"

　　"请起来……"

　　可她没等他说下去。

　　"白天，黑夜，从早到晚，跑遍了所有的地方，您自己家，您母亲家，您的办公室，我到处找您，哪都没有。只有您知道我丈夫的下落，只有您知道，只有您能告诉我。他在哪儿？他现在怎么样了？先生，请告诉我，他还活着吗？您说啊，先生，他是不是还活着？"

"这么说吧，夫人，今天夜里军事法庭紧急开庭审理我这位同行的案子。"

"啊……"

她高兴得连嘴唇上的伤痕也裂开了，不停地微颤着。还活着！这消息点燃了希望。还活着！……那可不，他本来就没罪，这下可该放……

军事法官还是那副冷冰冰的样子，又接着说：

"夫人，国内的政局不允许政府对自己的敌人表示丝毫怜悯。我只能告诉您这些。您去找总统先生吧，求他饶恕您丈夫一命，不然，过不了二十四小时，就要根据法律判处他死刑，立即枪决……"

"……您、您、您！"

她说不出话来，苍白得像那块咬在嘴里的手绢，只是默默地待着，周身瘫软，目光茫然，紧握起来乞求的双手只露出十根纤弱的指头。

军事法官走进刺刀如林的门洞。刚才街上着实热闹了一阵，车来车往，满载从消闲胜地回城、穿着考究的老爷太太们，这会儿，一下子变得杳无人迹，似乎完全精疲力尽了。一列小小的火车从胡同里钻出，冒着火星，鸣着汽笛，顺着铁轨一瘸一拐地远去了……"

"……您、您、您！"

她说不出话来。一把冰冷的铁钳紧紧夹住她的脖子，怎么也掰不开，整个身躯都离开双肩向下滑去，只剩下头颅、双手、双脚和空空的衣衫。她听到有辆马车沿街跑来，便叫住了。煞车的瞬间，弓颈蜷身的辕马看起来很像膨胀的大泪珠。她叫车夫赶快送她去总统的乡间别墅。她实在太急切，太心急如焚了，尽管马匹全速飞奔，她还是一个劲要车夫快马加鞭……她这会儿就应该到了……快赶……她要去救自己的丈夫……快赶……快赶……快赶……她干脆夺下鞭子……她要去救自己的丈夫……几匹马被不问青红皂白地乱打，越发狂奔起来……鞭子抽打得它们臀部火辣辣的……去救自己的丈夫……她应该到了……可是车轮不滚，她觉得不滚，她觉得不滚，她觉得轮子只是绕着纹丝不动的车轴转个没完，一步也没迈出，老是在一个地方……她要去救自己的丈夫……要去，要去，要去，要去……（她的头发散开了）救他……（上衣滑落了）救他……可是车轮不滚，她觉得不滚，只有前轮在滚，后轮落在后面了，马车越伸越长，就像摄影机上的伸缩镜头，她眼看几匹马越来越小……车夫又从她手里抢走了鞭子。老这样下去不行……行，行，行，行。她是说行……她是说不行……行……不行……行……不行……可为什么不行……怎么不行……说行……说不行……说行……说不行……她摘下戒指、胸针、耳环、镯子，统统都塞进车夫的外衣口袋，叫他千万别停车。她要去救自己的丈夫，可是总也到不了……到，到，到，可是到不了……到了，求人，救他，可是到不了……石子，沟坎，尘土，干泥浆，野花草，可是到不了……他们像电线杆杆在那儿了，不对，他们像电线杆一样往后退，像干柴和荆棘编的篱笆，像尚未播种的土地，像那几抹金光灿灿的晚霞，杳无人迹的三岔路口和静静站着的牛群，一切都在往后退。

终于他们拐进一段在树丛和深谷之间蜿蜒的公路，向总统别墅驶去。她心跳得连气也喘不上来。他们顺着那条路在一个干干净净、空无一人的小镇的漂亮小屋之间穿行。走着走着，开始迎面遇上从总统府邸返回的车辆：有四轮车、轿子车和敞篷双轮车，乘车人的脸面和衣着都十分相像，各种响声径直向前——轮子滚在石铺路上的隆隆声、马蹄落地的得得声……可是就是到不了，就是到不了……迎面坐车出来的不是退职的官吏，就是穿着考究微微发福的军人，也有步行出来的，好几个月以前受到总统紧急召见的小农场主，穿着大口袋一样的皮鞋的村民，每走几步就停下喘气的小学女教师（她们的眼睛都被泥土遮得看不见了，布满灰尘的鞋子也破了，还把裙子高高提起），还有一群一群的印第安人，他们好歹算是公民了，不过幸运的是，他们还不懂这是什么意思。去救他，去救，去救，去救，可是怎么也到不了。要紧的是赶紧快到，要在接见时间结束之前赶到。到了，求人，救他……可是怎么也到不了！不过也没多少路了！只要走出镇子。他们早该到了，可是还没走出镇子。某个星期四的受难节上，耶稣像和苦难圣母像走的也是这条路。嘀嘀嗒嗒的铜号搅得狗群心烦意乱，所以迎神队伍从总统眼前走过时，它们一齐汪汪狂叫起来。当时总统站在阳台上，头顶上是藤萝花和紫色挂毯搭的遮阳棚。被十字架压弯腰的耶稣从恺撒面前走过，满怀崇敬的男男女女也把目光转向恺撒。遍布全国的苦难算不得什么，日夜不停的哀号哭泣算不得什么，阖家大小、全城男女被折磨得未老先衰也算不得什么，可还偏偏要张扬基督精神，让两眼昏花、临刑的耶稣钻进绣金的华盖，在成群结队的教友簇拥下，踏着村野乐声的节拍，从总统先生的眼前走过，这，可真称得上无耻之尤了。

马车在雄伟的府邸门前停下。卡尔瓦哈勒的妻子沿着夹在枝繁叶茂大树之间的通道向里跑去。一名军官迎上来挡住她的去路：

"夫人，夫人……"

"我要见总统……"

"总统先生现在不见人，夫人，请回去吧……"

"见人，见人，他见人，见我，他一定见我。我是卡尔瓦哈勒律师的妻子……"她说着就径直向前走去。军人没能挡住她，便紧追不舍地叫她服从规章，可她很快就走到一幢在傍晚的微光中依稀可见的小房子面前。"我丈夫要被枪毙了，将军！"

在那幢玩具般的小屋回廊里，双手背在身后来回踱步的是一个身材高大的男子，肤色浅褐，军服上绣满了金银线饰纹。那女人鼓足勇气对他说：

"我丈夫要被枪毙了，将军！"

门口的那个军人一直跟着她，嘴里不停说着不能见总统，不能见总统。

将军的话说得很客气，可是不容置辩：

"总统先生现在不见人，夫人，劳驾您回去吧。请吧……"

"求求您，将军！求求您，将军！没了丈夫我怎么办？没了丈夫我怎么办？别这样，将军！他见人！让我过去！请您快去通报！您知道我丈夫要被枪毙了！"

她透过衣裳听到自己的心跳。人家不让她跪下。答复她的一片静默是那么沉重，简直要把她那焦急颤抖的耳膜挤碎了。

枯叶在夜色中唰唰作响，生怕被寒风卷走。她一头倒在一张凳子上。一个个黑色身影仿佛雪塑冰雕，冷血铁心。一声声干嚎径直冲出双唇，像刀锋一样刺人。每次呻吟都使嘴角的涎水沸腾一般翻滚着泡沫。她身下的长凳很快被泪水浸得像磨刀石一样湿漉漉的。她满以为可以在那儿见到总统，可是人家不由分说推开了她。一支巡逻队走过，多少为她驱散了点寒气。四周一阵灌肠味、甘蔗渣味和松脂味。那条长凳如同茫茫大海中的一块木板，消失在无边的黑暗中。隐没在黑暗中的长凳不再支撑她。她惊惶地来回走动，为的是不至沉没，为的是继续活下去。躲在树丛里的哨兵两次、三次、无数次叫她站住，粗声粗气禁止她往前走，见她违抗，就立即恶狠狠地抡起枪托或者抬起枪管。她气急败坏地跑到右边求求，又跑到左边试试，不是撞上石头，就是被蒺藜扎伤，而且总有别的冰冷的哨兵挡住她的去路。她苦苦哀求，拼命挣扎，像乞丐似的伸长手臂，最后发现根本无人理睬，她便转身朝相反的方向跑去……

摇摆的树木把一个身影扫向不远处的马车。那身影一登上踏板，又发狂似的蹦下去往回跑，想最后再苦苦哀求一次。车夫惊醒了，慌忙从温暖的口袋里抽出手抓缰绳。由于用力过猛，差点把里面的一堆东西全带出来。他觉得已经等了一生一世，不过他已经不再琢磨见了相好的跟她说什么。耳环、戒指、镯子……只要典出去！他用一只脚挠挠另一只，往下拉了拉帽子，随口啐了一口吐沫。怎么这么黑？怎么到处都是蛤蟆叫？……卡尔瓦哈勒的妻子迷迷瞪瞪又回到马车上，坐稳之后却叫车夫等一会儿再走，说不定会有人开门出来……半个小时……一个小时……

车轮不声不响地滚动着，要么是她自己听不见声音，再不就是车还停在原地……眼前的路沿着陡峭的山坡一下子堕入山谷深处，然后又像爆竹一样猛然升起朝城里伸去。第一道黑色的墙。第一个白色的屋。在一堵墙面的凹陷处贴着奥诺特罗夫酒的广告……她觉得周围的一切严丝合缝地罩住她的苦难……空气……一切……每一滴泪珠都容得下一个太阳系……屋檐下滴滴露水汇成的百足虫正在慢慢坠向狭窄的人行道……她周身的血液停止流动了……怎么样……我很不好，太不好了……明天会怎么样？……还不是老样子，后天，也一样！……她自问自答着……大后天……

夜里是死人的重量拽着地球转，白天就轮到活人……一旦死人数量超过活人，就将长夜难明、永无天日了。那时候，就需要活人的重量把白天重新拽回来……

马车停下来。道路还在延续，可她已经走到头了。她站在监狱门前，那里毫无疑问……她一步步往前，直到紧贴墙面。她还没有穿孝，但是已经感到蝙蝠翅翼似的死神阴影……她又冷又怕，肝肠欲摧，但是她拼命振作起来，紧紧贴在墙上，枪声将在那儿反复回响……再说，她觉得只要自己站在那儿，似乎她丈夫就不至于随随便便被人枪毙。就这样端起枪来、射出子弹、砰的一声！拿枪的人都跟他一样，跟他一样有眼有嘴有手，头上长着毛发，手指上长着指甲，嘴里面是牙齿、舌头、喉咙……这样的人是不会枪毙他的。他们跟他的肤色相同，口音相同，用相同的姿势看、听、睡觉、起床、做爱、洗脸、吃饭、说笑、走路，他们不光有相同的信仰，也有相同的迷茫……

三十二、总统先生

　　总统府传话紧急召见"天使脸"。他仔细观察了卡米拉的病情，见她那双呆滞的目光开始流盼，玻璃球一般冰冷的眼睛有了一点生气，于是他像胆怯的爬虫一样，犹豫不决地蜷缩起来。去还是不去，服从总统先生还是陪伴卡米拉，卡米拉还是总统先生……

　　他脊背上似乎还感觉到老板娘轻轻的推搡和她柔声柔气的恳求，正是为瓦斯盖司求情的好机会。"您去吧，我留在这儿照顾病人。"……到了街上，他深深吸了口气。他乘坐的马车向总统府驶去。马蹄在石板路上得得作响，车轮流水一般滚滚向前。红锁……蜂房……火山……他一路默念着商店的招牌，各种各样的字号，夜晚比白天看得更清楚。艾勒瓜达莱特……火车……母鸡和小鸡……有时候他的目光还遇到一些中国字号：龙利隆商行……全思昌……福全银……崇昌隆……锡永财……他一直想着卡纳勒斯将军的事。说不定这次有什么消息告诉他……不可能……为什么不可能……他被抓住打死了，要么……没被打死，五花大绑押回来了……一团灰尘突然扬起。狂风和马车玩起斗牛游戏。什么事都可能发生！一进入城郊，马车更轻快地滚滚向前，像是突然由固态变为液态。"天使脸"双手用力按着膝盖，叹了口气。夜晚一点一点、不紧不慢、像搜寻古钱币一样小心翼翼地降临了，天地万籁吞没了马车的轰隆声。他似乎听到一只鸟在飞翔。他们一口气又把许多人抛在后边。几只狗半死不活地叫起来……

国防部副部长站在办公室门口等他，一面跟他握手，一面把正抽着的雪茄放在柱子底座边缘，然后，也不经事先通报，直接引他向总统先生的房间走去。

"将军，""天使脸"抓住副部长的胳膊，"您不知道老板为什么叫我来？"

"不知道，堂米盖勒，在下'不知道'。"

他一下明白是怎么回事了。一阵粗野的大笑，接着又重复了两三次，国防部长支支吾吾不愿明说的事，就尽在这笑声中了。一走进门，他就看到圆桌上酒瓶林立，还有冷肉、鳄梨沙拉、尖辣椒之类的下酒菜。进入他眼帘的还有遍地东倒西歪的椅子。白色毛玻璃窗户上面挂着红鸡冠似的布幔，花园里几盏聚光灯的光线像被啄碎了，斑斑点点洒进屋里。军官和士兵个个如临大敌、坚守岗位，每扇门旁都有一个军官，每棵树边都有一个士兵。总统先生从房间里走出来，只觉得脚底下地面乱摇，头顶上天棚直晃。

"总统先生，"他的心腹迎上去问候，可是还没来得及问清召见的缘由，话就被打断了。

"你、你他……妈！"

"总统先生是在说密涅瓦女神①吧？"

总统阁下如同越过无数水坑一样，一蹦一跳走到桌边，然后，根本不理会他的心腹对智慧女神的热烈称赞，大声对他说：

---

① 希腊神话中的智慧和艺术女神。此处与上文的骂人话谐音。

"米盖勒，你知道吗？发明造酒的人本来是想做出长生不老药的……"

"不知道，总统先生，真不知道。"他的心腹连忙回答。

"真怪，这都写进斯威特·马登①……"

"当然奇怪了，在总统阁下看来是这样。正因为您学识过人，才被公认为当今世界第一流的政治家。可是发生在我身上就不奇怪了。"

这时候，总统阁下突然耷拉下眼皮，想抹去酒精作用下出现的物件倒置景象。

"得了，我当然知道不少事情！"

说着这话，他的一只手便落进威士忌酒瓶的黑森林里，给"天使脸"斟了一杯。

"喝吧，米盖勒……"他的话音突然中断，像是被什么噎了，嗓子里有点东西堵着。他用拳头捶着胸脯想喘过气来，干瘦的脖子绷得紧紧的，脑门上的青筋鼓得老高。他的心腹慌忙过来给他灌下几口蒸馏水，他这才一边打着嗝，一边说出话来。

"哈、哈、哈、哈！"他指着"天使脸"放声大笑，"哈、哈、哈、哈！死到临头了……"他笑了又笑，"……死到临头了！哈、哈、哈、哈！"

总统心腹的脸色唰一下白了，刚刚接到手的威士忌酒杯不停地颤着。

---

① 斯威特·马登，生平不详，曾写过不少通俗作品，其中以一部类似生活指南大全的书最为畅销。

"总……"

"统先生什么都知道，"总统阁下紧接着说下去，"哈、哈、哈、哈！……死到临头了。居然听一个白痴的话！巫师们都是白痴……哈、哈、哈、哈！"

"天使脸"手里的酒杯现在成了他的嚼子：为了不大声喊出来，他只得一个劲喝威士忌。他觉得眼前一片血红。他差点扑到主子身上，捂住嘴不让他笑，他那卑劣的狂笑像一团酒气冲天的血红火焰一样令人难以忍受。即使此时此刻有列火车从他身上开过去，也不会使他更痛苦。他为自己感到恶心。他仍然是一只走狗，不过十分温文尔雅、通古博今，既懂得感激主子施舍的残羹，又善于审时度势、明哲保身。他此时摆出一副笑脸来掩盖满腹的怨恨，可是天鹅绒般的眸子间却闪烁着杀机，这种费力的乔装弄得他的面孔仿佛中了毒似的一点点肿大起来。

总统先生忙着追赶一只苍蝇。

"米盖勒，你会用苍蝇赌钱吗……？"

"不会，总统先生……"

"啊，真的，你、你、你、你、你……死到临头了……！哈、哈、哈！……嘻、嘻、嘻！……呵、呵、呵！……呼、呼、呼！"

他狂笑着继续追赶那只飞来飞去的苍蝇，衬衫下摆在空中飞舞，裤子前襟大开着，鞋带也没系好，嘴角上挂着黏黏的口水，眼圈周围长满蛋黄色的疱疹。

"米盖勒，"他最后还是没抓住苍蝇，只好停下来气喘吁吁地说，"用苍蝇赌钱可好玩了，学起来也容易。要紧的是有耐心。我小时候就常在村里用苍蝇赌钱玩。"

提起他的家，总统不禁皱了皱眉头，脑门上像布满了乌云。他转身朝挂在身后墙上的共和国全图走去，一拳打在他老家的村名上。他脑海中顿时闪现出一个人穷志高的孩子踯躅其间的乡村道路。到了青年时期，他为了生计仍然在那些道路上往来奔波，而富家子弟们却整日寻欢作乐、花天酒地。他回想起当初，自己是那样微不足道，埋没在那些土里土气的老乡中间，完全与世隔绝，每天夜里坐在一支大蜡烛旁边刻苦攻读，他母亲已经躺在折叠床上睡熟了。带着羊膻气的狂风像牛犄角一样劈进空荡荡的大街小巷任意肆虐。他回想起，以后如何混三流律师的差事，坐在办公室，成天跟窑姐儿、暗娼、光棍、盗马贼打交道，那些专门经手当当响案子的同行们根本不把他放在眼里。

他喝完一杯又斟满一杯。在那张玉青色的脸上，两只眼睛闪着混浊的光芒，一伸开粗短的小手，每个指甲盖下面都露出一弯黑黑的新月。

"这些没良心的！"

他的心腹搀着他的胳膊。他环顾了一下乱糟糟的大厅，似乎看到尸横遍地的景象，然后又说：

"这些没良心的！"接着又小声说道，"我一直很喜欢帕拉勒斯·松连特，永远忘不了他。我都准备提升他做将军了。我的那些乡亲们就得靠他来收拾，他来整治，他来糟践。要不是看在我母亲面上，他早就打发得一个也不留了，早就帮我出了这口憋了多年的恶气。只有我自个儿明白……这些没良心的！……不能这么就算了，说什么也不能这么就算了！偏偏这个时候，他让人家给害死了，偏偏赶上到处都有人想干掉我的时候，朋友们都一个个离开我，仇恨可一天天多起来……不行！不行！要让大教堂门廊片瓦不留！"

那几句车轱辘话断断续续滑出他的双唇，让人联想起在泥淖里打滑的车轮。他靠在自己心腹的肩上，一只手紧捂胸口，太阳穴上青筋乱蹦，两眼混浊，一口口呼出冷飕飕的气息，突然，一股橘红色黏汤从嘴里喷出。国防部副部长连忙端起脸盆（盆底搪瓷上印着共和国国徽）跑过来，等到总统心腹这次全身洗礼一结束，两人一起动手，把总统拖到床上。

他哭哭啼啼还唠叨个没完：

"没良心的！……没良心的！"

"祝贺您，堂米盖勒，祝贺您。"两人走出房间时，副部长悄悄说道，"总统先生命令所有的报纸都刊登了您结婚的消息。在主婚人名单上他本人是头一个。"

他们到了走廊里，副部长提高了嗓门：

"您瞧，起初他还有些生您的气呢！对我说：这个米盖勒还是帕拉勒斯·松连特的朋友呢，怎么能这么办事！至少也该事先跟我商量一下嘛！他要娶的可是我仇人的女儿。都来告您的状噢，堂米盖勒，都来告您的状。当然啰，我一直对他讲，爱情可是一件坑人的东西，弄得人神魂颠倒，不管不顾，忘乎所以。"

"多谢您，将军！"

"瞧瞧咱们这位痴心郎噢！"副部长居然打起趣来，嘻嘻哈哈笑着，亲热地拍着"天使脸"的肩膀，把他引进自己的办公室，对他说，"您过来，过来看看报纸。您夫人的照片是从她叔叔胡安那儿要来的，挺不错！我的朋友，挺不错的！"

总统心腹一把抓住那张报纸。做主婚人的除了最高领袖，还有堂胡安·卡纳勒斯工程师和他弟弟堂何塞·安东尼奥。

"名流结伉俪。姿容超人的卡米拉·卡纳勒斯小姐与堂米盖勒·卡拉·德安赫勒先生于昨晚永结百年之好。两位新人……"读到这儿，他的目光一下跳到证婚人名单上，"……婚礼在总统官邸举行，并由共和国宪法总统先生阁下亲自主持，出席的主婚者尚有：政府诸部长、众将军夫人（他跳过一串名字）以及新娘胞叔，尊贵的堂胡安·卡纳勒斯工程师和堂何塞·安东尼奥·卡纳勒斯。"消息末尾说："国民报特于今日社会新闻版刊登卡纳勒斯小姐玉照一帧，顺颂新人琴瑟和谐万事如意。"此时此刻，他的两眼不知看哪儿好了。"凡尔登战事正酣。今夜可望德军全力反击……"他的目光越过电讯版面，又去重读中央夹着卡米拉照片的消息。他的心上人在群魔乱舞的闹剧中扭动着。

副部长夺走他手中的报纸。

"亲眼看着也不敢相信，是吧？您真走运！"

"天使脸"露出一丝微笑。

"对了，朋友，您得回去了。就用我的车吧……"

"多谢您，将军……"

"您瞧车就在那儿。就叫车夫送您到马路上，再回来接我。晚安，祝您幸福。噢，对了，把这张报纸带回去让太太也看看，代鄙人问候她。"

"十分感谢您的关照，晚安。"

总统心腹乘坐的马车悄然上路了。车如云雾马如烟。蟋蟀的鸣叫笼罩着静谧空旷的田野，木樨草飘着芳香，铺满嫩苗的玉米地散发出安详的温馨，露水浸润着草场，园圃的篱笆掩映在浓密的茉莉花丛里……

"……好吧，他要是再耍弄我，看我不掐断……"可是他却掐断了自己的思绪，把面孔藏在前排车座的靠背后面，生怕车夫也看到他眼里的情景：一堆冰冷的肉体，胸前还佩着总统绶带，扁平的脸也僵硬了，双手裹在活动袖口里，只露出指尖，漆皮鞋上满是血污。车身不停地跳荡，搅乱了他杀气腾腾的胸臆。他多想纹丝不动地坐着，像真正的杀人犯那样，安安稳稳坐在牢房里重构自己的罪行，而且越是心里翻江倒海，越是需要显露出这表面的安详。他浑身的血液沸腾起来。他把头伸到凉爽的夜风中，同时用沾满汗水和泪水的手绢擦拭主子吐在自己身上的污秽。啊！他不禁气恼得泪流满面、訾天咒地：如何才能抹去他喷进我心灵的声声狞笑！

一个军官乘坐的马车从他们身边越过去了。繁星摆起永恒的棋局在天空闪闪烁烁。几匹骏马卷起灰尘、旋风般向城里奔去。去找王后的！"天使脸"心想，只见那名军官身后掀起的迷雾慢慢消散了：又是奉命去找总统先生姘头的！俨然一副诸神使者的气派。

火车站里总是一片货包落地的砰砰声，火车头还不时气喘吁吁地喷出热烘烘的气团。街道上也不冷清：一个黑人从一幢房子的绿色栏杆上探出身来，一个醉汉摇摇晃晃地走着，还有一个脸色阴沉的男子用小车推着手摇风琴沿街卖唱，仿佛败北的炮兵推着残存的大炮。

三十三、盖棺定论

卡尔瓦哈勒的遗孀，游魂似的从一家走到另一家，到处受到冷遇。有些人家尽管对她丈夫的死感到同情，可是一点也不敢表露，因为谁也不想得罪政府。还有些人家干脆打发女佣人从窗口对她恶狠狠地喊一声："找谁？哦，主人不在……"

她因四处碰壁而冻结的心灵，一回到家里就轰然消解。她面对一幅幅丈夫的遗像泪如泉涌，与她相伴的只有一个年幼的儿子，一个耳聋的女仆和一只鹦鹉。女仆说起话来粗声粗气，一个劲对孩子念叨："可怜没爹疼，心里凉又空！"鹦鹉呢，也没完没了地嘟哝："漂亮小鹦鹉，家住葡萄牙，身穿绿衣服，没人给钱花！小鹦鹉，伸出爪！你好，律师先生！小鹦鹉伸出爪，你好，律师先生！老鹰钻进洗衣房。烧着的衣服冒烟味。赞美神龛上的耶稣吧！天使的圣洁女王，圣母无原罪，神赐身有孕……啊，啊……"她几次想去求人在一份写给总统的呈文上签字，要回丈夫的尸首，可是每到一处，她都欲言又止。到处都是难看的面孔，勉强的应付，尴尬的咳嗽，可怕的沉默……她只好快快返回，黑色的披肩下面揣着只有自己签名的信件。

人人都扭过脸去不跟她打招呼，家家门前连一句"请进"的客套话也听不到。她简直觉得自己得了什么难言的隐疾，比黑死病、比黄热病、比虮虱满身还令人厌恶。不过，匿名信却雪片似的飞来。聋子女仆总是这样嘟哝，每次都得她从厨房的门缝里掏出。门外黑洞洞的胡同里很少有人走过，一封封字迹歪斜的匿名信就趁夜深人静塞了进来。对她的称谓，最低的也是：贞妇，殉难女，无辜的受害者；把她不幸的丈夫也捧到天上，此外，还详详细细叙述帕拉勒斯·松连特上校的各种令人毛骨悚然的罪行。

黎明时分，门底下又出现了两封匿名信。双手湿漉漉的女仆捏在围裙里拿了进来。在第一封信里她读到：

"夫人：我无法选择更正当的方式向您以及您悲痛的家人表示我对您丈夫人品的崇高敬意；卡尔瓦哈勒律师完全无愧于正直公民的称号。请您理解：为了谨慎起见，我只能这样做，因为白纸黑字不便于披露全部真相，不过总有一天我会把真实姓名告诉您的。现在我只能说，杀死我父亲的也是帕拉勒斯·松连特上校。此人罪该堕入最最黑暗的地狱深层，他为虎作伥的种种劣迹，迟早要作为历史大白于天下，然而却需要有人用浸润着致命蛇毒的笔尖来书写。我父亲是许多年以前在荒僻的路上被这个卑鄙小人杀害的。最后自然像往常一样，什么也没调查出来。可是就在这个无头案被永久搁置起来的时候，一个陌生人，通过匿名信向我的家人详细叙述了这件骇人听闻的谋杀罪行。我知道您的丈夫是一位堪称楷模的人物，全体同胞都在心里为他树立了一块英雄纪念碑。我不清楚，他是否确实为帕拉勒斯·松连特的诸多受害者复了仇（在这个问题上流传着各式各样的说法），然而，不管真相如何，我都认为自己有义务向您说几句宽慰的话，并且告诉您，我们大家跟您一样，都为您丈夫遇害深感悲痛，因为他为祖国又除去了一个恶棍。正是这些身穿军服的恶棍，依仗美元的支撑，使祖国陷入一片血污之中。吻您的手，克鲁斯·德卡拉特拉瓦。"

一片空虚，一片漆黑，一种来自心灵深处的疲惫使她整天整夜僵卧在床上，直挺挺犹如死尸。木木然胜过死尸。为了不起身，床头柜上摆满了各种急需的用品，她仅有的活动就是伸过手去。她的神经有时也牵动机体的某些部位，那就是说，有人在开门、扫地或者在她身边弄出别的声响。她任凭浓密的黑暗，沉重的死寂和刺鼻的污秽包围自己，她所渴求的就是独自伴随一己的痛苦，伴随跟丈夫一起死去的一部分生命，她的整个身心也一点点接踵而去了。

"我最崇敬、钦佩的夫人，"她开始大声朗读另一封匿名信，"我听朋友们说，枪毙您丈夫的那天夜里，您把耳朵贴在监狱墙上听了很长时间。您想必听到而且数清了整整九声枪响，九声密集的枪响，但是您不知道究竟哪一枪从世界上夺走了卡尔瓦哈勒律师的生命（愿他与上帝同在）。鉴于时势艰险，为不留下片纸祸患，特此化名致函夫人，并因此深深为对您造成的痛苦深感不安。我曾亲眼目睹了那场大屠杀，现谨就本人所见，告知夫人。当时走在您丈夫前面的是一个浅棕肤色的体瘦男子，几乎全白的头发覆盖着他宽阔的前额。我至今未能知晓该人姓名。簌簌泪水透露出他内心经受的煎熬，尽管如此，透过深陷的双眼仍然可以窥探到一颗博大的善心，那双眸子倾诉着一个高贵灵魂的宽厚胸怀。律师先生跌跌撞撞跟在后面，两眼始终盯着他或许不再感知的地面，额头上汗水淋淋，一只手捂着胸口，好像在阻挡随时都会夺腔而出的心脏。他走到一块空地上，见四周军警林立。为了确认自己所见属实，他抬起手背揉了揉眼睛。他穿的那身褪色的衣裤显然太短小了，袖口只到肘部，裤腿刚及膝下。死囚的衣裤通常都是如此褴褛破旧、肮脏不堪，因为他们不是把自己的服装送给留在不见天日的牢房里的难友，就是用来贿赂看守。他那件四处开绽的衬衫上只残留着一颗骨制小纽扣。他既没有衣领，也没有鞋袜。他见到其他共患难的同伴们也个个衣不蔽体，情绪才稍许为之一振。听完死刑判决，他抬起头，用凄凉的目光扫了一下明晃晃的刺刀，张口说了点什么，可是谁也没听到。他身边有位老人刚想讲话，又立即闭口不言了。几个军官气势汹汹举起的军刀，在他们酒气未消、颤巍巍的双手中，反射着晨曦的微光，像燃烧的酒精，发出淡蓝色的火苗。这时候，沿着四面墙回响着一个人的高呼声：为了民族！……一、二、三、四、五、六、七、八、九，九声枪击接连响起。不知道为什么，我扳着手指头一一数起来。从那以后，我总觉得自己多了一根手指头。受害者们紧闭双眼，浑身扭动，仿佛想摸索前进，逃离死亡。一层烟雾把我们跟那一小群人隔绝开了。他们在应声倒下的一瞬间，还在竭尽全力想互相搂紧，谁也不愿孤零零堕入无底深渊。最后补发的几枪也响了，听起来像是受潮的爆竹，迟钝而沉闷。您丈夫算有运气，只用了一颗子弹就死了。上面只有一片蓝蓝的天，高不可攀，充塞着隐约可闻的钟声、鸟鸣、水流的回音。后来我才知道是军事法官负责埋葬死者尸……"

　　她迫不及待地翻到另一页，"死者尸……"可是没有下文了，那一页没有，下面几页也没有。那封信戛然而止，没写完。她把手上的几页纸看了又看，没有，又仔细查看了信封，掀开被褥、挪掉枕头，趴在地上寻找，把桌子里外翻了个遍，心急如焚地想知道她丈夫埋在什么地方。

鹦鹉又在院子里絮叨起来：

"漂亮小鹦鹉，家住葡萄牙，身穿绿衣服，没人给钱花！""律师回来了！乌拉，漂亮小鹦鹉！我要完蛋了，编瞎话的这么说，哭也没用了，事到如今没了辙！"

军事法官的女仆叫卡尔瓦哈勒的遗孀在门口等着，她要去打发两个在门厅里大喊大叫的女人。

"听着，听清楚了，"其中一个女人说，"你告诉他，我可没工夫等他。什么玩意儿！我又不是侍候他的印第安女人，叫我坐在这块石头上等着。瞧，这石头跟他那小脸蛋似的。没门！我的屁股还嫌凉呢！你就对他说，我来找他，是要他乖乖还我一万比索。前几天，他从新开大院弄来一个女人卖给我，结果啥用场也没派上，带到家当天，她就来了个'休客'。告诉他，我可是最后一次找上门了，再不行，我就告到总统那儿去。"

"得了，琼太太，别生这么大气。犯不上跟这个老母……妈子怄气！"

"我说小……"女仆刚张口说话，小姐就打断了她。

"没你的事！真是！"

"告诉他我刚给你说的话，就是那件事。等着瞧，回头别说事先没提过醒。琼太太和一位姑娘来找他了，等了半天，不见他出来，就走了，留下话儿说。想占便宜……"

卡尔瓦哈勒的遗孀始终浸沉在自己的思绪中，一点也没留心眼前的事情。她穿一身黑，看起来就像死后躺在玻璃棺材里，只有面孔显得分明。女仆碰了一下她的肩膀（老太太的指尖给人一种蜘蛛网的感觉），叫她进屋去。两人进了门。卡尔瓦哈勒的遗孀用含混不清的字句讲了一番话，听起来像是长时间朗读之后那种懒洋洋的低声念颂。

"好的，夫人，您把写妥的信给我吧。这么着，等他一回来（也该回来了，该到家了），我就交给他，再跟他说说，看行不行。"

"拜托您了……"

卡尔瓦哈勒的遗孀刚走，就进来一个陌生人，穿一身咖啡色平纹布衣裳，后边跟着一个看守他的士兵，肩上扛着雷明顿步枪，腰里别着匕首，还缠着一圈子弹带。

"请原谅，"来人对女仆说，"法官先生在家吗？"

"不在，不在家。"

"您看我们在哪儿等他？"

"先坐那儿。噢，让当兵的也坐下。"

女仆绷着脸指了指靠墙的石凳。犯人和看守一声不吭地坐下了。

庭院里散发着林中野草和秋海棠的芳香。一只猫在屋顶上晃来晃去。一只森松特鸟在小木棍编的笼子里试验飞翔。不停洒落的喷泉从远处传来呆板又含混的咕噜声。

法官进屋就把门锁上，使劲把钥匙抽出，装进衣袋，然后走到囚犯和看守面前。两人连忙站了起来。

"你是赫纳罗·罗达斯？"法官问道。一进屋他就不停地闻来闻去。每次他从街上回来，都觉得家里充满猫屎味。

"是的，先生，请多指教。"

"当兵的懂西班牙语吗？"[1]

"不太懂，"罗达斯说着转身问看守，"你说呢，卡斯蒂利亚语[2]，懂吗？"

"半懂不懂。"

"那好，"法官吩咐，"你就待在这儿，我要跟这位先生谈谈。你等着他，一会儿就完。他跟我说几句话。"

罗达斯在书房门口站住了。法官叫他进去，一边在满是书本和纸片的桌上一一放下他随身携带的武器：手枪、匕首、铁指环、铅头棍。

"你想必已经知道判决了。"

"是的，先生，已经……"

"六年八个月，我没记错吧！"

"可是，先生，我不是卢西奥·瓦斯盖司的'同谋'。他干那事的时候没叫我帮忙。我跑过去一看，'软布人'正从大教堂门廊台阶往下滚，浑身是血，快要断气了。我又能干什么呢！我又能怎么样！上头的命令，他说的，上头的命令……"

"他现在已经受到上帝的惩罚……"

罗达斯两眼盯着法官，心里不大相信那张凶狠的脸明显证实了的消息。两人什么也没说。

"不能算个坏人，那……"罗达斯叹了口气，轻轻说。这简单的几个字也算是对他朋友的悼念。那消息使他的心跳了两下，就

---

① 士兵是印第安人。

② 西班牙语的另一名称。

慢慢融进他的血液里。"……有什么办法呢!……'顺毛捋'嘛,大伙都这么叫他:捋他两下,什么事都能给你办顺了。"

"判决书上说他是主犯,你是同谋。"

"可是也没人给我辩护。"

"恰恰就是辩护律师很清楚总统先生的想法,要求判处瓦斯盖司死刑,对你呢,从轻发落。"

"那小子太亏了。我不管怎么说,如今还能饿饿两句……"

"你可以回家了。总统先生需要一个像你这样因为政治问题坐过牢的人,是想叫你监视他的一个红人,他十分怀疑此人在捣他的鬼。"

"你说吧……"

"你认识'天使脸'堂米盖勒吗?"

"我只听说过他的名字,好像就是劫走卡纳勒斯将军女儿的那位。"

"正是他。你一眼就能认出来,人长得很帅,高高的个头,身材匀称,黑眼睛,白净脸,头发跟缎子似的,一举一动都很文雅,可是心比豺狼还狠。政府需要了解他的所作所为,跟什么人来往,在街上跟什么人打招呼,从早到晚常去什么地方,他老婆干什么也要了解。这件事就由你办了,我会告诉你怎么干,还要给你钱。"

囚犯呆滞的眼睛始终跟着法官转悠,只见他说着说着,顺手从桌上拿起一支钢笔,伸向面前高大的笔架——两汪墨海之间矗立的忒弥斯女神①像,在黑墨水里蘸了一下,递给罗达斯说:

———————————

① 希腊神话中掌管法律和正义的女神。

"在这儿签个字。我叫他们明天释放你。收拾一下东西，准备明天出狱。"

罗达斯签了字，高兴得浑身发抖，就像活蹦乱跳的小牛犊。

"真不知怎么感谢您才好。"他临走的时候说，然后就去找看守他的士兵，简直想紧紧拥抱那人。他像前往天堂一样回到了监狱。

不过军事法官更高兴，他手里拿着罗达斯刚刚签过字的那张纸，上面一字不差地写着。

"国内货币收条（金额一万比索）——今收到妓院'销魂院'女主人贡塞森太太（又名大金牙）支付的国内货币一万比索，以此补偿因其诱拐本人妻子费迪娜·德罗达斯太太而对本人造成的部分精神和物质损失。付款人上欺政府下骗受害者，未经许可将其录为女佣并自封为其保护人。赫纳罗·罗达斯。"

女仆在门外喊了一声：

"可以进来吗？"

"可以，进来吧……"

"我来问问有事没有。我要上街买蜡烛，顺便告诉你一声，有两个那种院的女人来找你，叫我传话说，要是不把从她们手里抢去的一万比索还回去，她们就告到总统那去。"

"还有别的事吗？……"军事法官不耐烦地嘟哝了一句，说着弯腰从地上捡起一张邮票。

"还有一个浑身穿孝的太太来找你，像是刚枪毙了的什么人的女人……"

"谁的女人？"

"卡尔瓦哈勒先生……"

"她想干什么？"

"可怜兮兮的！她留下一封信。看来她想知道丈夫埋在哪儿。"

军事法官满脸不高兴地用眼扫了一下那张镶黑边的纸。女仆在一旁又说：

"我得告诉你，我可是答应帮她说说，她太可怜了。她走的时候可是等着回话呢。"

"我不知给你说过多少遍了，我可不喜欢你跟什么人都套近乎。不能随便应承。你什么时候才能明白，随便应承是不行的？在这个家里，所有的人，连那只猫也算上，头一桩该记住的事，就是什么也别应承，对谁都一样。干我们这行的要想保住饭碗，就只能听上面的。总统先生立下的规矩，就是不能随便应承，不管对谁，一概不由分说地拳打脚踢。这位太太下次再来，你把这片纸叠得好好的还给她，就说没人知道埋在什么地方，这类事情……"

"得，你也别生什么气，这会伤身子的。我这么对她说就是了。上帝总会有办法的！"

说完，拿着那张纸出去了，一只脚一只脚往前蹭，慢腾腾地，长裙子索索响着。

她走进厨房，把那张哀告的信纸用手一团，扔进火炉里。纸片仿佛突然活了，在一片火焰里扭来扭去，然后慢慢暗淡下去，在灰堆里变成无数条金灿灿的蛆虫。各式各样的佐料罐排列在一道道桥梁似的木架上。一只黑猫突然从上面跳到坐在石凳上的老太婆身边，来回磨蹭她那枯萎的肚皮，四只脚爪前后展开，逐渐伸长了柔韧的身躯，两只金光闪闪的眼睛里充满了邪恶的好奇，紧紧盯着炭火的中心：那张纸已经化作灰烬。

三十四、水月镜花

卡米拉一手扶着丈夫，一手拄着拐棍，走到房间中央。正门外面的院子里散发着猫味和罂粟花味。窗户是朝城里的方向开的，她大病初愈，就被人用滑竿抬着来到这里。还有一个小门通到另一个房间。尽管阳光炙烤着她那双绿盈盈的眼仁，新鲜空气也如同绵延的沉重链条，不断充溢她的肺腑，可是卡米拉还是不能相信，迈步走动的竟然是她自己。她觉得双脚变得那么大，两条腿像在踩高跷。她似乎是从外面观看这个世界，两眼睁得大大的，犹如混沌无知的婴儿。云雾缥缈的蛛网，幽灵一般荡过。她虽死犹存，俨然是一场梦，现在又复活了，正在把实际上的她和梦境中的她拼凑在一起。她的父亲，她的家，她的奶妈"老鼠胆"构成了她的前世。她丈夫，这个临时的家，女佣人们，组合成她的今世。迈步走动的是她，又不是她，总觉得自己是脱胎为另一个人而重归世间。说起她自己就像在说倚在遥远天际的旁人。她甚至能和看不见摸不着的东西心照不宣。如果这会儿别人把她一个人撇下，她就会融进另一个身躯，披着冰冷的长发立刻消失，不过双手还牵着新娘的长裙，耳里还充溢着世间的嘈杂。

她很快就能站立和走动了，不过病还没全好，不，不是还病着，只是全神贯注地想着一件事情：从丈夫把双唇放到她面颊的一瞬间起，其他一切对她都是多余的，一切都是多余的。在这个对她如此陌生的世界上，她只能把他当作唯一的爱物儿紧紧抓在身边。她尽情地享用着地上的蜜月，天上的明月，观赏着对面云雾缭绕的火山，头顶上是缀在寥廓苍穹的犹如闪闪金箔的点点繁星。"天使脸"觉得妻子在白色法兰绒睡衣里面抖个不停，但是并非冷得发抖，非同一般凡胎俗骨，而是像轻盈的天使。他一步步把她搀回卧室。水管上面的神面怪首浮雕……纹丝不动的吊床……水流也像吊床一样安静……潮湿的花盆……蜡制花朵……月影斑驳的游廊……

他们在各自的卧室躺下之后，仍然隔着墙说话。一扇小门沟通两个房间。一只只纽扣从困倦欲阖的扣眼里退出来，像剪断的花朵发出轻微的沙沙声；鞋子訇然落地，犹如船锚沉下水面；长袜慢慢脱离肌肤，如同轻烟飘离烟囱。

"天使脸"在说自己的洗漱用具如何堆放在一张桌子上，旁边还有个毛巾架，为的是煞费苦心造成一种居家过日子的气氛。在这幢至今仍显得空无一人的大房子里，他不停地谈论着夫妻间的琐碎话题，竭力不去注意那扇狭长的小门，那扇联结两个房间、通往天国的小门。

他终于昏沉沉地倒在床上，一动不动地躺了很长时间，任凭一阵阵神秘的浪潮在两人之间川流不息，无法抗拒地涌上又退下。他硬是把她抢来想占为己有，然后身不由己地萌发了不顾一切的爱情。可是他克制了自己的欲望，准备送她去叔父家里，而这些人对她关闭了大门，她又重新掌握在他手里。大家都这么说。他也不怕再失去什么，完全可以占有她了。她呢，心里也明白，很想逃脱，却被一场大病困住了。病情急转直下，到了垂危的关头。她一死，纽带自然也就断裂了。他很清楚。有一阵已经听天由命了，可是大部分时间里他还是想跟无情的命运抗争一番。卡米拉一旦死去，他就彻底孤苦无依了。福星非要等到最后一刻，才决定把他们俩维系在一起。

她先是像婴儿一样连路也不会走，下了床迈出最初几步之后，一下子变成少女。一昼夜之间，血色染红了她的嘴唇，胸衣上部的小网里也兜起丰硕的果实，每当那个没想到成了自己丈夫的人走过来，她都要心慌意乱，浑身燥热。

"天使脸"从床上跳下来。他觉得自己和卡米拉被一个两人谁都没犯过的错误隔开了，被一个两人谁都没同意的婚姻隔开了。卡米拉闭上眼睛。脚步慢慢向窗户走去。

月光在飘浮的云隙间忽隐忽现。在阴影构成的桥拱下面，街道像一条夹带累累白骨的河流，缓缓向远处延伸。有时候，一切都像被古文物的锈斑覆盖而消失；有时候，一切又都重新出现，如同包裹在金光灿灿的絮团里。突然，一团像巨大眼睑的阴影遮蔽了一切，顿时终止了这种忽明忽灭的把戏。一根凌云的睫毛从最高的火山顶上脱落，马蜘蛛般慢慢爬行，逐渐弥漫在城市的穹顶，一切都隐没在一片丧服似的漆黑之中。群犬如同拍打门环一样晃动着耳朵，夜鸟也骚动起来，柏树一丛接一丛地呼呼呜咽，钟表的发条收紧又松开。月亮已经完全消失在勃然挺立的火山后面，新嫁娘面纱般的迷雾笼罩了楼阁屋宇。"天使脸"关上窗户。从卡米拉的卧室里传来缓慢而沉重的呼吸，似乎她把头裹在被窝里睡觉，或者是胸口被噩梦魇住了。

那些日子里，他们去洗矿泉浴了。斑驳的树影洒在商贩们的白衬衣上，他们背着瓦罐、扫把、森松特鸟笼、松木、煤块、劈柴、玉米。他们一小群一小群地长途迁徙，高抬脚跟，只用脚尖走路。太阳似乎也跟他们一样要大汗淋漓了。他们气喘吁吁。他们用双臂开路。他们渐渐像鸟群一样消失了。

卡米拉站在一个草房的阴影里看人们摘咖啡豆。农女的双手不停在闪着金属光泽的枝叶之间穿梭飞舞，如同贪食的小兽，忽上忽下，忽而发狂地并拢手指，仿佛在给树身搔痒，忽而又两手分开，似乎在解开衣襟。

"天使脸"用一只胳膊紧紧搂住卡米拉的纤腰，把她引进一条似乎是从热昏的树端垂下的小径。他们觉得自己的头颅和上身还在原处，其他部位、双腿和双臂，都在随着树木一起蒸腾。脚下是一丛丛野兰花，一群群鲜艳夺目的四脚蛇。他们逐渐进入密林深处，浓厚的绿茵也慢慢染上野花蜜的幽暗色调。他透过薄薄的衬衣触摸到卡米拉的肉体，就像透过嫩玉米的叶子触摸到柔软、滑腻、湿润的果实一样。野风吹乱了他们的头发。他们穿过一片早发的马铃草，走到浴池岸边。太阳正在池水中小憩。在近处幽暗的羊齿草丛中似乎有无形的精灵在飘舞。从一幢铁皮屋顶的房子里走出浴池管理员，嘴里塞满了饭食，只能点头打招呼。他两个腮帮子鼓得圆圆的，正在往下咽嘴里的东西，同时神气十足地打量着两位顾客。两人各自要了单间，管理员回说马上就去拿钥匙。他拿来了钥匙，打开两个小房间，中间只有一墙之隔。他们走进自己的单间，不过在分手之前匆匆跑到一块亲吻了一下。管理员正在害眼病，见这情景赶紧捂上脸，怕的是眼皮上长疙瘩。

周围是一片密林的低鸣。他们分开后，突然感到对方变得生疏起来。一面中间裂缝的镜子映照着"天使脸"手脚麻利地宽衣解带。干吗偏偏要生成个人！能变成一棵树、一片云、一只蜻蜓、一串水泡或者一个蜂鸟岂不更好！……卡米拉走到第一级台阶，用脚试了一下凉爽的池水，不禁喊出声来。走到第二级，又尖叫了几声。到了第三级，声音更尖了。到了第四级，越发吱呀哇呀乱叫一阵。终于……扑通一声！她的绣花衬衣一下子鼓了起来，像被什么东西撑着，像一只气球，不过转眼间池水就把它吸瘪了，于是透过那层蓝、黄、绿相间的鲜艳花布，她的肉体清清楚楚显现出来：坚挺的乳房和小腹，线条柔和的臀部，平滑的脊背，稍显瘦削的双肩。她扎了一个猛子，马上又钻出水面，突然感到有点发怵。沿着峡谷飘浮的寂静似乎跟躲在近处的什么人握手低语，说不定是个在浴池周围转悠的古怪精灵，一条蝴蝶般鲜艳的长虫，就是常说的"劲头足"。这时候，她听到丈夫在门口问可不可以进来，这才放了心。

池水像一头欢天喜地的小兽一样，跟他们一起雀跃着。投射到墙上的反光像五颜六色的蛛网，而他们放大的身影就如同可怕的大蜘蛛。空气中充满了苏基乃花味、不知隐蔽在何处的火山味、青蛙肚皮的潮湿味、牛犊吸吮青草变的白色乳汁后喷出的鼻息味、生来只知欢笑的清凉瀑布味以及扇动翅膀的绿头苍蝇味。笼罩他们的还有一层触手即逼、哑然无声的薄纱、守崖鸟的鸣啭、萨拉鸟的飞腾。

管理员站在门口问，从百沟村赶来的两匹马是不是接老爷太太回去的。他们该穿上衣服离开浴池了。卡米拉梳头的时候，肩上披了一条毛巾，免得湿漉漉的头发弄潮衣服，可是突然觉得上面爬着一只毛毛虫。她说着喊着，"天使脸"连忙跑过去，一眨眼工夫除掉了毛毛虫。可是她已经不那么自在了。整个森林都叫她害怕，觉得到处都爬着毛毛虫，吓得她汗水淋漓地直喘，同时又疲惫得昏昏欲睡。

两匹马拴在无花果树下，不断甩动尾巴驱赶苍蝇。赶马来的脚夫手里拿着草帽，走上前来问候"天使脸"。

"啊，原来是你，你好！你在这地方干什么呢？……"

"干活呗。自打您帮忙让我离开军队，我就到这儿来了。话说快一年了。"

"看来时间过得真快……"

"可不是嘛！依我说，老爷，是咱们觉得老阳儿手脚太麻利了。您想想，鸢鹰还没飞过咱们这儿呢。"

"天使脸"问卡米拉是不是可以走了。她正站在一边给管理员付款。

"我依你……"

"不过，你饿不饿？不想吃点什么吗？给咱们点什么。说不定管理员能卖给咱们点什么。"

"来几个鸡蛋吧！"脚夫插嘴说，一面从那件扣子多于扣眼的外套口袋里掏出三个用手绢包着的鸡蛋。

"您太好了！"卡米拉说，"看起来挺新鲜。"

"你才是好人呢，小姐，这几个鸡蛋嘛，说实在的，真不错，是我们家的母鸡今天早上下的。我对老婆说：你给我放在一边，我想捎给堂米盖勒吃！"

他们告别了浴池管理员，那人被眼病弄得老是满脸鼻涕眼泪，而且老是嘴里嚼着吃食。

"依我看，"脚夫说，"太太最好把这几个鸡蛋喝了。从这往前走可没什么人家了，别把您饿坏了。"

"不行，我不喜欢生鸡蛋，我的肚子受不了。"卡米拉回答说。

"我说呢，我总觉得太太身子骨有些弱！"

"可不是吗，您还不知道，我下床走动没几天……"

"对了，""天使脸"说，"她前一阵病得很厉害。"

"不几天就会好多了，"脚夫说着，把女式鞍子的肚带勒紧了，"女人都跟花儿一样，老得给她们浇水。瞧着吧，这一结婚，不几天就鲜亮得什么似的。"

猛地听到这话，卡米拉面颊上泛出了红晕，慌忙垂下眼睛，可是浑身又都像长满了眼睛。她偷看了丈夫一下，两人的目光里都燃烧着欲望。夫妻间至今还没有的默契就这样建立了。

三十五、雅歌

"要是碰巧咱们没遇到一起……"他们总是这么说，一想到确实有过这种危险，他们俩就十分害怕，只要一会儿不见面，就急忙相互寻找。即使两人在一处，也得互相搂抱着。搂抱着还不够，还得紧紧贴在一起。紧紧贴在一起，还得互相亲吻。互相亲吻着，还得两双眼睛面对面盯着。只有确信两人是在耳鬓厮磨，他们才会觉得阳光普照，幸福无比，头脑里只有一片忘却一切的纯净空白，才能跟因为充溢着新鲜绿色植物乳汁而显得高大挺拔的群树和谐地融为一体，跟那些回声一般飞快掠过天空、包在五颜六色羽毛里的小肉球融为一体。

可是邪恶的毒蛇开始动脑筋了。要是他们碰巧没遇到一起，能那么美滋滋的吗？……在漆黑的洞穴里，一场公开招标开始了。看谁能摧毁天堂里毫无用处的良辰美景。阴暗的心灵自诩为淫荡行径的抵御者，也开始四处窥探，捕风捉影地散布流言蜚语。就连日历都在时光迷宫的各个角落铺设下陷阱机关。

无论是她还是他，都必须去参加共和国总统在乡间别墅举行的晚宴。

他们顿时觉得似乎置身于别人家里，不知干什么才好，凄凄惨惨地待在一张沙发、一面镜子和其他家具之间，远离了他们度过新婚头几个月的那个美妙的世界。两人都深深怜悯着对方，而且为自己的一副可怜相羞愧得无地自容。

餐厅里的时钟敲响了，可是他们觉得那声音来自极遥远的地方，要到那儿去，非得乘船或飞艇什么的。不过他们还是坐到了餐桌上……

两人一声不吭地吃着饭，眼睛始终盯着嘀嘀嗒嗒叫他们慢慢临近晚宴时刻的钟摆。"天使脸"离开餐桌去换礼服，手伸进袖子的时候，觉得一阵冰凉，似乎裹进一张芭蕉叶里。卡米拉本想把餐巾叠好，可是餐巾却折弯了她的手。她被困在桌子和椅子之间，瘫软无力连一步也迈不出去。她只好把脚抽回，也算是迈出了一步。"天使脸"转回来看时间，然后又去他房间取手套。走远了的脚步声像是从地窖里传出来的。他说了点什么，语句很模糊。不一会儿，他又回到餐厅，手里拿着妻子的折扇。他不记得去自己房间取什么来着，就四处乱找。终于，他想起来了，原来手套已经戴好。

"你们看着点，别忘了关灯。关了灯，把门锁好以后再睡觉……"卡米拉对女佣人们说。她们都走到过道口上送主人出门。

载着他俩的马车很快就走远了。两匹高头大马在挂着一串串硬币的挽具中间腾起小碎步跑着。卡米拉深深窝在座位上，暗幽幽的街灯不断从她眼前闪过，使她实在难以抗拒昏沉沉的睡意。她本来已经让自己的坐姿适应了马车奔驰的节奏，可是它却时不时蹦跳几下，把她从座位上弹起来。"天使脸"的死对头们都说总统心腹已经失宠，还在总统密友圈里散布什么最好别再称呼他原来的名字了，干脆叫他米盖勒·卡纳勒斯为妙。随着车轮蹦蹦跳跳晃晃悠悠的"天使脸"，一想起他在晚宴上露面将引起的轰动，就觉得已经提前解了气。

马车离开铺石的路面，正在布满细沙的斜坡上飞一般滑行，车轮发出嘶嘶的声音。卡米拉突然害怕起来。除了头上的繁星，漆黑一片的原野上什么也看不见，除了蟋蟀的鸣叫，在浸润一切的露水中什么也听不见。她感到害怕，全身都绷紧了，似乎正在被拖向死亡，脚下是途经的道路，或许不过是一条虚幻的道路。路一边是张着血盆大口的无底深渊，另一边是魔鬼的羽翼，像巨大的岩石一样，在无边的黑暗中伸展。

"你怎么了？""天使脸"问道，同时轻轻搂住她的肩膀，把她从门旁挪开。

"我怕！"

"嘘，别说话！"

"这个人要叫咱们翻进深沟里。告诉他别这么飞跑。你说啊，你真可恨！你好像无动于衷。快说啊！你哑巴了……"

"坐这种车……""天使脸"刚一开口，就停住了。妻子紧紧抓住他，接着就是车簧刺耳的响声。他们真以为自己堕入了深渊……

"没事了，"他立刻缓过劲来，"没事了，大概……看样子是车轮子掉进沟里了。"

夜风从山崖顶端吹过，发出破帆的呜咽声。"天使脸"从车门里探出头去对车夫喊了一声，叫他留心点。那人转过黢黑的麻脸看了看，就让两匹马像去送葬一样慢腾腾地磨蹭。

马车在一个小镇子的入口停住。一名披着斗篷的军官，把马刺踢得叮当响,走了过来,一见是他们,就叫车夫径直进去。晚风低鸣着穿过干枯的玉米叶和断裂的秫秸秆。不远处的牲口棚里还能辨别出一只母牛的朦胧身影。树木都入睡了。他们往前走了二百米,又有两名军官上前盘问。车夫几乎没来得及刹车。他们在总统别墅门口下车之前,三名上校又仔细搜查了马车的里里外外。

"天使脸"(他像撒旦一样英俊而邪恶)向参谋部的军官们一一问好。此时此地,浓厚的夜幕尤其显得无边无际,想念安乐窝的心情不禁油然而生。地平线上闪烁的一盏灯火指明保障总统安全的炮台所在。

卡米拉低着头从一个男子面前走过。此人生有两道恶魔梅菲斯特①式的眉毛,两眼不过是细细的缝隙,拱肩驼背,下面是两条细长的腿。夫妻俩过来的时候,那人正缓缓抬起一只胳膊,同时伸开手掌,仿佛在放飞一只鸽子,而不是要开口说话。

"伯太尼的帕尔德尼奥斯,"他说,"在跟米特拉达梯大帝②作战的时候当了俘虏,被送到罗马教授十四言诗。普罗波士、奥维迪奥、维吉尔、贺拉斯③以及鄙人都是师法于他的。"

两个上了年纪的夫人站在大厅门口聊天,总统先生正在里面迎接客人。

"可不是嘛!"其中一个说,一面用手摸摸自己的发髻,"我已经告诉他必须连任。"

---

① 歌德小说《浮士德》中的魔鬼,引诱浮士德将灵魂抵押给自己。
② 米特拉达梯(约前132—前63),黑海南岸的本都王国国王。
③ 四人均为纪元前古罗马的著名诗人。

"他呢？怎么说的？我很想知道……"

"只是笑笑。不过我知道迟早是要连任的。亲爱的康第达，我们两口子认为他是历届总统里面最好的一个。对您直说吧，他在任这段时间里，我丈夫蒙却一直都能找到好差事。"

在这两位太太后面，"提彻尔"正在对几个朋友一本正经地高谈阔论：

"没家的女子要出嫁，出嫁之后又出家……"

"总统先生问起过您，"军事法官逢人便说，"总统先生问起过您，总统先生问起过您……"

"十分感谢！""提彻尔"应声答道。

"十分感谢！"一个黑人也以为是冲着他。他是个罗圈腿、镶金牙的赛马骑师。

卡米拉真希望谁也没看见她，可是办不到。都怪她那不同凡响的容貌，她那双凄惶无神的绿眼睛，她那透过洁白丝绸显露出的苗条身躯，她那对适中的乳峰，她那轻柔优雅的举止，特别是她的身世：卡纳勒斯将军的女儿。

一位太太在一圈人里议论开了：

"实在不怎么样。这女人居然不穿胸衣……纯粹是个下贱货……"

"听说回回出门做客，都得叫人把新婚礼服改个样儿穿上。"另一位悄悄地说。

"没有穿得出去的装裹呗，有什么辙！"一位头发稀稀拉拉的夫人觉得到自己接话茬的时候了。

"哟，咱们也别太刻薄了！我提起那衣服是想说他们太穷了。"

"说的就是他们穷，正是您的意思！"头发稀稀拉拉的那位抢白了一句，接着又压低嗓门说，"听人说自打那男的跟她结婚以后，总统先生什么也不给他了！"

"可是'天使脸'很受宠啊……"

"那是以前！您该说。我还听说，没准各位都不信，这个'天使脸'跑去劫他现在这个老婆，是给警察眼里扬沙子，帮他的将军丈人逃跑。那老家伙还真是这么跑了！"

卡米拉和"天使脸"挤在来宾堆里，继续朝总统先生待的大厅另一头走去。总统阁下正在跟督主教"无敌"博士谈话。他们周围的人越来越多：有名媛贵妇，她们一靠近主子，就连忙把嘴里的话堵回去，那模样就像吞下一根点着的蜡烛，可又不敢喘气，更不敢张嘴；有拘留受审又被保释出狱的银行家；有巧舌如簧、暗箭伤人的下层官吏。个个都双眼紧盯总统先生（总统看他们的时候，不敢上前问好，总统不看他们了，又不敢离开），还有乡里的名流显贵，这些人的政治见解早已化为灰烬，仅有的一点学识教养，使他们在这种屈为牛后的时刻继续保持惯为鸡首的尊严。

卡米拉和"天使脸"上前问候总统。"天使脸"介绍了自己的妻子。主子大度地向卡米拉伸出纤小冰冷的右手，一面叫出她的名字，一面两眼紧盯着她，似乎在说："好好看看我是谁！"督主教在一旁用加尔西拉索①的诗句颂扬起眼前的美人，她的名字和超群的容貌都和阿勒巴尼奥的所爱一模一样：

　　天地造尤物，

_____

① 加尔西拉索（约1501—1536），西班牙诗人。

如许独无双，

　　模具被毁弃，

　　不使有重样。

　　侍者送来香槟、糕点、咸杏仁、夹心糖果、香烟。香槟酒点燃了盛宴之前的无焰之火，好像有谁施用了魔法，这整个场景映在一面默默无言的大镜子里，显得那么有血有肉，可是在大厅里却反而变得虚无缥缈起来，连那件保持葫芦瓢原始形态，加上小棺材盖似的现代文明配件的乐器发出的飒飒声响也是如此。

　　"将军……"总统发话了，"把男士们请出去，我想单独跟女士们进餐……"

　　一扇扇室门通向华灯辉映的夜幕。男人们挤成一团，蔫不拉唧地走出去。有的推推搡搡，争先恐后执行主子的命令，有的步履匆忙，生怕让人看出那副扫兴的面孔。夫人们你看看我，我看看你，连放在椅子底下的双脚都不敢稍稍移动一下。

　　"诗人可以留下……"总统又吩咐了一句。

　　军官们关紧所有的室门。置身于清一色的名媛贵妇之间，我们的诗人一时手足无措。

　　"朗诵吧，诗人，"总统命令他，"来点精彩的，比方雅歌。"

　　我们的诗人搜索枯肠，一字字背诵起所罗门的诗句：

　　　　所罗门的歌，是歌中的雅歌。

　　　　愿他用口与我亲嘴。

　　　　耶路撒冷的众女子啊，

我虽然黑，却是秀美，
好像所罗门的幔子。
不要因日头把我晒黑，
就轻看我……

我以我的良人为一袋没药，
常在我怀中……

我欢欢喜喜坐在他的荫下，
尝他的果子的滋味觉得甘甜。
他带我入筵宴所，
以爱为旗在我以上。

耶路撒冷的众女子啊，
我嘱咐你们不要惊动，
不要叫醒我所亲爱的，
等他自己情愿。

我的佳偶，你甚美丽，
你的眼睛在帕子内好像鸽子眼，
你的头发如同山羊群……
你的牙齿如一群母羊，
洗净上来，
个个都有双生，

没有一只丧掉子的。

有六十王后八十嫔妃 ①。

　　总统突然脸一沉，忽地站起来。听着噔噔的脚步声，仿佛踏着干涸的石块河床溜走的野豹。他穿过一扇门消失了，只见顺手掀开的布幔拍打着他的背影。

　　我们的诗人和全体听众顿时惊呆了，个个渺小卑微，腿软心虚。似乎太阳突然陨落，一阵寒气袭人。一名副官宣布晚宴开始。在过道里消磨了大半时光的男客们战战兢兢步入大厅。我们的诗人走到卡米拉面前，请她相伴入座。卡米拉站起来，准备伸出胳膊。突然一只手从身后抓住她，吓得她险些喊出声来。"天使脸"一直躲在妻子身后的窗帘里面。在场的人都看见他如何从藏身处钻出来。

　　木琴开始奏乐，那些捆在小棺材般的共鸣箱上的根根木条不停地颤动起来。

---

　　① 见《新旧约全书·雅歌》。参照原文，有所删节。

三十六、革命

　　往前什么也看不见，身后是无数很难辨认的羊肠小径，像一条条长蛇，静悄悄地匍匐爬行，平滑冰冷的身躯蜿蜒伸展。未经冬季雨水浸润的贫瘠土地，在一个个干涸的水洼中显露出根根肋骨。树木似乎也要爬到浓密多汁的枝叶顶端去喘气。一堆堆莹莹篝火映入疲惫坐骑的眼睛。一个士兵对着大伙撒尿，可是却不见两腿。应该告诉他，可是没人告诉他。弟兄们都忙着擦拭武器，用的是羊脂和依然散发女人气味的旧裙子。死亡正在一个一个把他们带走，让他们枯萎在床上，而并没有因此为他们的儿女和任何人换来好处。豁出去玩命吧，也许能得到点什么。子弹穿过人的躯体时毫无知觉，它们以为人肉是一团甜丝丝的热气，就是稍微浓厚一些。它们像鸟儿一样尖叫着。应该告诉他，可是没人告诉他，大伙都忙着磨砍刀。那是为了干革命，在一家后来烧毁的铁匠铺买来的。刃口慢慢露出来，就像一张黑人的面孔开口笑了。唱点什么，伙计，先头听你唱来着！

　　　　别再纠缠我，负心郎，
　　　　你另有人儿在心上。
　　　　干脆丢我柴堆里，

一把火来全烧光。

"跟着唱啊，伙计！……"

　　游湖佳节该热闹，
　　转眼工夫日子到。
　　只是今年无明月，
　　不见有人开怀笑。

"唱啊，伙计！"

　　你我同日来人间，
　　情长意深结良缘。
　　天上喜宴人声闹，
　　上帝老儿也露面。

　　"唱吧，伙计，唱吧！"湖光山色已经把月亮当奎宁片吞下，可是树叶还在瑟瑟发抖。他们苦苦盼着开拔的命令。狗吠声从隐没在远方的村落传来。天亮了。原地驻守的部队本来准备夜里攻打政府驻军第一营，可是一种似乎来自地下的奇怪力量遏制了他们的活动能力，把士兵变成一尊尊石雕人像。在这没有阳光的清晨，雨水把一切都浸得潮湿黏稠。雨滴沿着士兵的面孔和赤裸的脊梁滚下。在上帝的一片哭泣声中，一切动静都逐渐变得震耳欲聋。最先听到的消息断断续续、前后矛盾。传话的人小声嘟哝着，不敢说出全部真情。士兵的心灵深处慢慢冰冷坚硬起来，似乎是一颗铁丸，一截枯骨。尽管只划开一道伤口，喷涌的鲜血却染红了整个军营：卡纳勒斯将军死了。一个字接一个字，一句话连一句话，消息越来越清楚了。一字一字像在拼读音节表，一句一句像宣读葬礼弥撒。香烟和烧酒也溶进火药味十足的诅咒。不管多么真实，传来的消息依然难以置信。老兵们一声不吭，迫不及待地想知道全部情况。有的站着，有的躺着，有的蹲着。这边有几个揪下草帽，丢在地上用力践踏，不停地抓挠头发。那边几个年轻人跑下山谷去打听消息。阳光下一切都蒸腾起来，令人昏昏欲睡。远处一片飞鸟的聒噪。时不时听到一声枪响。不久，到了午后。破絮般的云片覆盖着瘢痕累累的天穹。宿营地的火堆一个个熄灭了。一切，天、地、人、畜，汇成幽暗的一团，浑然一体，漆黑一片。深深的寂静突然被一阵狂奔的马蹄声打破：可嗒嗒，可嗒嗒。这声响的回音如同在九九表上弹跳，成倍增长，四处扩散。骑马人穿过一个个岗哨，越来越近了，很快就到了眼前，来到士兵们中间。他们听了来人的话之后，简直以为自己在白日做梦。卡纳勒斯将军眼看就要前来统率部队了，可是却在一次进餐之后猝然死去。眼下部队要整装待命。"有人给他吃了什么，比方毒草根，雪果油，都是些不留痕迹的剧毒品。怎么会这么巧，偏偏这个时候死了！"有人说出自己的看法。"他应该当心点嘛！"另一个惋惜地说。啊？……大家都惊讶得说不出话来，只觉得连陷进泥里的脚脖子都在发抖……这么说他的女儿……

过了好长一段难熬的时间，又有人说："要是大伙赞成，我来咒她。我还记得跟海边一个巫师学的咒语。那次是山上没玉米吃了，我下山去买的时候学的！……赞成不？"

"要我说啊，"黑暗中有人回答说，"我反正同意，是她害了自己的爹。"

马蹄声又重新回到路上：可嗒嗒，可嗒嗒，可嗒嗒！接着又是一个岗哨一个岗哨传来的口令声。最后又是一片死寂。月亮很晚才露出来，还带着一圈月晕。狼群的嚎叫越来越凄厉，从四面八方来的声波汇成锥形，尖顶直刺月面。过了一会儿，又听到一声巨大的轰鸣。

每次来人说一遍事情的经过，卡纳勒斯将军就得走出坟墓，重演一遍他是如何死的：他坐在一张没有铺台布的桌子前，在煤油灯下就餐，只听到杯盘刀叉的响动和勤务兵的脚步，再就是往杯子里倒水和翻开报纸的声音……末了是一片寂静，连一声呻吟也没听到。被人发现时，他已经趴在桌上死了，侧脸压在《国民报》上，两眼半开半闭，黯然无光，凝神注视着空无一物的前方。

士兵们又重新干起各自手头上的事，个个心里不是滋味。他们不想再当牛马，才跟着"小夹克"（大伙都这么亲热地称呼卡纳勒斯将军）干起革命，想过上好日子。"小夹克"向他们许下诺言：归还以解散村社为借口被强行夺走的土地，公平分配灌溉用水，取缔体罚，实行不超过两年的义务兵制，组织农业合作社，进口农机具、良种、良畜、化肥以及招聘技术人员，提供廉价的运输工具，外销农产品，由民选的并直接为公众负责的人士掌握报刊出版，关闭私立学校，征收累进税，降低医疗费用，收编医生和律师为公职人员，允许信仰自由，即：印第安人有权供奉自己的神祇并重建寺庙，而不应因此遭受迫害。

卡米拉许多天之后才听到父亲的死讯，一个陌生人打电话告诉了她。

"您父亲是在报上看到总统做您主婚人的消息之后死去的……"

"不是这么回事！"她喊道……

"不是这么回事？"电话里传来一阵放肆的笑声。

"不是这么回事，不是主婚……喂！喂！"那边把电话挂上了，不过是小心翼翼挂上的，像是在干什么偷偷摸摸的勾当，"喂！喂！喂……"

她一下子瘫在藤椅上，茫然无知了。过了好一会儿，她才回忆起房间的布局，可是发现颜色全变了，不像从前了。从前这房间是另一种颜色，透着另一种味道。他死了！死了！死了！她蜷起手指，仿佛准备撕裂什么，但是只从紧闭的牙关里迸出一阵撕裂人心的狂笑。她强忍着不让泪水流出那双碧绿的眼睛。

卖水的小车从街上走过。笼头簌簌落泪，铁桶开怀大笑。

三十七、火神之舞

"各位用点什么？"

"啤酒……"

"我不要。给我来杯威士忌……"

"我要白兰地……"

"就是说……"

"一杯啤酒……"

"一杯威士忌，一杯白兰地……"

"再来点下酒菜！"

"好嘞，一杯啤酒，一杯威士忌，一杯白兰地，还有下酒菜……"

"我……的老兄，甩下我不管了！"说话的是"天使脸"，他一边走到桌旁，一边匆忙扣紧裤子上的扣子。

"您喝点什么？"

"随便，来瓶汽水吧……"

"这么说……一杯啤酒，一杯威士忌，一杯白兰地，再加一瓶汽水。"

"天使脸"拖过一把椅子，打算坐在一个人身边。此人两米高的身材，虽然是个白人，可言谈举止像个黑人，脊背直挺挺的像一段铁轨，两只铁砧似的大手，金黄色的双眉之间有一道伤疤。

"密斯特成吉斯，请让点地方，""天使脸"说，"让我把椅子放在您旁边。"

"真'是'万分荣幸，先生……"

"我喝两口就颠儿。老板还等着我呢。"

"是吗？"密斯特成吉斯紧接着说，"既然您要去见总统先生，您就别再犯傻了。干脆告诉他，关于您的种种谣传统统都是假的，一派胡言。"

"这种玩意不攻自破。"那位要了白兰地的表示了自己的看法。

"您别不是只对我这么说吧！""天使脸"接过话茬，不过是冲密斯特成吉斯去的。

"跟谁我都这么说！"美国佬高声回答，两手张开，在大理石桌面上拍打着，"敢情！这儿那天晚上，我听到军事法官说您，敌对总统连任，跟过世的卡纳勒斯将军，赞成革命。"

"天使脸"很难掩饰内心的不安。在这种情况下去见总统，实在太冒险。

侍者送上酒菜。他系着一块白围裙，白围裙上用红线绣着"冈布里努斯"几个字。

"这是一杯威士忌……一杯啤酒……"

密斯特成吉斯连眼皮也不眨一下，一口气喝干了威士忌，就像在喝泻药似的，然后掏出烟斗，装满烟丝。

"没错，我说老兄，不定什么时候，这些话传……传到老板耳朵里，您可就没几天好乐的了。倒不如趁这工夫把是是非非说清楚。这次机会可得紧紧抓住不放。"

"我听您的，密斯特成吉斯，再见。我去叫辆马车，好早点到。多谢了。各位，我告辞了。"

密斯特成吉斯点着烟斗。

"您喝了多少杯威士忌了，密斯特成吉斯？"同桌有人问。

"一……十……八！"美国佬回答，嘴里叼着烟斗，一只眼半闭着，另一只睁着，在火柴黄色火焰映照下，显得湛蓝湛蓝的。

"您这就对了！威士忌真是个好东西！"

"上帝知道！不知道我说什么，这，您去问那些喝酒不像喝酒的人，我，心里烦呐……"

"您怎么也说这个，密斯特成吉斯！"

"怎么就不能说这个，心里话嘛！在我们国家人人都说心里话，一点不含糊。"

"这样好啊……"

"噢，不，我嘛，欢喜跟各位在一起，说的都不是心里话，'中听'就行呗！"

"这么说，贵国那里没人编瞎话啰……"

"哎，可不是，谁也不编。《圣经》里的'佳话'编得比谁都好！"

"再来一杯威士忌，密斯特成吉斯？"

"我也觉得是该再来一杯威士忌！"

"好样的，我就喜欢这样。您真是死也图个痛快的人！"

"Comment?"①

"这位朋友说，您是那种死也……"

---

① 法语，意为"怎么？什么？"

"啊，明白了：死也图个痛快的人。不对，我是个要活得痛快的人，更因为我想活着。不管死不死，能办到的话，我要死得让上帝痛快。"

"这位密斯特成吉斯，只盼着天上泼下威士忌！"

"哪儿的话！干吗这样？……要那样就没人买雨伞遮雨了，当漏斗得了！"美国佬喷云吐雾，呼出一堆堆烟团，停了一会儿才又说，"这'天使脸'还真是个好小伙儿。可他要不照我的话办，就再也甭想得好，要倒大霉了！"

一伙人一声不吭地闯进酒店。人太多了，把大门都堵上了。大部分就待在门边，站在顾客席和柜台之间。他们待一会儿就走，不用坐下。"静一静！"一个半矮、半老、半秃、半壮、半疯、半哑、半脏的家伙打开一张铅印的宣传品，另外两个人帮他用黑胶水贴在酒店的一面镜子上。

"公民们：

共和国总统的名字像一把和平的火炬照亮了全民族的神圣道路。在他的英明领导下，我们的国家在进步的各个方面和各个方面的进步中，已经取得，并将继续取得无法估量的成就！作为自由公民，我们深知有义务保卫我们的利益也就是保卫祖国的利益，作为奉公守法的公民，我们坚决反对无政府状态。因此，我们郑重宣布：共和国的安危取决于我们英明的领袖再度当选，完完全全取决于他再度当选！怎能把祖国这艘航船交给我们一无所知的人？当前引导我们前进的难道不是当代最完美无缺的政治家吗？难道他不将作为伟人中的伟人，贤者中的贤者，最杰出的开明思想家和民主先驱而载入史册？？？哪怕仅仅闪过不是由他而是由别人担此重任的念头，也不啻背叛全民族的利益，也就是我们自己的利益。如果竟有人胆敢作此非分之想（肯定不会有这种人），应该作为危险的狂人予以关押；如不判其为狂人，则应依法按叛国罪论处！！！同胞们，投票箱在召唤你们！！！请投票！！！选举！！！我们的！！！候选人！！！总统！！！必须！！！连选！！！连任！！！投！！！他！！！一票！！！全体公民！！！"

听完告公民书，酒店里的人们精神为之大振。有高呼万岁的，有热烈鼓掌的，有大喊大叫的。应大伙要求，一个衣大裤肥、黑发披散、双眼荧荧闪光的男子讲起话来。

"热爱祖国的人们，我用诗人的头脑思考，用大众国语讲话！是诗人创造了天国，创造了这件无用而美丽、被称作天国的东西。我还是以创造者的身份对你们讲话。请耐心听我这篇语无伦次的文辞吧！……一位在德国无人理解的德国人，我不是指歌德，也不是康德，也不是叔本华，我说的是那位超人，是他毫无疑问地预感到，宇宙父亲和大地母亲，必将在美洲的中心生下一个旷古未有的超人。先生们，我指的就是这位赋予祖国黎明以价值的人，我们的救星，党的领袖，莘莘学子的保护人，先生们，我指的就是共和国的宪法总统。想必各位已经知道我要说什么：他就是尼采的超人，独一无二的超人……我现在这么说，还要不断地这么说，我将永远站在这高高的讲……"说到这儿，他用手背碰了一下酒店的柜台，"……因此，同胞们，我不是那种靠政治混饭吃的人，也不是那种仅仅背下几条奇勒佩瑞柯的业绩就自称发明了中国芹菜的人，因此我无私无畏、完完全全、诚心诚意地相信，既然在我们之中再没有另一个非凡超人和超级公民，那么除非大家都变成狂人或者盲人，盲人或者狂人，我们才会异想天开地赞成把航船的舵轮从现在和未来永远引导我们亲爱祖国前进的举世无双的超级舵手那里夺下来，交到另一名公民手里，随便哪个公民手里。诸位公民们，即使这位公民誉满全球，充其量也不过是个凡人。民主制度在疲惫衰老的欧洲废除了皇帝和君主。然而必须承认，我们应该承认，民主制度一经移植到美洲，我们的超人就对之实行了近乎神奇的完美的嫁接，从而造就了一种全新的政体：超民主制。最后，先生们，我将十分荣幸地为诸位朗诵……"

"请吧，诗人，"一个声音高喊道，"不过不要歌功颂德……"

"……致无与伦比的超人的 C 大调梦幻曲！"

继诗人之后，不少人接连发表更加慷慨激昂的精彩演说，猛烈抨击佞臣奸党、他们造成万劫不复灾难的用心、他们自以为得计的神机妙算和其他种种鬼蜮伎俩。听众之中有人突然流起鼻血，在别人演说的时候，他像渴疯了似的大喊大叫，要求给他弄来一块用水浸湿的新砖，他只要闻闻这东西，血就立即止住。

"这会工夫，"密斯特成吉斯说，"'天使脸'准是站在一面墙和总统先生之间。我喜欢听这诗人讲话，不过我相信，要我当诗人准是很难受的事。当然当律师更是世上最难受的事。我还是再喝一杯威士忌吧！再来一杯威士忌！"他喊了一声，"为这位超级——非凡——几乎……！"

"天使脸"一走出"冈布里努斯"，就碰上国防部长。

"将军这是去哪儿啊？"

"去老板那儿……"

"那咱们同路……"

"您也去那儿？那就等一会儿我的马车，马上就到。嗨，甭提了，我刚跟一个寡妇玩过……"

"我知道您喜欢风流寡妇，将军先生……"

"别跟我谈音乐！"

"我说的不是音乐，是香槟酒①！"

"管他香槟臭槟，反正她不过是个风烛残年的皮囊罢了！"

"是吗？"

马车毫无声响地行驶着，双轮仿佛是吸墨纸做的。每处拐角的电线杆旁边都有哨兵拍手传递口令："国防部长过来了，国防部长过来了，过来了……"

总统在办公室里从一头走到另一头，迈着碎步，头顶的帽子歪在脑门上，西服领子翻起来，盖住后脑勺上的绷带，坎肩扣子开着，一身黑衣裤、黑帽子、黑皮鞋……

"天气怎么样，将军？"

"有点凉，总统先生……"

"米盖勒没穿大衣……"

"总统先生……"

"行了，你明明在发抖，可是你准会说自己不冷。你太不听劝了。将军，派人去米盖勒家立刻给他捎件大衣来。"

国防部长鞠着躬退了出去，差点把佩剑掉在地上。总统这时往藤椅上一坐，朝"天使脸"指了指跟前的扶手椅。

———————————

① 法国名牌香槟酒，全名是"克里克特寡妇香槟酒"。

"瞧见了吗，米盖勒？这儿什么都得我自己干，什么事都得我出面。偏偏摊上我管这个国家，人们都说'我就去'，"总统一边坐下去，一边说，"有些事我自己实在顾不过来，只好求朋友们帮一把。我说人们都说'我就去'，"他停顿了一下，"意思是说，这儿的人满可以放开手脚大干一番，可就是缺乏毅力，结果是抄手站着，一事无成，跟闻着不臭、尝着寡淡的鹦鹉屎一样，毫无用处。比方说，咱们这儿的实业家成天不停地唠叨：我就去建一个工厂，我就去安装一套新设备，我就去干这个，我就去干那个、还有那个。农民呢，也是，我就去引进一种作物，我就去外销农产品。文学家也说，我就去写本书。教育家：我就去办个学校。商人：我就去做这个和那个买卖。还有记者们，这些脑满肠肥的蠢猪！他们也说：咱们去改造这个国家。可是，一开始我就对你说了，到头来，谁都是屁事不干。明摆着，还得我这个共和国总统全揽下，弄得整天风风火火的。告诉你说吧，没有我，人们连横财都发不了，连抽彩开奖的时候，都得我像蒙眼女神一样去当裁判……"

他伸出芦苇皮色、几乎透明的细手指，揉搓了一下胡子，然后换个腔调，又说：

"在这种情况下，形势逼得我不得不求像你这样的人帮忙。能留在我身边固然好，可是国外更需要你们。我的死对头们在国外阴谋策划，散发恶毒的宣传品，差点把我连选连任的计划给搅和了……"

他的眼睛很像两只被人血弄得醉醺醺的蚊子，这时候低垂下去，可是嘴里还不停地说着：

"我不是指卡纳勒斯和他那些走卒。这些家伙总是到时候就死，真帮了大忙，米盖勒！我指的是另外的人，他们正在设法影响美国舆论界，打算叫华盛顿对我失去信任。不是说什么笼里的狮子开始掉毛了，所以怕别人碰它吗？好极了！不是说我这个老家伙脑袋里全是盐花花，心比石头还硬吗？真够恶毒啊！不过说出来也好！可是国内有些仁兄们，只是因为政见不同，就没完没了地大做文章，攻击我为了把国家从他们这帮乌龟婊子养的手里救出来所做的一切，这可就太过分了。我能不能连选连任还悬着呢，所以才把你叫来。我要你去华盛顿，给我打回个详细汇报，我倒想知道知道这些气红了眼的混蛋们都在干些什么，瞧他们张狂的！其实呀：坟坑自个挖开，死了才算免灾。"

"总统先生……""天使脸"支支吾吾说了一声，耳朵里还响着劝他把事说清楚的密斯特成吉斯的声音，可是又怕冒冒失失丢掉这次他渴望已久的出国逃命机会，"总统先生知道我会无条件担当起您交给我的任何嘱托。不过作为死心塌地、温顺忠实的卑微奴仆，恳求总统先生也听我说两句：如果没有什么不方便的话，在把如此事关重大的使命交给我之前，请总统先生劳神下命令调查一下，说我反对总统先生的那些莫须有的罪名是否属实。说这种话的比方就有军事法官……"

"谁有工夫听这些胡言乱语？"

"总统先生自然不怀疑我无条件忠于您和您的政府。尽管如此，我还是希望在赋予我如此重任之际，设法核查一下军事法官言论的虚实。"

"米盖勒，我并没有问你我该做什么！咱们快把这事了结！我什么都知道，我还可以告诉你更多的事。这个写字台里面还放着卡纳勒斯将军逃跑的时候军事法庭准备审问你的材料。还有，我可以告诉你，军事法官嫉恨你的原因，你大概还不清楚。据警察局说，本来是他想去劫持你现在的女人，再把她卖给你认识的一家妓院的老鸨。他已经从人家手里拿去一万比索了。可是最后做了替罪羊的是一个满街跑的疯女人，怪可怜的！"

"天使脸"顿时镇静下来，在主子面前感到应付自如了。他那双黑天鹅绒般的眼睛严严封闭了他的隐秘，他把自己的情绪深深藏进心底，脸色苍白而冰冷，就像眼前的藤椅。

"如果总统先生允许，我宁愿留在您身边，用我自己的鲜血来保卫您。"

"那你是不接受委派啰？"

"绝不是那个意思，总统先生……"

"那好，闲话少说，没必要思前想后。报纸明天就登出你立即启程的消息，你可别把我给涮了。我已经命令国防部长今天就把上路用的钱交给你。其他费用和要求我会派人给你送到车站去。"

一架隐而不见的钟表开始秘而不宣地走动，一分一秒地报告着"天使脸"最后时刻的来临。在他那两道浓黑的眉毛之间，一扇窗户骤然大敞四开，于是他看到一堆点燃的篝火映照着近处绿色木炭般的杉树和白色烟雾般的栅栏。哨兵眷恋不舍，群星赖以繁衍的黑夜吞没了庭院的周边部位。庭院的四角各有一个祭司的身影，四人身上都披着在水面占卜时沾上的青苔，四人的双手都像青蛙皮一样绿中透黄，四人被火光映照的半边脸眼睛紧闭，另一只眼大张着，眼角画成酸柠檬的尖头，这半边脸几乎全被黑暗掩没。突然听到一声咚，一声咚，一声咚，一声咚，一声咚，接着，一群扮成野兽的男子，像一行行玉米秆，蹦蹦跳跳走进来。顺着空心树干血淋淋颤巍巍的枝条，噼里啪啦掉下一堆螃蟹，一队队不愿化为灰烬的蛆虫也匆忙窸窸窣窣逃开篝火。人们只能不停地跳舞，不然就会跟咚咚鼓声一起贴到地面，就会跟咚咚鼓声一起随风而去。从他们脑门上滴下的油珠，把篝火浇得更旺。从牛粪色的暗影里，钻出一个小不点儿男人，面孔像干丝瓜，没有耳朵，舌头伸得长长的，脑门上戴着荆冠，腰里缠着一根毛茸茸的带子，上面挂满了武士头颅和南瓜叶子。他走过来吹了吹枝杈交错的火苗，惹得一群袋狐欢喜雀跃地瞎撞，他趁势用嘴叼了一团火，不停地咀嚼着，生怕自己像树脂一样烧起来。一声呼叫震撼着慢慢爬上树枝的阴影，远远近近都响起了原始部落嚎丧的哭喊。这些被遗忘在亘古至今的热带雨林里的部落，是一群食不果腹的野兽，不断跟自己的辘辘饥肠搏斗，也是一群干渴的飞禽，不断跟自己燥热的咽喉搏斗，还要跟自己的恐惧、疲惫以及种种肌体需求搏斗。现在他们正要求赐火的托衣勒神把产生光和热的松明归还他们。火神骑着大河来了，汹涌的波涛鸽脯一般鳞次栉比，汇成不尽的乳汁，滚滚而下。不愿河水停滞的野鹿飞跑狂奔，野鹿的犄角比雨丝还细，轻盈的蹄子从流沙上腾起，飞舞在空中。飞禽不倦地翱翔，为了使在水里游动的倒影永不停歇。这些飞禽的骨骼比它们的羽毛还纤巧。咚—咚—当！咚—咚—当！……大地下面在轰响。火神要的是人肉供品。众部落把自己最优秀的猎手带到它面前，有的举着高翘的吹箭筒，有的拿着装上弹丸的投石器。"怎么？这些人要去追捕人吗？"火神问。咚—咚—当！

咚—咚—当！……大地下面在轰响。"照你说的办，"众部落回答，"只要你，赐火之神，把火种归还我们，别让我们的肉、我们的煎大排冷下去，当然还有空气、指甲、舌头、毛发！只要我们的生活不继续枯萎下去！当然我们还照旧要自相残杀，为的是死亡能继续存在！""我满意了！"火神说。咚—咚—当！咚—咚—当！大地下面在轰响。"我满意了！我将以追捕活人的猎人为基石建立我的政府。一切都将不死不活、非死非活。快把酒罐给我高高举起！"

每个猎人武士都举起一只酒罐，任凭阵阵酒气扑面而来，跟着咚咚的轰鸣，当当的跌撞，嗡嗡的阴风，在火神眼前狂舞起来。

在这场荒诞不经的梦幻之后，"天使脸"告别了总统。一走出门外，国防部长便叫住他，递上一叠钞票和一件大衣。

"您不走吗，将军？"他几乎不知道说什么好。

"只怕不行……不过说不定我能追上您。要不咱们就改天见。我得待在这儿，您听……"他把头转向左肩，聆听主子在说什么。

三十八、旅途

　　她收拾行李的时候，屋顶上仿佛有条大河在奔腾，不过并没有泄进屋里，而是流向远方，流向广漠的原野，或许直至大海。一阵狂风哐啷一声吹开窗户，雨水飘洒而入，就像细碎的玻璃碴子。窗帘、纸片、房门都舞动起来，可是卡米拉并没有放下手里的活，只顾埋头填满箱子里的空当。尽管雷鸣电闪在她的秀发上插满了金钗银簪，可是她并不觉得头上因此增添了什么、跟平常有什么不同，而是一如既往，空空如也，前景渺茫，形神皆遁，就像她整个人一样。

　　"……是留在这儿，还是远远躲开这恶魔！""天使脸"关窗户的时候，一遍又一遍说，"你说呢？……我就等着这一天呢！又不是我自己要躲开他！"

　　"可是你昨晚说的希卡克巫师在他家跳舞的事……"

　　"瞧你还当真了！……"一声巨雷吞没了他的话音，"再说，你以为巫师真能未卜先知？还是听我的吧。是他派我去华盛顿，是他为我出路费……一句话，别胡思乱想了！当然，说不定我一走就会另有打算，什么事都可能发生。那你就说自己病了，要么我病了，赶紧去找我。叫他今生今世去大海里捞针吧……"

　　"要是他们不让我走呢……"

"那我就悄悄回来，不是也一样吗，你说呢？事在人为嘛……"

"你把什么都看得那么容易！"

"靠咱们现有的家产，到哪儿都能过日子。我说的是过日子，真正过日子，不是像现在，老得时时刻刻提醒自己：'我以总统之脑思，故我在；我以总统之脑思，故我在……'"

卡米拉有口难言，只好泪汪汪望着丈夫，耳里只听到哗哗的雨声。

"我说你哭什么？……别哭了……"

"你说我还能干什么？"

"跟你们女人打交道，总是这样！"

"你别管我！"

"你老这么哭，要生病的。看在上帝的份上，求求你！"

"叫你别管我嘛！"

"又不是我要死了，也没人活埋我！"

"别管我嘛！"

"天使脸"把妻子搂进怀里。他这个不轻易哭天抹泪的硬汉子脸上弯弯曲曲淌着两道热辣辣的泪水，就像两串拔不出来的铁钉。

"那你可要给我写信……"卡米拉小声说。

"那还用说……"

"你千万要说话算数！你想想，咱们可从来没分开过。别忘了常给我写信。没有你的消息，我真不知道怎么熬日子，还不如死了好！……多保重吧！什么人的话也别信，听见了吗？别一个耳朵进一个耳朵出。我说的是什么人的话都不能信，特别是咱们的同胞，个个都是坏蛋……不过最要紧的是……"丈夫的亲吻堵住了她的话，"……是……最要紧的……是……是……最要紧的……是给我写信！"

"天使脸"关紧了箱子，两眼始终盯着妻子那双呆滞但却充满柔情的目光。外面大雨滂沱。雨水像沉重的铁链，顺着落水管哗哗滚下。他们一想到远在天涯的明天，就难受得连气儿也喘不上来。一切都打点停当，他们默默无言地一件件脱下衣服，钻进被窝，耳朵里始终听着嘀嘀嗒嗒的钟表走动。他们在一起的最后几小时也就这么嘀嘀嗒嗒、嘀嘀嗒嗒、嘀嘀嗒嗒流逝过去！……嗡嗡的蚊子也搅得他们无法入睡……

"你瞧，一打岔，我就忘了关好房门别放蚊子进来！我真浑哪，啊，我的上帝！"

"天使脸"没搭茬，只是紧紧把她搂进怀里，觉得她像一只哀告无门、举目无亲的小羊羔。

他不敢关灯，不敢合眼，不敢说话。灯亮着，两人好像觉得近些，说话声会拉大两人之间的距离，合上的眼皮不啻在两人之间树立隔墙……黑灯瞎火，两人会觉得天各一方。这一晚上，他们有说不完的话，可是纵有千言万语，一出口就像遥远冰冷的电报一样。

女仆们吵吵嚷嚷，追赶一只跑进菜地的小鸡。院子里顿时热闹起来。雨已经停了，雨水从屋檐上滴下来，仿佛古代的滴漏。小公鸡跑啊，溜啊，乱扑乱撞啊，就是不愿屈死刀下。

"我的小磨盘……""天使脸"贴着妻子的耳朵窃窃私语，同时用手掌来回摩挲她那微微凸起的肚子。

"我爱你……"她说着，更紧紧地偎进他的怀里。他们两人的腿在床单上模仿船桨划过幽暗而深邃的河水时的动作。

女仆们还没完，又跑又喊。小公鸡从她们手里逃掉了。吓得浑身哆嗦，瞪着眼，张着嘴，翅膀挓挲着，大口大口喘气。

他们两人紧紧抱成一团，十对手指汇成跳荡的溪流，互相向对方灌注着情切切的爱抚，时而恍恍惚惚，时而知觉全无，是那样心荡神摇，飘飘欲仙……"我爱你！"妻子说。"……宝贝！"丈夫说。"……""我的心肝！"妻子说……

不知道是小公鸡碰到墙上了还是墙撞上小公鸡了……对它的心脏来说，两件事完全一样……它扑棱着翅膀，好像即使死了也想飞起来……"该死的，拉了这一身！"厨娘嚷嚷着，拍打着粘满围裙的鸡毛，走到积存雨水的石槽边去洗手。

卡米拉闭上双眼……她丈夫的重量……翅膀在扑棱……一滩无声的黏液……

钟表似乎慢下来，嘀嘀嗒嗒！嘀嘀嗒嗒！嘀嘀嗒嗒！嘀嘀嗒嗒！……

总统派一名军官把一摞文件送到火车站，"天使脸"连忙翻阅起来。城市慢慢被甩在远方，只见它用脏指甲似的屋顶抓挠天空。看完文件，他放心了。算他有运气，终于摆脱了那个人，乘上服务周到的头等车，身上带着支票，身后无人盯梢！他半闭上眼睛，想好好咂摸一下心头的滋味。田野在疾驰的车窗外移动。树木、房屋、桥梁都像顽皮的孩子似的，互相追逐着，追逐着，追逐着……

……算他有运气。终于乘上头等车，摆脱了那个人……

……追逐着，追逐着，追逐着……房屋紧跟树木，树木紧跟栅栏，栅栏紧跟着桥梁，桥梁紧跟道路，道路紧跟河流，河流紧跟山丘，山丘紧跟云团，云团紧跟阴影，阴影紧跟农夫，农夫紧跟耕畜……

……服务周到，无人盯梢……

……耕畜紧跟房屋，房屋紧跟树木，树木紧跟栅栏，栅栏紧跟桥梁，桥梁紧跟道路，道路紧跟河流，河流紧跟山丘，山丘紧跟云团……

……一个村落的倒影沿着小溪后退，河面清澈如镜，河底夜般幽黑……

云团紧跟犁沟，犁沟紧跟农夫，农夫紧跟耕畜，耕畜……

……身后无人盯梢，身上带着支票……

……耕畜紧跟房屋，房屋紧跟树木，树木紧跟栅栏，栅栏……

……身上带着许多支票……

……一座桥梁像提琴的弓弦，从窗口飞快掠过……灯光和阴影，由明到暗，流苏似的铁栅栏，燕翅似的梁架……

……栅栏紧跟桥梁，桥梁紧跟道路，道路紧跟河流，河流紧跟山丘，山丘……

"天使脸"把头枕在藤条座位的靠背上，睡眼惺忪地注视着沿海地区低洼、平坦、炎热、千篇一律的田野，模模糊糊觉得是在乘火车，又不像是在乘火车，而是被火车甩在后面。火车喊哧咔嚓走远了，喊哧咔嚓走远了，喊哧咔嚓走远了，喊哧咔嚓走远了，喊哧咔嚓，喊哧咔嚓，喊哧咔嚓，喊哧咔嚓，喊哧咔嚓，你去挨杀，喊哧咔嚓，你去挨杀，你去挨杀，你去挨杀，你去挨杀，你去挨杀……

　　逃命的人怎么待着都能睡着。在他吸进的每一口空气里都渗透出危险来临的警报。他突然睁开眼睛，发现自己居然坐在火车上，似乎刚从一个隐蔽的缺口跳上来的。这时候，只觉得后脑勺生疼，汗流满面，黑压压一片苍蝇扒在额头上。

　　浓密的丛林上空攒动着吸足海水的气团，灰色丝绒般的厚厚云块后面，潜藏着闪电的利爪。

　　一个村落迎面而来，一掠而过，消失在远处。似乎是一个荒芜废弃无人居住的村落。教堂和墓地之间一片枯萎的玉米地里，还残留着一片圆面包似的小房子。但愿我能像那座教堂的建造者们一样，也信仰点什么。村里只保留下教堂和墓地，唯一存活的就是信仰和死人！可是一想到终于要远走高飞了，喜悦的泪水就模糊了他的双眼。这块春光不衰的土地是他的故乡，他的所爱，他的母亲。他一旦把那些村落甩在身后，固然可以求得苟活，但是从此就将成为一具行尸走肉置身于人世间，默默无闻地消融在异国他乡熙熙攘攘的人群之中，永远铭记着沉重的十字架和阴森的墓碑石。

　　过了一个车站又一个车站，火车不停地奔跑着，在草率铺设的铁轨上蹦蹦跳跳。一会儿汽笛长鸣，一会儿制动器尖叫，一会儿又把一团团污秽的烟雾喷向山丘顶端。旅客们用帽子、报纸、手绢扇着风，可是热气仍然一团团扑面而来，雨点似的汗珠流遍全身。座位是那样不舒服，噪音是那样令人心烦，似乎衣服上也长了芒刺，像毛虫脚爪似的，沿着肌肤乱跳。头颅简直要裂开，根根头发都在抬脚走路。他们如同服了泻药似的饥渴难耐，仿佛命在旦夕般的悲惨凄惶。

经过一天似火骄阳的蹂躏和滂沱大雨的折磨，傍晚终于降临了。地平线上面的雾团云朵被驱散了，就在那远处的一抹晴空衬托下，华灯初上的城市高大建筑，宛如璀璨发光的沙丁鱼，浸泡在蓝色的油汁里。

一个铁路职员走进一个个车厢来点灯。"天使脸"整理好衣领和领带，又看了看表……再有二十分钟就到港口了。可是对他来说，简直是一个世纪。什么时候他才能安然无恙地坐船到达目的地呢？他扒到车窗上，想透过一片漆黑看到点什么。他闻到树木吐新芽的味道，听到一条河流过。再往前，恐怕还是那条河……

火车放慢了速度，缓缓进入一个小镇，还穿过一条吊床般悬在黑暗中的街道，最后慢慢停下来。二等车厢里的旅客，扛着大包小包，带着火绒、火镰，都下车了。火车越来越慢地向码头滑去。渐渐可以隐约听到海浪拍打防波堤的声音了，渐渐可以隐约看到散发着沥青味的海关大楼了，渐渐可以感受到千百万淡水和海水生灵们半醒半睡的喘息声了……

一看见来车站接他的港口警备司令，"天使脸"大老远就跟他打上招呼了："法尔范少校……！"没想到在这种困难关头竟遇到了受过他救命之恩的朋友，"法尔范少校……"

法尔范也大老远就跟他打上招呼了，然后走近车窗对他说别管行李了，有几个当兵的会替他送上船去。火车一停稳，少校就上去十分亲热地跟他握手。其他旅客连跑带颠地急忙下车……

"说说看，小日子过得怎么样？……还不错吧？"

"您呢，少校先生？其实用不着问，瞧您的气色……"

"总统先生拍电报命令我来照顾您，要保证您事事称心。"

"您太客气了，少校先生！"

车厢里很快就空无一人了。法尔范从车窗里探出脑袋，大声喊道：

"中尉，叫他们快来搬箱子。怎么这么磨蹭？"

话音未落，荷枪实弹的一伙伙士兵就闯进车门。"天使脸"明白自己落入了圈套，可是已经太晚了。

"这是总统先生的命令，"法尔范端着枪说，"您被捕了！"

"可是，少校！……是总统先生……这是怎么回事？……劳驾，请陪我一下，请跟我去那边，叫我拍个电报吧……"

"命令上说得很干脆，堂米盖勒，我看您最好还是老实待着！"

"我听您的，不过我可不能误船，我这是因公出差，我不能……"

"别说了，劳您驾，快把身上的东西交出来！"

"法尔范！"

"我说了，快交出来！"

"不行，少校，请听我说！"

"照我说的办，懂吗？照我说的办！"

"您最好听我说，少校！"

"咱们少废话！"

"是总统先生本人对我面授机宜的……您负得了责任……"

"上士，给我搜身！……我倒想看看谁厉害！"

一个用大手帕包着脸的家伙从暗处冒了出来，个头儿跟"天使脸"差不多，跟"天使脸"一样苍白，也像"天使脸"一样有着褐色的头发。上士从真正的"天使脸"身上掏出所有的东西：护照、支票、结婚戒指（上面镌刻着妻子的姓名，当兵的往指头上啐了口吐沫，才把它退下来）、袖扣、手绢……，蒙面人统统接到手里之后，立刻离开了。

轮船的汽笛声过了好久才响起来。刚刚被捕的囚犯连忙用双手捂住耳朵。他已经泪眼模糊了。他真想破门而出，连飞带跑地逃走，越过大海，那他就不再是眼前这个被困住的人，只能在心底翻江倒海，任凭往昔的伤疤又重新热辣辣地折磨，而是变成另一个人，那个人正带着他的行李和护照，坐在十七号船舱直奔纽约。

三十九、港口

在涨潮落潮之间的一片宁静中，一切都悄然无声。只有散发着海腥味的蟋蟀鞘翅上闪着点点星光，只有灯塔的光柱正在划破划不破的夜空，只有那名踱来踱去的囚犯好像刚刚经过一场厮打一样衣衫不整、头发披散在脑门上。他一直没有沾座位的边儿，只是一个劲哎哎哟哟，嘟里嘟哝，还一边手舞足蹈，如同那些在睡梦中拼死挣扎的人们，他们不愿听天由命、束手待毙，被拖去增添世间的疮痍，接续失踪者的行列，充当杀人不眨眼的凶手的活靶子，落得个一觉醒来便肝脑涂地的下场。

"在这儿我只能靠法尔范！"他一遍遍对自己说，"除了他没别人！至少得想法告诉妻子，我挨了两枪就给埋了，'平安无事'。"

似乎被长着两只脚的铁锤敲打着，车厢的地板从这头到那头咚咚直响。沿着铁轨两旁，站着两排木桩似的哨兵，目不转睛地盯着车厢里面。可是囚犯犹如远离这一切，独自沉浸在回忆里，一路上看到的村镇，漆黑夜晚的泥泞，似火骄阳照耀下的迷眼灰尘正依仗阴森可怖的教堂和墓地猖狂肆虐，教堂和墓地，教堂和墓地。唯一存活的只有信仰和死人！警备司令部的时钟打响一下，钟面抖动起来，又是半小时过去了。现在，分针正慢慢划过钟面的四分之一，马上就是午夜时分了。法尔范少校慢腾腾地先把右臂伸进军服袖子，然后再伸左臂，还是那么不慌不忙，他开始扣肚脐眼上的扣子，毫不留意眼前的任何东西：一张共和国地图像打哈欠的大嘴，一块沾满鼻涕痂的毛巾，睡大觉的苍蝇，一只乌龟，一支猎枪，几条麻袋……一个扣子接着一个扣子，终于扣到领子上。手碰到衣领，他才抬起头来，于是目光遇到一件他不得不立正致意的东西：总统先生的肖像。

他扣好衣服，放了一串屁，就着煤油灯的火苗点着一支烟，抄起鞭子，最后……到了街上。当兵的都没听见他过去。他们裹着蓬却，席地而卧，个个睡得像木乃伊似的。哨兵持枪向他行军礼。值班的军官站起来，想吐掉夹在麻木的双唇之间蛆虫般的烟头，可是还没来得及用手背去蹭，就慌忙来个立正："平安无事，长官！"

一道道河流汇入大海就像猫的胡须伸进牛奶杯子。疏淡模糊的树影，发情期笨重的鳄鱼，窗玻璃打摆子时的谵语，呜呜咽咽的抽泣，这一切最终都要回归大海。

一走进车厢，提马灯的人便迈到法尔范前面去。跟在他们后面的是两个笑嘻嘻的士兵，正手忙脚乱地想把一堆绳子解开，好用来捆犯人。他们按照法尔范的命令捆紧了"天使脸"，带他下车朝镇里走去，后面紧跟着看守车厢的哨兵。"天使脸"听由他们摆布。他总以为法尔范摆出这副样子，吆三喝四地要本来对他就够野蛮的士兵下手再狠一点，不过是掩人耳目的小花招，等到了警备司令部再设法像个老朋友那样帮他一把。可是他没被带进警备司令部。一离开火车站，他们就拐到最偏僻的铁路支线上，然后拳打脚踢地把"天使脸"推上一辆沾满牛粪的闷罐车。他们显然是事先接到了命令，才对他施加这番毫无缘由的毒打。

"请问，法尔范，他们为什么打我？"他冲少校喊道。那人走在队伍后面，一路跟提马灯的聊着天。

他得到的答复是一枪托，本想往脊背上砸，却打在头上了，结果使他一只耳朵鲜血直流，整个身体也扑倒在牛粪上。

他重重喘了口气，吐出嘴里的粪便，鲜血滴到衣服上。他又想嚷嚷。

"给我闭嘴！给我闭嘴！"法尔范举起皮鞭大吼。

"法尔范少校！""天使脸"还是喊了出来。他什么也不怕了，豁出去了。空气中已经飘浮起血腥味。

法尔范担心"天使脸"把嘴里的话说出来，急忙把鞭子抡下去。那个可怜人的面颊上立即冒出一道血印。他跪在地上挣扎着，想解脱反绑在背后的双手。

"我明白了……"他的声音发颤，但是却喷涌而出，咄咄逼人，"……我明白了……打了这一仗……您又可以晋升一级……"

"住口，你不想活了！"法尔范打断他的话，又一次举起皮鞭。

提马灯的抓住他的胳膊。

"打呀，别停下，别怕呀。堂堂男子汉，我不在乎这个！只有没种的货才用鞭子抽人！"

二、三、四、五，皮鞭不停地落下，转眼间，因犯的面孔就血肉模糊了。

"少校，消消气，消消气！"提马灯的在一旁劝解。

"不行，不行！……得给这婊子养的一点颜色瞧瞧……他攻击我们军队，不能这么就算了……狗娘……养的！"他扔下打折了的鞭子，用手枪筒劈头盖脸乱砸，打得囚犯皮绽肉开。每打一下，都要气喘吁吁地喊道："……军队……保卫国家的机构……狗娘养的……便宜了你……"

遭殃的犯人已经昏死过去。他那软瘫瘫的躯体躺在粪堆里，被从车厢的一头拖到另一头，一直到送他回首都的整列货车挂好，准备启动。

提马灯的上了闷罐车。可是法尔范把他拽下去。在列车出发之前，他们俩一直在警备司令部喝酒聊天。

"我头一次想当便衣警察的时候，"提马灯的说，"求的是一个当警察的哥儿们。他叫卢西奥·瓦斯盖司，外号人称'顺毛捋'……"

"我好像听说过这么个人。"少校说。

"不过那次我没办成，虽说人人都讲只要一捋我那哥儿们的毛，什么事都能办顺。要不怎么叫他'顺毛捋'呢，您想想。这不说，还坐了班房，把做买卖的本钱都赔上，才放了我。当时我还是个有家有室的，跟老婆一块开着一家铺子。我那可怜的女人也给弄到'销魂院'去了……"

法尔范一听说"销魂院"，顿时来了精神，可是一想起"母猪"那个比茅坑还难闻的臭婊子（不知道怎么当初那么叫他起劲），又立刻兴味索然了，加上眼前老看见"天使脸"不断冲他说"……晋升一级！"。"晋升一级！"，他仿佛沉在水下，得不断跟这个鬼影搏斗。

"你老婆叫什么？你知道，'销魂院'里的我都认识……"

"您可别在意，还是不提名字好。反正她刚一进去就又出去了。我们刚生下的孩子就死在那儿，她给急疯了。您瞧，合着她也不该干那一行！……现在她在一家医院帮修女们洗衣裳呢。她不是干那种行当的坏女人！”

“我还真见过她。还是我出面交涉，警察才批准给小家伙守灵的。灵堂就设在琼太太那儿。可我怎么也没想到那就是你的儿子！”

“可我呢，正在牢里受罪，身上一分钱也没有……真是，回头看看这些事情，真像见了鬼似的，能把人吓得窜老远！”

“可我呢，整个蒙在鼓里，还不知有个臭婊子跑到总统那告我的状……”

“就是那时候，这个‘天使脸’搅和到卡纳勒斯将军的事里去了，还看上了将军的女儿，弄去当了老婆。听人说，他把老板的命令昧下了。这些事都是‘顺毛捋’瓦斯盖司告诉我的。他们俩是在吐斯特普小酒馆里认识的。从那个时候到将军逃跑，也就是几个钟头的工夫。”

“吐斯特普……”少校若有所思地念叨着这个名字。

“这家酒店正好在拐角的地方，没错。大门两边的墙上还画着两个小人儿，一边一个，一个男的，一个女的，女的把胳膊弯成钩子似的，对男的说，那几个字我还记得清清楚楚：‘快来跳吐斯特庇特舞。’男的举着酒瓶答话：‘不行，没看见我正在跳吐斯特蓬舞吗！’”

火车慢慢启动了。一小块曙光浸润在蓝色的海面上。在微微的幽光里逐渐显露出镇里的茅草房、远处的山峦、海边的破旧商船，还有警备司令部大楼，远远看去，很像小小的火柴匣，里面装满了穿军服的小蟋蟀。

四十、藏猫猫

　　"他走了好几个钟头了！"分手后的第一天，她一个小时一个小时地掐算时间。最后积得太多了，她又说："他走了好几天了！"两个星期以后，按天算不清了，于是再换个说法："他走了好几个星期了！"满一个月了。再往后，按月也算不清了。一年过去了。再往后，按年也算不清了……

　　卡米拉总是待在客厅的窗户跟前张望送信的，小心地躲在窗帘后面，怕街上人看见。她怀孕了，正在缝制婴儿衣裳。

　　送信的不等露面就开始发出声响，挨家挨户敲门，像个傻子在恶作剧。敲门声越来越近，终于来到窗前，卡米拉听他走近了，连忙放下手里的活。见他一露面，心都要从胸衣里跳出来，高兴地去摇晃周围的一切。她盼了又盼的那封信就在眼前："卡米拉我的心肝，冒号……"

　　可是送信的没敲门……莫非是……也许下次……她又拿起针线，为了驱走烦恼，嘴里还哼几声小曲。

　　送信的下午又来了，在他从窗前走到门前的那段时间，卡米拉一个针脚也缝不出来。她浑身冰凉、大气不喘、伸长了耳朵，就等着敲门声，最后不得不承认这幢静悄悄的房子没受到任何声响的骚扰。于是她急忙紧闭上眼睛，仿佛受到惊吓，强忍的抽泣，呕心和长叹憋得她浑身哆嗦个不停。她干嘛不去门口看看？说不定……送信的忘了（那他凭什么干这一行）。没什么，没准明天就来信了……

第二天她简直是飞过去开门的，差点推倒门板。她跑到门外去等送信的，不光是为了提醒那人别忘了她的信，而且是为了引来好运气。那人像往常一样过来了，还没等卡米拉发话，又走开了。他穿一身豆绿色制服（都说是象征希望的颜色），长着一对小小的蛤蟆眼，龇牙咧嘴的，像解剖课上用的头颅模型。

一个月，两个月，三个月，四个月……

朝街的房间里不见她再露面了，笼罩着一片阴沉和悲凉的街道逐渐把她推进房子的深处，因为她觉得自己简直变成一堆破烂，一捆柴禾，一块煤炭，一只瓦罐，一袋垃圾。

"这不是害喜，是相思病。"一个常帮人接生的邻居大妈告诉女佣人们。她们几个跑去讨教的时候，不过是想搬弄几句闲话，其实并不打算学到什么偏方。说到偏方，她们哪肯甘拜下风，个个都自有高招，什么给圣像点蜡烛啦，什么少吃点少喝点啦，反正那点值钱东西都叫她们一件件拿出去了，家里越来越空。

忽然有一天，病了很久的女主人上街了。她只觉得一具具行尸走肉来回游荡，她自己神志恍惚地坐在马车里面，不断偷看街上的熟人，个个都扭过脸去，免得跟她打招呼。她早就在考虑是不是去找一趟总统。一日三餐她都是捏着浸透泪水的手帕熬过去的。这会儿，刚一走进前厅，她差点没把手绢吞下去。不光她一个人有难处，瞧瞧有多少人等着接见吧！乡下人都贴边儿坐在镀金椅子上。城里人坐得稍稍往里一点，可以倚着靠背。男士们都低声细语地给女士们让出圈手椅。从一扇门里传出说话声，是总统！想到这就是要见的人，她不禁浑身绷紧了。她儿子在肚子里小脚乱踢，像是在说："咱们离开这儿吧！"有人改变坐姿弄出响声。有人打哈欠。有人小声说话。参谋部的军官来回走动。一个当兵的忙着擦玻璃。苍蝇飞舞。肚里的小生命小脚乱踢。"嚯，好凶啊！干吗发这么大火！咱们马上就跟总统谈谈，让他告诉咱们一个人的下落，这位先生还不知道有你呢。等他回到家，会非常喜欢你的！怎么？你着急了？想早点掺和进来，看看什么叫过日子！……别，不是我不愿意，我看最好还是待在里面，那儿保险！"

总统没有接见她。有人告诉她最好事先提交申请。她拍了电报，写了信，用的还是公文纸……可是没用处，毫无回音。

昼来夜往，她总是瞪着空空的眼眶，时不时，泉涌般的泪水挤得眼皮直跳。一个宽大的庭院，她躺在吊床上，想着天方夜谭的故事，独自跟甜甜的糖果和黑色皮球嬉耍。糖果含在嘴里，皮球捧在手里。她想把糖果从左腮挪到右腮，一不小心皮球跑了，在过道地上蹦来蹦去，又钻到吊床底下，然后远远弹到院子里，终于越来越小，不见了。她还没完全睡着。贴在床单上的身体哆嗦着。无论眼前是梦里的幽光还是电灯的亮光，她总是恍如梦中。肥皂一再从手里滑跑，就像那只小皮球。有时不得已吃上两口东西，餐桌上的面包在嘴里一膨胀就变成那块糖果。

街上空空荡荡，人们都去做弥撒了。她走遍了所有的政府部门，紧盯着一个个部长，不知道怎么才能讨好那些看大门的，都是些气囊囊的小老头，你问他们什么都不搭理。你多说两句，他们就吼着轰你，老人斑鼓得像一串串葡萄。

她丈夫跑去捡皮球。她想起另外一半梦。宽大的院子，黑皮球。她丈夫越来越小，越来越远，就像从倒拿的望远镜里看到的那样，最后跟着皮球一块消失了。这时候她嘴里的糖果胀大了。这次她没想到自己的儿子。

她写了一封信又一封信，寄给驻纽约领事、驻华盛顿公使、一个女友的男朋友、一个朋友的姐夫，打听丈夫的消息，可是这些信好像都丢进垃圾箱了。后来才听一个犹太杂货商说，尊敬的美国使团秘书先生（外交官兼私人侦探）知道"天使脸"确实到了纽约。不仅官方消息说他上了岸（海关登记表、旅馆住房登记簿和警察局登记卡，都能证实），报刊新闻和新近从那儿回来的人也这么说。"现在正在找他呢，"犹太人对她说，"是死是活总是能找到的。不过好像听说他在纽约又乘船去新加坡了。""这地方在哪儿？"她问。"还能在哪儿？在印度支那呗！"犹太人说，一边把上下假牙模子碰得当当响。"一封信从那儿寄来得多长时间？"她急忙打听。"准日子我说不清，不过总超不出三个月吧。"她掐指一算，"天使脸"走后已经整整过去四个月了。

在纽约也罢，在新加坡也罢……她一下子如释重负！听说丈夫远走高飞了，她心里一块石头落了地。就是说，不像人们传的那样，他没在港口被人杀掉，而是远远离她而去。在纽约也好，新加坡也好，反正她在心里跟他相伴就行。

她急忙倚在犹太杂货商的柜台上，不然就会整个倒在地上。她高兴得头晕眼花，仿佛飘在空中，完全感觉不到手边包在锡纸里的火腿、裹着麦秸的意大利酒瓶、各式各样的罐头、巧克力、苹果、鲱鱼、盐渍橄榄、咸鳕鱼、葡萄酒。她正挽着丈夫的胳膊周游列国。我真傻！干嘛要自找苦吃，胡思乱想呢！我现在明白他为什么不写信。我们得把戏演下去。我扮演的是被负心汉甩掉的弃妇，在四处寻夫，要醋意十足……再不就是分娩的困难时刻说什么也得丈夫守在身边的娇妻。

舱位定好了，行装打点了，一切就绪，只等出发。可是上面下令吊销她的出国护照。那是个一嘴牙齿沾满烟油，四周的嘴唇不过是一圈肥肉的家伙，把她从上到下、从下到上打量了一番，才说上头下令不给她签发护照。她的双唇也从上到下、从下到上蠕动了几下，打算重复一遍那人的话，还以为自己听错了。

光为了给总统发电报，她几乎倾家荡产。毫无回音。部长们也一点没辙。国防部副部长一贯对女士们很客气，劝她别再提了，就是哭天抹泪也甭想拿到护照。她丈夫跟总统玩了邪的，已经无法可想了。

有人劝她托那个长了大疮、没长痔疮，雄威高昂的骚神甫说情，要么就托常在总统府邸骑马的那个红人的一个情妇。由于当时盛传"天使脸"在巴拿马得黄热病死了，还有人陪她去找神汉巫婆打探虚实。

神汉们没等她把话说完就接待了她。倒是当替身的女巫有点犹犹豫豫。"要说让总统先生仇人的魂灵儿附到我身上，"她说，"怕'我于'不妥。"她那冰凉的衣衫下面抖动着一身干瘦的骨架。可是一边央告，一边掏钱，连石头也会动心。票子往手里一塞，就让她应承下来。灯火熄灭了。可是一听到召唤"天使脸"的灵魂，卡米拉就吓坏了。最后别人把她架着拖出去的时候，已经没有知觉了。她确实听到丈夫的声音，一个死人的声音。据说是死在大海上，现在到了一个混沌未开万古长存的地方，躺在一张精美无比的床上，水做被褥，鱼做簧垫，超然物外就充当了举世难觅的舒服枕头。

她顿时间形销骨立了。尽管还不满二十岁，却一脸老猫的皱纹，只剩下眼睛，一对碧绿的眼睛，深陷的乌青眼窝，大得像她那两只透亮的耳朵。她生下一个男孩，照医生的嘱托，刚能下床走动，就搬到乡下去住了一段时间。贫血越来越重，还得了肺结核、癫狂症和痴呆症。她像是踩在一根细线上，总是摸索着走路，怀里抱着孩子。丈夫的音讯全无，害得她四处寻觅：镜子里（据说落海尸体可以漂进那里）、儿子的眼睛里、她自己的眼睛里。一睡着，就梦见跟他一起待在纽约或者新加坡。

透过不断移动的松树浓荫，透过园子里的棵棵果树，透过白云顶端的野树闲草，在苦难的长夜之后，她终于迎来了一个光明的白昼。那是五旬节期间的一个星期日，神甫用咸盐、油膏、圣水、吐沫为她儿子洗礼，取名米盖勒。森松特鸟都互相碰撞着尖嘴，抖动浑身羽毛，没完没了地鸣啭。母羊个个情深意绵地舔着自己的幼羔。多么祥和舒适的主息日景象！母亲的舌头来回抚弄着那嫩弱的身躯，小崽一感到爱抚，就闭上睫毛浓密的眼睛。小马驹在目光潮润的母马身后欢蹦乱跳。小牛犊哞哞叫着，乐滋滋地喷着白沫，跑到丰满的乳头底下。不知怎的，好像自己又重新复苏了，等到洗礼的钟声一停，她就把儿子紧紧搂在胸前。

小米盖勒在乡下长大了，成了乡下人。卡米拉的双脚从此再也没有踏回城里。

四十一、平安无事

　　每隔二十二小时就有一丝亮光透过蜘蛛网和石墙的缝隙照到穹顶上，每隔二十二小时，紧随着亮光，一根打满结子的烂糟糟的绳子便吊下一个层层污渍的小煤油罐，里面是地牢犯人的吃食。一看见盛有飘着肥肉和几小块玉米饼的油渍渍的残汤剩汁，十七号的犯人就把脸别过去。他情愿饿死，连尝都不想尝。洋铁罐就这样天天放下来，又原封不动地提上去。但是生理需要正在慢慢逼他就范，饥饿的恹恹樊笼使他的眼仁黯然无光，眼眶越来越大。他常常高声胡言乱语，在狭小的牢房里踱来踱去，迈不出三四步就到头了。他用指头搓搓牙齿，又抟抟冰凉的耳朵。终于有一天，洋铁罐一吊下来，他就像怕人从手里抢走一样，跑过去头脸鼻口一股脑塞进罐里，一通狼吞虎咽，大口嚼着，差点没噎死。他吃得一点没剩。等绳子吊起空罐的时候，他心满意足地目送它上去，活像一头填饱了肚皮的牲口，还没完没了地嗫着指头，舔着嘴唇……可是乐极生悲，他喊叫着，呻吟着，把刚吃下去的又吐了出来……肥肉和玉米饼紧抓住肠胃就是不肯撒手。肠胃每抽动一次，他就急忙张开嘴，弯腰扶墙，仿佛探身去看无底深渊。最后终于能喘气了，却只觉得天旋地转。他用手指梳理着湿漉漉的头发，手指从耳后滑到前面，碰到粘满黏痰鼻涕的胡子。他耳朵里嗡嗡鸣响，浸透面颊的汗水冰凉、黏稠、酸臭，就像电池里流出的脏水。那一线光亮消失了。刚一出现，就慢慢在消失。他支撑着空空的皮囊，仿佛在跟自己搏斗，然后半坐半蹲，慢慢伸开两腿，把头靠在墙上倒下去。如同服用了强烈麻醉剂而变得沉甸甸的眼皮终于制伏了他。可是他睡得并不安稳：先是混浊的空气造成的呼吸困难，接着是浑身刺痒，不得不双手上下抓挠，还得两腿交替着屈屈伸伸，时不时把指甲插进喉咙，迫不及待地想掏出那堆使他五内俱焚的炭火。等他迷迷糊糊醒过来，嘴巴开始一张一合像一条出水的鱼。他是想让干涩的舌头感受一下冰冷的空气，是想喊出声来。虽然高烧弄得他昏头昏脑，可是他终于还是完全醒了，便开始大声喊叫；不仅站起来，而且还高高踮起脚尖，尽量伸长脖子，他要叫人听见他的喊声。他的喊声被牢房的穹顶剁成一段一段的回音往来跳荡。他拍打墙壁，踢踹地面，一遍又一遍喊着，最后干脆嚎叫起来……要水，要汤，要盐，要油，要吃的，要水，要汤……

　　一只压碎的蝎子把血流到他手上……不，是许多只蝎子，因为血老滴个没完……是所有天上被压碎了的蝎子把它们的血变成了雨水……他伸长舌头舔了又舔，总算解了渴，也不管是谁送来的及时雨。可是没过多久，他又因此受尽了折磨。他一小时一小时地站在当枕头用的石块上，才不至于双脚站在冬雨在牢房里积起的水洼里。一小时一小时地浑身浸湿，上下淌水，连骨架子都浸透了。他哈欠接着哈欠，寒战连着寒战，心急如焚，实在饿坏了。可是那罐油渍渍的剩菜汤就是不见下来。他跟一切瘦子一样，想一口吃成胖子，哪怕在梦里发福也好。最后一口还没咽下，他就站着入睡了。在这之后又吊下一个洋铁罐，是让单间牢房的犯人大小便用的。十七号的犯人第一次见它下来，还以为送的是吃食，由于当时他拒绝进食，就让它原封不动地吊上去，没想到里面装的竟是粪便，那股臭味其实跟油渍渍的菜汤差不多。这个粪桶从一个牢房吊进另一个牢房，等到了十七号，已经半满了。最可怕的是你不需要的时候，偏偏听到那玩意儿吊下来，或者是你最需要的时候，却偏偏听到它碰撞墙壁发出的丧钟般的响声慢慢远去了！没事你最好别去瞎想它来还是不来、为什么迟迟不出现、是不是给忘了（这种事并不少见）、是不是绳子断了，整桶都扣在哪个倒霉犯人头上，别去瞎想那股扑鼻而来的人体内部热腾腾的水汽，别去瞎想方桶锋利的边缘，别去瞎想你要吭哧吭哧地使劲。如果这样瞎想，你可就倒了大霉，因为你憋着的东西就会被吓回去，那就只好等下拨，再熬过二十二小时，忍着绞心的腹痛，满嘴的酸水，鼓胀的肚子，哭啊喊啊，揉啊搓啊，骂爹骂娘啊。要么实在憋不住，只好像猪狗和小孩一样，就地解决问题，把满肠胃里臭烘烘的一堆全部倾泻出来，独自心惊胆战地跟死神搏斗。

两个小时的短暂亮光，二十二小时的一片漆黑；一罐油汤，一桶粪便，夏天干渴难耐，冬天遍地污水，这就是地牢犯人的生活。

十七号的犯人体重越来越轻，他连自己的声音都听不出来了。迟早等风儿能把你举起，就送你去找卡米拉，她正盼着你回去呢！她肯定盼你都盼傻了，变成一个渺小的微不足道的物件！你的两手骨瘦如柴了吗？不要紧，她那温暖的怀抱会叫你丰满起来的！……手太脏了吗……她会用泪水给你洗净的……她那双碧绿的眼睛怎么样了……没错，还像《画报》上奥地利阿尔卑斯山区的原野一样绿盈盈……像翠竹一样时时闪出金光和海靛蓝的幽明……她甜蜜的话音，她丰腴的双唇，她芳香的皓齿，她整个的秀色可餐……她的身体，你把它给我放在哪儿了？它多像阿拉伯数码里的8字，腰部纤细，整体修长，又像慢慢飘散、即将熄灭的旋转焰火组成的雾状吉他……我把她从家里劫走的那天夜里也正在放焰火……天使伴着我们，彩云伴着我们，露水踏着屋顶伴随我们，房屋、树木，所有的一切都伴着她和我在空中行走……

他觉得卡米拉就在自己身边，在他滑润敏感的手掌里，在他粗重的喘息里，在他的耳朵里，在他的十指之中，紧贴在他的身侧，他只觉得条条肋骨不断搏动，仿佛失明的五脏六腑正在眨动它们的眼睫毛……

于是他占有了她……

高潮并没有伴随着惯常的全身抽搐到来，它只是缓缓而至，先是一股轻微的寒战纵贯脊髓的隧道，接着喉管紧闭，最后双臂似乎脱离躯体而垂落下来……

他本来就十分厌恶使用洋铁罐解决自己的日常需要，现在，居然在怀念妻子的时刻，以如此可悲的方式满足自己的生理本能，自然益发悔恨交加，连稍许挪动一下身躯的勇气都没有了。

他从鞋带上揪下一小段铜片，就用这手头唯一的利器在墙上紧密相连地刻下卡米拉和他自己的名字，趁着隔二十二小时才出现一次的亮光，又添上一颗心，一把匕首，一顶荆冠，一只铁锚，一个十字，一艘帆船，一颗小星，三只单曲线表示的飞燕，一列火车，一股螺旋飞升的烟雾……

幸亏体质的衰弱使他少受更多肉欲的折磨。由于精疲力尽，闪现在他记忆中的卡米拉通常只是一朵用鼻嗅的花，一首用耳听的诗。有时候，他简直觉得就是童年岁月跟母亲吃早饭时看到的每年四五月间开放在餐厅窗外的那朵玫瑰，奇特灌木丛上的小耳朵。于是，一连串孩童时代的清晨鱼贯而过，弄得他眼花缭乱。光亮消失了……消失了……那道刚一出现就开始消失的亮光。浓重的黑暗把四面石墙当薄面饼吞没了，粪桶又该到了。啊，要是那朵玫瑰……麻绳嘎嘎响着，兴高采烈的洋铁罐碰撞着牢房的墙壁。他一想到这位尊贵来客携带的熏天臭气就不禁浑身发抖。回回是容器提上去了，可是臭味却长久不散。啊，要是那朵白得像早餐桌上的牛奶一样的玫瑰……

年复一年，十七号的囚犯一天天衰老下去。当然，与其说是岁月的印记，不如说是苦难的刀痕。无数道深深的皱纹镂刻在他的脸上，满头白发犹如冬蚁的翅膀。他风采全无，半人半鬼……失去空气，失去阳光，失去活力，腹泻、风湿、间发弥漫性神经痛，几乎完全失明，仅存的唯一支柱就是重新见到妻子的希望，就是如同金刚砂纸一般不断琢磨他灵魂的爱情。

秘密警察局长坐着往后挪了挪椅子，把两脚放到底下，用脚尖着地，双肘撑在桂皮色的桌面上，举起钢笔凑近灯光，龇牙咧嘴地用两个指尖一掐，揪去粘在笔尖上的细毛，不然写出的字都像须刺挓挲的小虾，然后接着往下写道：

"……遵照指示（钢笔一笔一画地抓挠纸面，沙沙作响），以上捉及的维奇，入狱两月期间巧为佯狂，时时痛哭，日日呼号，每欲自戕，终与十七号牢房的犯人结为至交。人逢知己千言少，交谈之间，十七号囚犯问其因何罪冒犯总统先生，以至身陷囹圄，无望生还。以上提及的维奇默然不答，仅以头颅击地，连声喊冤。经对方再三盘问，维奇方舌无留言，说道：'我操多国语言，生于一个操多国语的国家。闻说有一国家无操多国语者，启程，抵达。外国人的理想之邦，此亦靠门路，彼亦靠门路，人情，钞票，应有尽有……突见街市上一夫人。尾随其后的最初几步犹豫不决，似被迫而为……已婚……未婚……孀居……唯一的念头便是尾随其后！啊，美丽的绿色眼睛！啊，醇似甘露的小口！啊，轻盈的步态！啊，极乐世界！……紧追不舍，屋前徘徊，眉目传情，伺机上前搭讪，从此邂逅。见一名未识未闻的男子四处跟踪于他，犹如影逐其主……问及亲朋好友：何等蹊跷？……亲朋好友转身避之，顿成路旁石块。何等蹊跷？……闻其近前，路旁石块失色，顿成屋内四壁。何等蹊跷？……闻其开言，屋内四壁觳觫失色。终得领悟：一切均因自身鲁莽，胆敢奢望总统先生之情……当其被控为无政府主义者而入狱之前，尚进而得知：该夫人本为某将军之女，其上述行径旨在报复弃她而去的丈夫……'"

"该眼线又称：言及此处，便听得暗处窸窸窣窣若爬虫潜行之声，原系同牢囚犯行至近旁，嗫嚅之语犹如鱼鳍扇动，恳求重言夫人之名，该眼线再次告知……"

"自彼时起，同牢囚犯整日搔痒，似自身躯体将其吞噬，已全然无知无觉。整日抓挠面部以拭去泪水，却遇颊上皮肤已远远悬空。欲伸手触摸胸部，却触而不得。扑地而亡者，乃一硕大蜘蛛，宛如湿土一团。"

"本人遵循指示如实记录供词，并亲自向以上提及的维奇支付八十七美元，以为入狱补偿，馈赠转手货毛线衣一件，赴符拉迪沃斯托克机票一张。十七号牢房囚犯的死亡证书内容如下。无名男尸，死于糜烂性痢疾。"

　　"特此禀告总统先生……"

尾　声

　　大学生目瞪口呆地站在人行道上，就像从没见过穿教士长袍的人。其实并不是教士长袍使他惊愕，而是教堂司事对他低声耳语所说的话。当时两人正为庆贺出狱紧紧拥抱在一起。

　　"我穿这一身衣服是奉上级的命令……"

　　大学生本来可以继续站在人行道边上，可是这时候一排排士兵押送长长一串囚犯走过来，几乎占据了半边马路。

　　"这些人真可怜……"教堂司事嘟哝了一句。大学生连忙跨上人行道。"他们费了多大劲才推倒了大教堂门廊！有些事就算亲眼见了，也不敢相信！"

　　"不光是眼见，"大学生感慨地说，"就是用手摸着也不敢相信！我是说市政府……"

　　"我还以为说的是我的长袍呢……"

　　"诈土耳其人的钱把门廊重新油漆一遍，他们还觉得不够，非得整个推倒，好叫大伙相信他们大叫大嚷的'骑骡子的'被害案真是那么回事……"

　　"就你话多！小心让别人听见。上帝啊，别再说了！不是这么回事……"

　　教堂司事还想说点什么，可是一个没戴帽子的瘦小男子从广场上跑过来，一到他们身边，就直挺挺站住了，还扯着嗓子唱起来：

> 鬼脸泥人扮鬼脸，
> 装神弄鬼鬼心眼。
> 恶鬼教你鬼本事，
> 鬼头鬼脑数你贱。

"本赫明！……本赫明！"一个女人跟在后面喊他，一副愁眉苦脸的样子，马上就要哭出声来。

> 本赫明，玩鬼脸，
> 装神弄鬼没心眼。
> 恶鬼没教鬼本事，
> 不人不鬼没饭碗！

"本赫明！……本赫明！"他老婆在后面喊着，几乎要哭出来。

"别理他，先生们，别把他当回事，他疯了。他的脑筋怎么也转不过弯来，就是不相信再也没有大教堂门廊了！"

趁着妻子对教堂司事和大学生说清缘由的工夫，耍木偶戏的堂本赫明又跑过去对一个火气不小的警察唱起晨曲：

> 鬼脸泥人扮鬼脸，
> 装神弄鬼鬼心眼。
> 恶鬼教你鬼本事，
> 鬼头鬼脑数你贱。

本赫明，玩鬼脸，

装神弄鬼没心眼。

恶鬼没教鬼本事，

不人不鬼没饭碗！

　　"别价，老爷，别把他抓走，他不是故意的，您全当他疯了，"堂本赫明的女人慌忙挤到警察和耍木偶的艺人中间，"您瞧，他是疯了，别把他抓走……别，别打他！……您要知道，他疯得不轻，胡说什么他看见全城都塌了，跟大教堂门廊一样！"

　　不断有囚犯走过来……谁愿意跟他们似的？谁都愿意站在一边看热闹，心里想幸亏自己不跟他们似的……手推车的长蛇阵过去了，又来了扛工具的囚犯队伍，个个都像背负着沉重的十字架。在他们后面，排着整整齐齐的队伍，是那些拖着镣铐的死囚，铁索链一路上发出响尾蛇的索索声。

　　警察正在跟那女人争辩，口气越来越凶，堂本赫明趁这节骨眼溜过去跟囚犯们说疯癫话。

　　"往里面瞧来，往里面看，潘却·塔南却，拿刀在橡皮屋里吃皮套和刀尖！……往里面瞧来，往里面看，你怎么变成胡安切割焊，罗罗·库朔罗，鸡尾砍刀手中握……！往里面瞧，你骑马噢，米克斯托装蒜真可笑，糖水灌长嘴，娘娘腔靠不住噢！……往里面瞧往里面看，你和那鬼娘们在胡缠，当初你叫多明戈，灰不溜秋的大衣咋不见？是还没到星期天？……哪个娘们招来虮子，你们找她把虱子碾！……花花破烂里花花肠，花花公子不吃杂碎汤！……嘴上没封条，巴掌吃个饱！"

　　店员们下班离开铺面。电车里再也挤不下人了。时不时走过一辆马车，一辆汽车，一辆自行车……就那么一眨眼的工夫，教堂司事和大学生穿过大教堂的骑楼（要饭的和扫街的一类亡命徒的庇护所），在大主教府邸门前分手了。

大学生沿着木板搭的临时通道越过大教堂门廊的瓦砾堆。一阵寒风吹过来，掀起浓浓的尘雾，如同大地的无焰之火，火山喷发的陈年灰烬。又一阵风撒下一片公文纸，只见满天废纸悠闲自得地飘落在往昔市议政厅的屋顶上。冷风刮过，吹得断垣残壁上的挂毯碎片像旗帜一样飞舞，傀儡戏艺人的身影突然冒出来，他骑着扫帚跑过，身后是蓝天上的繁星，脚下是小火山似的五堆果皮和石块。

叮叮咚！……夜里八点的钟声一下下沉进深深的寂静……叮叮咚……叮叮咚……

大学生终于回到家里，那是一个死胡同的尽头。他一推开门，就听见女佣人们小声咳嗽，正准备念颂对答的祈祷词，然后又听到她母亲手里握着念珠说：

"为了行路的和将死的……为了基督世界各君王之间的永久和平……为了受政府迫害的人……为了天主教的敌人……为了神圣教会无法克服的困难和我们自己的困难……为了神圣炼狱的善良灵魂……"

Kyrie eleison[①]

1922 年 12 月，危地马拉

1925 年 11 月，1932 年 12 月 8 日，巴黎

---

① 拉丁字母拼写的希腊文：主啊，宽恕吧……

汉译文学名著

第一辑书目（30种）

第二辑书目（30 种）

枕草子	〔日〕清少纳言著	周作人译
尼伯龙人之歌	佚名著	安书祉译
萨迦选集		石琴娥等译
亚瑟王之死	〔英〕托马斯·马洛礼著	黄素封译
呆厮国志	〔英〕亚历山大·蒲柏著	李家真译注
波斯人信札	〔法〕孟德斯鸠著	梁守锵译
东方来信——蒙太古夫人书信集	〔英〕蒙太古夫人著	冯环译
忏悔录	〔法〕卢梭著	李平沤译
阴谋与爱情	〔德〕席勒著	杨武能译
雪莱抒情诗选	〔英〕雪莱著	杨熙龄译
幻灭	〔法〕巴尔扎克著	傅雷译
雨果诗选	〔法〕雨果著	程曾厚译
爱伦·坡短篇小说全集	〔美〕爱伦·坡著	曹明伦译
名利场	〔英〕萨克雷著	杨必译
游美札记	〔英〕查尔斯·狄更斯著	张谷若译
巴黎的忧郁	〔法〕夏尔·波德莱尔著	郭宏安译
卡拉马佐夫兄弟	〔俄〕陀思妥耶夫斯基著	徐振亚、冯增义译
安娜·卡列尼娜	〔俄〕列夫·托尔斯泰著	力冈译
还乡	〔英〕托马斯·哈代著	张谷若译
无名的裘德	〔英〕托马斯·哈代著	张谷若译
快乐王子——王尔德童话全集	〔英〕奥斯卡·王尔德著	李家真译
理想丈夫	〔英〕奥斯卡·王尔德著	许渊冲译
莎乐美 文德美夫人的扇子	〔英〕奥斯卡·王尔德著	许渊冲译
原来如此的故事	〔英〕吉卜林著	曹明伦译
缎子鞋	〔法〕保尔·克洛岱尔著	余中先译
昨日世界：一个欧洲人的回忆	〔奥〕斯蒂芬·茨威格著	史行果译
先知 沙与沫	〔黎巴嫩〕纪伯伦著	李唯中译
诉讼	〔奥〕弗兰茨·卡夫卡著	章国锋译
老人与海	〔美〕欧内斯特·海明威著	吴钧燮译
烦恼的冬天	〔美〕约翰·斯坦贝克著	吴钧燮译

第三辑书目（40种）

埃达	〔冰岛〕佚名著　石琴娥、斯文译
徒然草	〔日〕吉田兼好著　王以铸译
乌托邦	〔英〕托马斯·莫尔著　戴镏龄译
罗密欧与朱丽叶	〔英〕莎士比亚著　朱生豪译
李尔王	〔英〕莎士比亚著　朱生豪译
大洋国	〔英〕哈林顿著　何新译
论批评　云饕劫	〔英〕亚历山大·蒲柏著　李家真译注
论人	〔英〕亚历山大·蒲柏著　李家真译注
亲和力	〔德〕歌德著　高中甫译
大尉的女儿	〔俄〕普希金著　刘文飞译
悲惨世界	〔法〕雨果著　潘丽珍译
安徒生童话与故事全集	〔丹麦〕安徒生著　石琴娥译
死魂灵	〔俄〕果戈理著　郑海凌译
瓦尔登湖	〔美〕亨利·大卫·梭罗著　李家真译注
罪与罚	〔俄〕陀思妥耶夫斯基著　力冈、袁亚楠译
生活之路	〔俄〕列夫·托尔斯泰著　王志耕译
小妇人	〔美〕路易莎·梅·奥尔科特著　贾辉丰译
生命之用	〔英〕约翰·卢伯克著　曹明伦译
哈代中短篇小说选	〔英〕托马斯·哈代著　张玲、张扬译
卡斯特桥市长	〔英〕托马斯·哈代著　张玲、张扬译
一生	〔法〕莫泊桑著　盛澄华译
莫泊桑短篇小说选	〔法〕莫泊桑著　柳鸣九译
多利安·格雷的画像	〔英〕奥斯卡·王尔德著　李家真译注
苹果车——政治狂想曲	〔英〕萧伯纳著　老舍译
伊坦·弗洛美	〔美〕伊迪斯·华尔顿著　吕叔湘译
施尼茨勒中短篇小说选	〔奥〕阿图尔·施尼茨勒著　高中甫译
约翰·克利斯朵夫	〔法〕罗曼·罗兰著　傅雷译
童年	〔苏联〕高尔基著　郭家申译
在人间	〔苏联〕高尔基著　郭家申译
我的大学	〔苏联〕高尔基著　郭家申译

地粮	〔法〕安德烈·纪德著	盛澄华译
在底层的人们	〔墨〕马里亚诺·阿苏埃拉著	吴广孝译
啊，拓荒者	〔美〕薇拉·凯瑟著	曹明伦译
云雀之歌	〔美〕薇拉·凯瑟著	曹明伦译
我的安东妮亚	〔美〕薇拉·凯瑟著	曹明伦译
绿山墙的安妮	〔加〕露西·莫德·蒙哥马利著	马爱农译
远方的花园——希梅内斯诗选	〔西〕胡安·拉蒙·希梅内斯著	赵振江译
城堡	〔奥〕弗兰茨·卡夫卡著	赵蓉恒译
飘	〔美〕玛格丽特·米切尔著	傅东华译
愤怒的葡萄	〔美〕约翰·斯坦贝克著	胡仲持译

第四辑书目（30种）

伊戈尔出征记		李锡胤译
莎士比亚诗歌全集——十四行诗及其他	〔英〕莎士比亚著	曹明伦译
伏尔泰小说选	〔法〕伏尔泰著	傅雷译
海上劳工	〔法〕雨果著	许钧译
海华沙之歌	〔美〕朗费罗著	王科一译
远大前程	〔英〕查尔斯·狄更斯著	王科一译
当代英雄	〔俄〕莱蒙托夫著	吕绍宗译
夏洛蒂·勃朗特书信	〔英〕夏洛蒂·勃朗特著	杨静远译
缅因森林	〔美〕梭罗著	李家真译注
鳕鱼海岬	〔美〕梭罗著	李家真译注
黑骏马	〔英〕安娜·休厄尔著	马爱农译
地下室手记	〔俄〕陀思妥耶夫斯基著	刘文飞译
复活	〔俄〕列夫·托尔斯泰著	力冈译
乌有乡消息	〔英〕威廉·莫里斯著	黄嘉德译
生命之乐	〔英〕约翰·卢伯克著	曹明伦译
都德短篇小说选	〔法〕都德著	柳鸣九译
无足轻重的女人	〔英〕奥斯卡·王尔德著	许渊冲译
巴杜亚公爵夫人	〔英〕奥斯卡·王尔德著	许渊冲译
美之陨落：王尔德书信集	〔英〕奥斯卡·王尔德著	孙宜学译
名人传	〔法〕罗曼·罗兰著	傅雷译
伪币制造者	〔法〕安德烈·纪德著	盛澄华译
弗罗斯特诗全集	〔美〕弗罗斯特著	曹明伦译

弗罗斯特文集	〔美〕弗罗斯特著	曹明伦译
卡斯蒂利亚的田野：马查多诗选	〔西〕安东尼奥·马查多著	赵振江译
人类群星闪耀时：十四幅历史人物画像		
	〔奥〕斯蒂芬·茨威格著	高中甫、潘子立译
被折断的翅膀：纪伯伦中短篇小说选	〔黎巴嫩〕纪伯伦著	李唯中译
蓝色的火焰：纪伯伦爱情书简	〔黎巴嫩〕纪伯伦著	薛庆国译
失踪者	〔奥〕弗兰茨·卡夫卡著	徐纪贵译
获而一无所获	〔美〕欧内斯特·海明威著	曹明伦译
第一人	〔法〕阿尔贝·加缪著	闫素伟译

第五辑书目（30种）

坎特伯雷故事	〔英〕乔叟著	李家真译注
暴风雨	〔英〕莎士比亚著	朱生豪译
仲夏夜之梦	〔英〕莎士比亚著	朱生豪译
山上的耶伯：霍尔堡喜剧五种	〔丹麦〕霍尔堡著	京不特译
华兹华斯叙事诗选	〔英〕威廉·华兹华斯著	秦立彦译
富兰克林自传	〔美〕富兰克林著	叶英译
别尔金小说集	〔俄〕普希金著	刘文飞译
三个火枪手	〔法〕大仲马著	江城子译
谁之罪？	〔俄〕赫尔岑著	郭家申译
两河一周	〔美〕梭罗著	李家真译注
伊万·伊里奇之死	〔俄〕列夫·托尔斯泰著	张猛译
蓝眼盗	〔墨〕阿尔塔米拉诺著	段若川、赵振江译
你往何处去	〔波兰〕亨利克·显克维奇著	林洪亮译
俊友	〔法〕莫泊桑著	李青崖译
认真最重要	〔英〕奥斯卡·王尔德著	许渊冲译
五重塔	〔日〕幸田露伴著	罗嘉译
窄门	〔法〕安德烈·纪德著	桂裕芳译
我们中的一员	〔美〕薇拉·凯瑟著	曹明伦译
薇拉·凯瑟短篇小说集	〔美〕薇拉·凯瑟著	曹明伦译
太阳宝库 船木松林	〔俄〕普里什文著	任子峰译
堂吉诃德之路	〔西〕阿索林著	王军译
给一个青年诗人的十封信	〔奥〕里尔克著	冯至译

图书在版编目(CIP)数据

总统先生/(危)M. A. 阿斯图里亚斯著;董燕生译. —
北京:商务印书馆,2024
(汉译世界文学名著丛书)
ISBN 978 - 7 - 100 - 23585 - 3

Ⅰ.①总… Ⅱ.①M… ②董… Ⅲ.①长篇小说—危
地马拉—现代 Ⅳ.①I741.45

中国国家版本馆 CIP 数据核字(2024)第 063692 号

汉译世界文学名著丛书
总统先生
〔危地马拉〕M. A. 阿斯图里亚斯 著
董燕生 译

商 务 印 书 馆 出 版
(北京王府井大街36号 邮政编码100710)
商 务 印 书 馆 发 行
北京新华印刷有限公司印刷
ISBN 978 - 7 - 100 - 23585 - 3

2024 年 6 月第 1 版 开本 850×1168 1/32
2024 年 6 月北京第 1 次印刷 印张 11⅞
定价:59. 00 元